仁王の本願

赤神 諒

角川文庫
24588

目次

降誕――阿弥陀の子　9
第一部　本願寺の仁王　17
第一願　仏敵　18
第二願　無明　43
第三願　尻垂坂　96
第四願　松任城　124
第五願　朝日山城　149
第二部　優曇華　177
第六願　越前一向一揆　178
第七願　民の国　211
第八願　法難　245
第九願　聖僧　269
第十願　入滅　296
回向　368

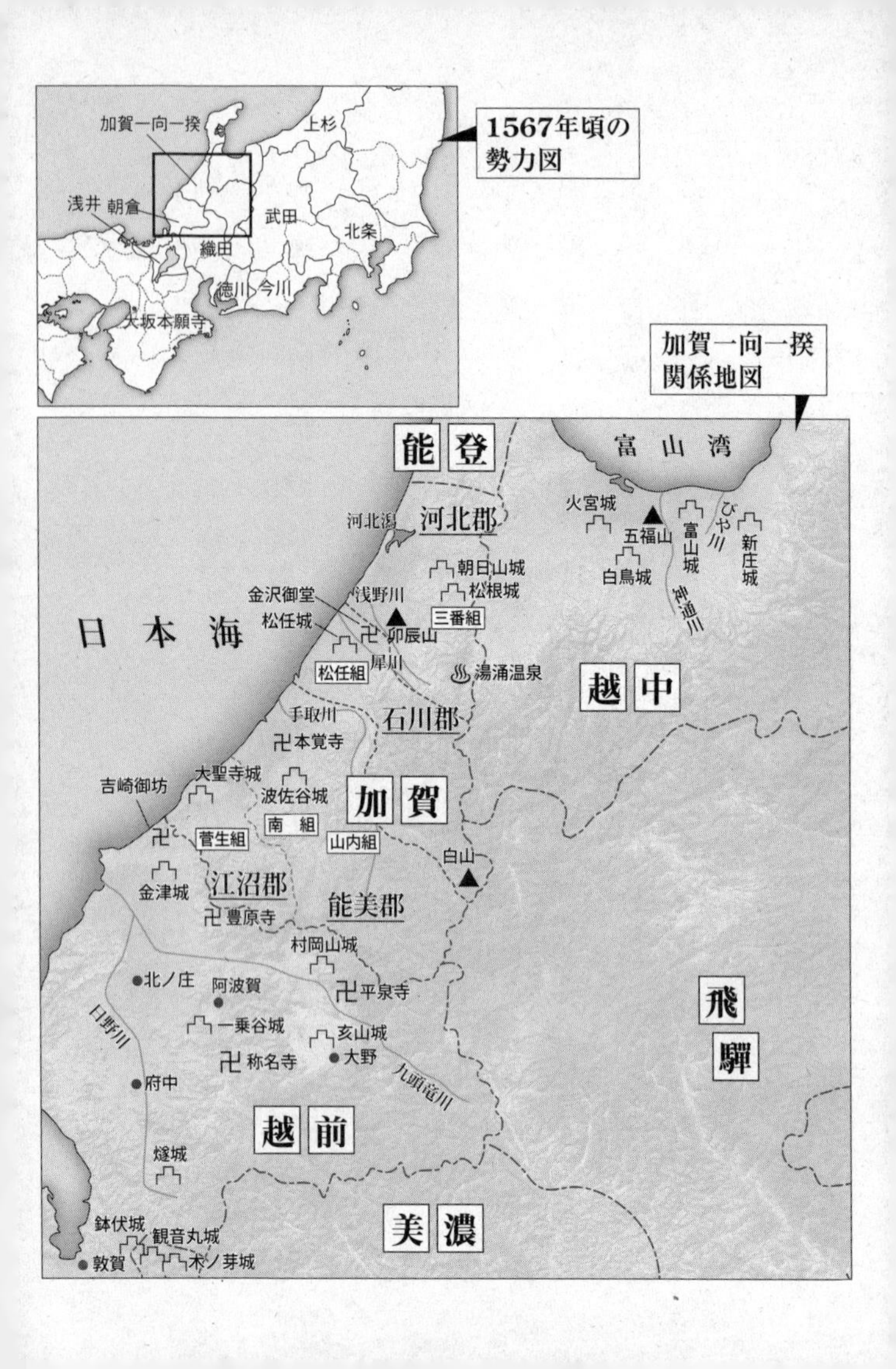
1567年頃の勢力図
加賀一向一揆
上杉
浅井
朝倉
武田
北条
織田
徳川
今川
大坂本願寺
加賀一向一揆関係地図
能登
富山湾
河北潟
河北郡
火宮城
五福山
富山城
びや川
新庄城
白鳥城
神通川
朝日山城
松根城
金沢御堂
浅野川
松任城
三番組
卯辰山
日本海
犀川
松任組
湯涌温泉
越中
手取川
石川郡
本覚寺
大聖寺城
吉崎御坊
波佐谷城
加賀
南組
山内組
菅生組
白山
金津城
江沼郡
能美郡
豊原寺
村岡山城
北ノ庄
阿波賀
平泉寺
飛驒
日野川
一乗谷城
亥山城
称名寺
大野
府中
九頭竜川
越前
燧城
美濃
鉢伏城
観音丸城
敦賀
木ノ芽城

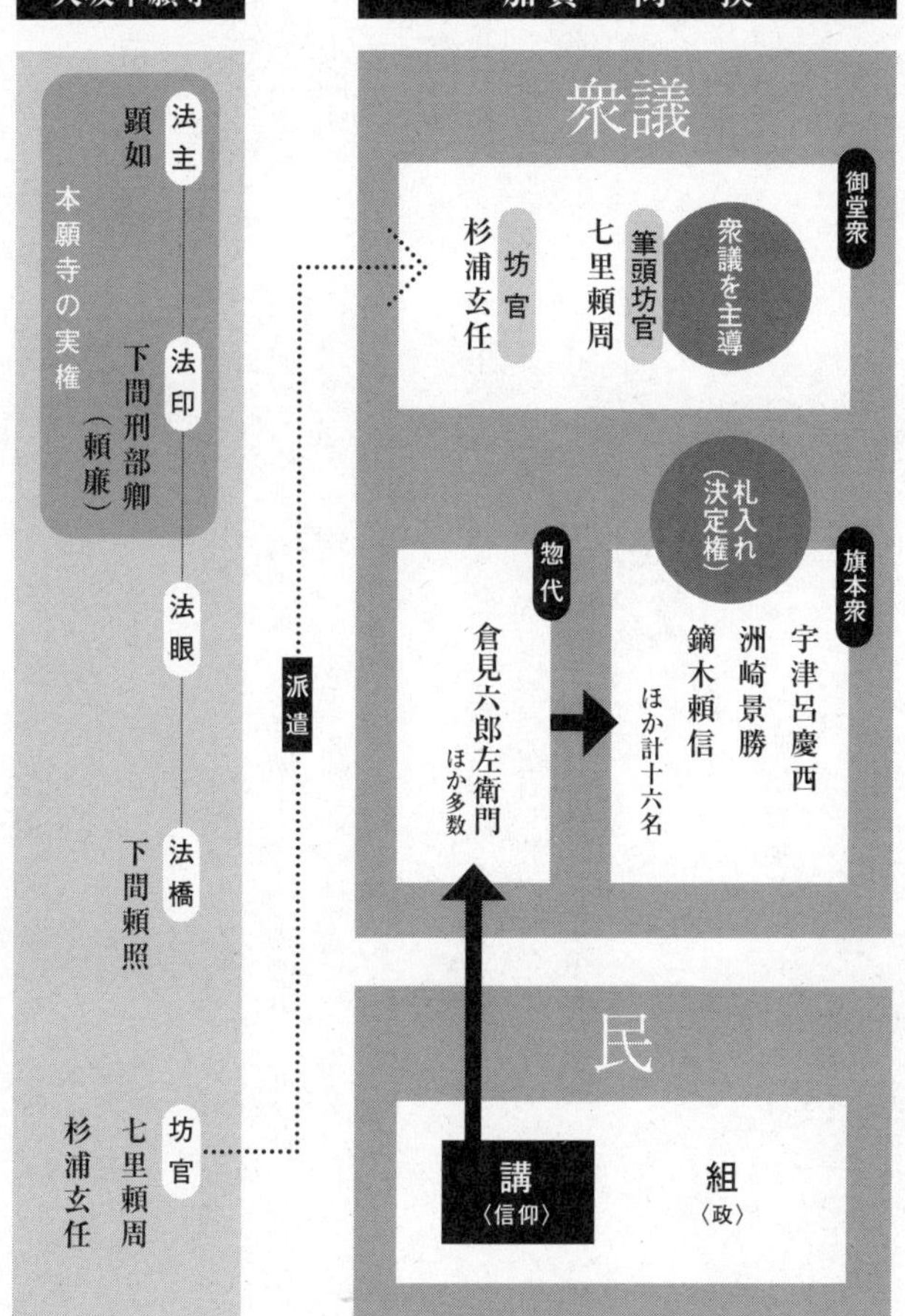
大坂本願寺
加賀一向一揆
法主
顕如
本願寺の実権
法印
下間刑部卿（頼廉）
法眼
法橋
下間頼照
坊官
七里頼周
杉浦玄任
派遣
衆議
御堂衆
衆議を主導
筆頭坊官
七里頼周
坊官
杉浦玄任
札入れ（決定権）
旗本衆
宇津呂慶西
洲崎景勝
鏑木頼信
ほか計十六名
惣代
倉見六郎左衛門
ほか多数
民
講〈信仰〉
組〈政〉

主な登場人物

杉浦玄任　本願寺の坊官。鉄砲隊を率いる。渾名は「大仏」、後に「仁王」。
鏑木頼信　松任組（石川郡）の旗本。松任城主。玄任の盟友。渾名は「阿修羅」。
下間頼照　大坂本願寺の法橋。玄任と鏑木の師。渾名は「涅槃仏」。

【加賀一向一揆】
七里頼周　「加州大将」と呼ばれる筆頭坊官。渾名は「大顎」。
宇津呂慶西　南組（能美郡）の旗本で最有力者。波佐谷城主。渾名は「狐」。
洲崎景勝　三番組（河北郡）の旗本。松根城主。渾名は「狸」。
篤蔵　金沢寺内町の薬屋で、鏑木の腹心。
お信　篤蔵の妻。熱心な一向宗門徒。
お澄　篤蔵とお信の娘。
清志郎　金沢寺内町の土産物屋で、宇津呂の腹心。
真之助　仁王隊の若き門徒。
下間頼純　本願寺の若き坊官。渾名は「石地蔵」。

【越前一向一揆】

杉浦又五郎　玄任のひとり息子。朝倉家の人質。

恵慶　称名寺の院主。浄土真宗高田派。

八杉木兵衛　越前一向一揆を指導する農民。本願寺派。

寿英　本覚寺の大坊主。本願寺派。

【大坂本願寺】

下間刑部卿　俗名頼廉。本願寺の法印。家中の最有力者。

顕如　大坂本願寺の法主。

降誕──阿弥陀の子

──天文七年（一五三八年）十一月、摂津国・大坂本願寺

血塗れの赤子は如来の膝上に抱かれ、安らかな寝息を立てていた。

薄雪に覆われ始めた総本山の境内は、すっかり乱世の闇夜に落ちている。粗末な阿弥陀堂にある光は、本尊を両脇から照らす金灯籠のほか、急を知らせに来た番衆が持つ紙燭だけだった。

結跏趺坐を組む阿弥陀如来像に向かい、下間頼照が足を踏み出すと、蠟燭の炎が音を立てて揺らいだ。まだ堂内にはあったはずの薫物の残り香も、血の匂いのせいで分からない。

頼照は足元に横たわる何かに気付き、覚えず後ずさった。闇に浮かび上がる赤子の姿にすっかり目を奪われていた。

前卓を動かして須弥壇の前にしゃがみ込む。番衆が紙燭を近づけて、暗がりを照らし出してくれた。

光の届かぬ本尊の足元には、人間がひとり、半裸で倒れていた。貧しい身なりの若い

女だ。綺麗な顔立ちは土気色で、すでに息絶えている。ひどく乱れた長髪と破れた着衣が、狼藉の後を窺わせた。胸と腹を刺されている。

頼照は黒檀の念珠を親指に掛けた。

胸の前で両手を合わせ、背筋を伸ばして本尊を仰ぐ。

「南無阿弥陀仏……」

女は最後に如来の救いを求めて本堂へ入ったのか。すでに本願力により極楽へ迎えられているはずだが、この忍土で幸せな生涯を送ったとは思えない。

頼照は立ち上がると、宮殿にある赤子を見やった。

仏の膝からそっと抱き上げ、脱いだ袈裟で包む。どっしりと重い。

金灯籠の明かりで、小さな体を検めた。

「男の子か。もう首が据わっておるな」

生まれて半年にもならぬ素裸の赤子だった。額に目立つ黒子が如来の白毫を思わせる。

怪我はない。体を染めている血はすべて、死んだ母親らしき女のものか。

「汝は、加賀の番衆を束ねておったな？」

振り返ると、頬骨の浮き出た若者の痩せ顔に、狡猾な狐を思わせる吊り目がぎらついていた。

「いかにも。組頭を務める、宇津呂慶西でござる」

宇津呂といえば、加賀一向一揆の政を動かす〈旗本〉の有力な家だ。その御曹司か。

畿内では政変が打ち続いて久しい。自衛の要に迫られた本願寺は、全国の門徒から〈番衆〉を募り、聖域と法威を守るための藩屏とした。約三十年前、総本山を真っ二つに割った大きな内紛〈河内国錯乱〉では、加賀門徒一千名の武力により本願寺法主の座が定まった。六年前、本拠の山科本願寺が焼き討ちに遭い、総本山を大坂へ移してからは、一層武装化が進んだ。末世で信仰を守るためには、武力が要る。今や常置となった番衆は警固のほか、在地との連絡を担い、平時は寺内の普請の夫役なども務めた。

本堂に満ちていた血の匂いが和らいだのは、鼻が慣れたせいか、あるいは血が乾いてきたせいか。

「時も場所も最悪じゃ。よりによって報恩講の始まる前日に、阿弥陀堂とは……」

「先刻の宿坊見回りの際、本堂のほうから悲鳴が聞こえ申した」

急ぎ駆けつけ、堂内の異変を知ったという。

宗祖親鸞の命日、十一月二十八日に行う法要〈報恩講〉は、一向宗の極めて重要な行事であり、その日に向けて、阿弥陀堂を始め境内の堂塔にある仏具を一点の曇りもなく磨き上げる。ゆえに人の出入りも多い。寺の警固に抜かりが出たのだろう。

――本願を信じ、念仏を申さば仏になる。

親鸞聖人が『歎異抄』に残した〈教行信証〉のこの法語こそは、浄土真宗の真髄である。本願寺の「本願」とは、無限の光と命を以て人々を救い続ける阿弥陀如来〈四十八願〉の〈第十八願〉、すなわち「すべての衆生を救う」決意の誓願に他ならぬ。

深更、法主も住まう聖域の中枢で起こった惨劇は、寺に関わりある人間の仕業と考えてよかろう。大坂へ移って六年、本願寺内部はなお政争に荒れていた。本師本仏の聖像を穢(けが)す凶行は、政敵により法主証如(しょうにょ)を貶(おとし)める絶好の口実に使われかねなかった。何としても伏せたい不祥事だ。

「汝のほか、これを見た者はおらぬのだな？」

自然、囁(ささや)き声となって確かめる頼照に向かい、狐目はゆっくりと頷(うなず)いてみせた。

頼照は宇津呂に紙燭を高く掲げさせた。

途切れとぎれの血痕(けっこん)は、坐像の前から外陣を出て、勝手口まで続いている。瀕死(ひんし)の女は庫裏(くり)のある横手から堂内へ入ったわけだ。

「庫裏の出口にも血の痕(あと)が。他に、それらしい足跡なぞは見当たりませなんだ。この女は仏具磨きの手伝いに来ておったのでござろう」

改めて見ると、須弥壇の近くへ伸ばされた女の白い手が、双輪念珠(ふたわねんじゅ)を握っている。紫檀の念珠は抗(あらが)った時に中糸が切れたのか、百八個あるはずの玉の過半は、ばらけて脇壇のほうへ転がっていた。

信仰厚き門徒が乳飲み子を連れ、奉仕のために寺へ来て、事件に遭ったわけか。

「庫裏のすぐ隣は、青侍(あおざむらい)が宿直しておる番小屋か……」

不穏な末世にあって、本願寺は門徒と自称する浪人をなりふり構わず〈青侍〉として雇い入れてきた。その中には、腕は確かでも、素性の定かならぬ者が交じっている。

「今宵の宿直三名は、いずれも雲隠れした様子。その者どもの仕業かと」

遺体を見つけた宇津呂は、慌てふためいて頼照に知らせに来たわけではない。抜け目なさそうな狐顔は、総本山の裏事情も弁えている様子だった。

「湖東から来た連中らしゅうござる。小男がひとり、南大門で見張りをしておりましたが、取り逃がし申した」

琵琶湖の東に一向宗門徒が多いのは事実だが、浪人が正直に素性を明かすとも限らなかった。乱世の無明へ逃げおおせたのなら、探し出すのは不可能だ。

「それにしても、汝はずいぶん手回しがよいな」

「童の頃から左様に言われ申す。いずれ父より旗本を継ぐ身なれば、どうぞお見知りおきを」

暗い本堂の中で、吊り上がった宇津呂の狐目が怪しく光った。

北陸加賀に〈百姓ノ持チタル国〉が建てられて、五十年。

「百姓」とは、農民だけではない。商人・町人・職人・土豪・武士や芸能者など、ありとあらゆる人々を指した。つまりは「皆の国」であり、民の手で政が行われる「民の国」の意に他ならぬ。誰かに支配され、服従するのではない。加賀では、民が自分たちの政を、自分たちで決める。頼照も以前かの地に住まい、政に関わったが、まるで奇跡のような国だった。

だが――

長年月のうちに、政は見る影もなく腐敗して異臭を放ち、皆で国を治めるかっての理想は、今や風前の灯だと歎ずる者も多い。とはいえ、〈本願寺中興の祖〉蓮如上人の入寂から四十年、総本山の堕落とて、似たようなものか。

頼照は、本願寺教団で代々重役を務める下間家でも傍系であり、下位の学僧に過ぎぬ。力がないおかげで側杖を食わなかったが、本願寺は度重なる政争と戦、謀略に明け暮れてきた。三年前には最有力の下間家の嫡流、頼秀・頼盛兄弟が政変で敗れ、追放された。兄弟の父で、頼照の恩師にあたる下間頼玄、法名蓮応が摂津中島で二年前に没したのも、暗殺だと噂されている。

「この捨て子は、拙僧が預かろう」

本願寺界隈に孤児は珍しくなかった。非情の乱世で野垂れ死ぬ者など、年中いた。

「されば、女のほうは行き倒れとして、後始末をしておきまする」

沈香を焚き染めれば、堂内の血腥さも多少は薄められようが、法威を貶める蛮行が阿弥陀堂の内陣を穢したのは、紛れもなき事実だ。総本山が内紛で揺れ続けるさなか、聖殿で起こった吃驚の不祥事は闇に葬り去らねばならぬ。

が、この赤子には何の咎もない。

辺りは寂と静まり返って、初雪の降り積もる音さえ聞こえてきそうだった。愚かしき人間の業の深さに、情け深き阿弥陀如来さえ見放したのかと案ずるほど心細い。

「この件は一切、口外無用じゃ」

万事心得た様子で宇津呂が頷くと、頼照は腕の中を見た。

赤子は死んだ女に似て彫りの深い顔で、肉付きの良い体をしていた。体に付いた血は褐色に変わり、もう乾いている。

もみじ手が、何かを握り締めていた。

そっと開くと、穴の開いた虎眼石（とらめいし）だった。金色の梵字（ぼんじ）が刻まれている。

「[梵字]（キリク）か……」

阿弥陀如来を意味する梵字だ。三ツ穴の丸石だから、女の念珠に用いられていた親玉だろう。

「この子は、阿弥陀の申し子じゃな」

すきま風の悪戯（いたずら）か、本尊を照らす金灯籠の灯がひとつ、音もなく消えた。

第一部　本願寺の仁王

第一願　仏敵

――天文二十四年（一五五五年）八月、加賀国・菅生

一

凶悪なる仏敵が現れた途端、北陸の戦場は惨風悲雨の生き地獄と化した。

長い銀髪を秋風に靡かせながら陣頭で指揮をとる老将こそは、越前朝倉家の宿将、朝倉宗滴に違いなかった。

長槍が剣山の如く突き出た敵陣で、〈三つ盛木瓜〉の旗印が荒れ風に音を立てる。

「進まば往生極楽！　退かば無間地獄！」

力任せに大身槍を突き出しながら、若き杉浦玄任は馬上で絶叫した。「大仏」と渾名される肥満体を支える愛馬は、牛のように大きい。

約五十年前、「総勢三十万」を呼号する加賀一向一揆の大軍勢が、越前の九頭竜川まで一斉南下した時、宗滴は十分の一にも満たぬ寡兵で一揆軍を大破した。さらに超勝寺や本覚寺、そして蓮如上人が建立した聖なる吉崎坊舎までも焼き払い、越前国内の一向宗の拠点を一掃した。猛き武神は以来、自ら采配を振る戦で敗北を知らなかった。

仏敵は今回の戦場でも、御仏の加護など無にするごとく、破格の強さを示した。

一乗谷を進発した宗滴は、津葉、南郷、千束の三城を瞬く間に攻略するや、菅生一帯を焼き払い、弾指の間に、加賀南部の最大拠点である大聖寺城をさえ陥落させた。殺戮を生業とする武士たちは、一揆勢が誇る「数」も、怪気さえ帯びた「信仰」も、まるで物ともしなかった。

これに対し、一向一揆軍は昨夜半、反攻に出た。最初こそ押し出したものの、敵の猛反撃に遭い、主力の本覚寺勢は浜ノ手、超勝寺勢は橘口で相次ぎ粉砕された。玄任は〈菅生組〉を率いて一揆軍の一翼を担い、菅生口で奮戦し、三富景冬なる敵将を討ち取った。味方が敗れても、逆転のきっかけを摑もうと、戦場に踏みとどまっていた。

――仏敵を、討つ。

玄任は戦う武僧だ。物心ついた時から大坂本願寺の総本山にあり、護法の僧将たらんと精進を重ねてきた。腹には六韜三略を蔵し、巨軀を生かして武芸百般に秀でる玄任は、下間家の血を引かぬ孤児の身ながら、弱冠十八歳で坊官に抜擢され、法主顕如の命を請けた。〈仏敵討滅〉こそが、玄任の本願である。成就せぬまま初陣で敗れ、異郷の地で果てる気はなかった。

〈進者往生極楽　退者無間地獄〉

宿命の言ノ葉を墨書した一向一揆軍の旌旗が、血腥い風にはためく。

門徒たちも、怯んでなどいない。

元来はより広く「浄土真宗」の別名として用いられた「一向宗」の語が、聖僧蓮如の時代を経て、真宗の中でも本願寺教団の呼称として用いられるようになった理由は、本願寺派の門徒たちが、「一向」すなわち、ただひと筋に、死をも恐れず信仰を貫いた過激さのゆえであったろう。

戦場では、門徒たちが鬨の声を上げながら突撃し、次々と散っていた。

内で暴発する狂おしい信仰に、玄任も心身を委ねてゆく。

唸りを立てて振り下ろす玄任の大身槍を、二人の足軽が槍を交差させて受け止めた。

(なぜだ？　敵は足軽まで強くなりおった)

焦りを覚えた。槍の柄を握る掌が、冷や汗で滑る。

たったひとりの老将の登場により、戦場の空気は完全に変わった。

まるで、猛烈な嵐に立ち向かっているかのようだ。

手が、いや、全身が震えている。

毫も恐れぬはずの死を前に、魂が怯えているためか。

歯が立たぬ仏敵の強さに、絶望しているせいか。

ざぶりと、また赤い雨をかぶった。

首を刎ねられた門徒の首元から、血が噴き出している。

玄任が大身槍を構え直した時、銃声がした。

たちまち、眉間が痛みで灼けた。

あっと叫んで、玄任は仰向けにどうと落馬した。
門徒たちに助け起こされたが、額に銃弾を食らったらしい。
血がとめどなく流れてくる。
なぜか生きていた。赤い視界の中、手助けされて馬に乗り直す。
菅生組の門徒たちは、崩れていなかった。逃げ出してもいない。
それでも、長槍の烈風に向かって進めぬまま、その場で討ち死にしてゆく。
玄任も死を覚悟した。代わりに、仏敵を討ち取ってやる。
「進まば往生極楽！」
決して退かずに前へ進み、極楽へ辿り着く。
玄任は手綱を握り締め、天に向かって咆えた。
（お劫、先に参る。鏑木、後を頼むぞ）
迸る血の海の中で、馬上の宗滴が槍を手に、ゆっくりと駒を進めてくる。
視線が合った。放たれた尖り矢のごとき鋭い眼光に、玄任の全身が凍り付いた。
動けぬ。金縛りに遭ったようだ……。
馬が突然、悲鳴を上げ、棹立ちになった。慌てて鬣にしがみつく。
怯えた馬は、勝手に戦場から逃げ出し始めた。
「止まれ！　止まらぬか！」
馬の耳に叫びながら、玄任は後ろを振り返る。

門徒たちは、なお戦場に踏みとどまって、順々に極楽浄土へ向かっていた——。

二

「おい、誰ぞ、生きとる者はおらんのか？」

　夏が終わる加賀の野には、老若男女の門徒たちが死屍累々と横たわっていた。

　鼻の曲がりそうな死臭の漂う中、ゆっくりと駒を進めながら、鏑木頼信は全身で戦慄していた。

（大仏たちはいったい、どんな敵と戦ったんじゃ……）

　敵の総大将は噂に違わず、凶悪なる仏敵だったらしい。

　傾いた陽光が、人間の作り出した地獄を照らしている。

　黒々と墨書きされた〈欣求浄土〉の旌旗が血と泥で穢れ、踏みにじられていた。門徒たちの屍に交ざって、山中や野辺のあちこちに散乱し、放擲されているに違いなかった。

〈進まば往生極楽、退かば無間地獄〉

　門徒たちの多くはそう信じ切って、死を恐れず戦い、次から次へと死んでいった。実際、加賀一向一揆の将にも、はっきりとそう説く僧侶たちがいた。加賀では最古参の坊官、七里頼周や本覚寺の大坊主、寿英などもそうだ。

（これが、朝倉宗滴の戦、か……）

その長き生涯を一向一揆との戦いに明け暮れてきた宿敵が、一万数千余の精兵を率いて越前一乗谷を進発し、国境に近い金津(かなづ)に着陣したのは半月前だった。

一揆軍最強を自負する鏑木の〈松任組(まっとうぐみ)〉は、第二陣として出陣の支度を進める途中、杉浦玄任から急ぎ後詰の求めを受け、急遽(きゅうきょ)南下してきた。だが、短時日で戦は終結し、先発軍の主力たる本覚寺と超勝寺の大将たちも、すでに撤退を済ませていた。宗滴は悠々と大聖寺城へ引き上げたらしく、落ち武者狩りもほぼ終わった様子だ。

（まさか大仏も、死んだのか……）

博覧強記の玄任は学問に秀で、武芸にも優れた知勇兼備の青侍だった。

力持ちの巨体で、仏像の白毫のように大きく膨らんだ額の黒子に太い眉(まゆ)、巨眼と分厚い唇はさして美男でもないが、誰からも好かれる朗らかな人柄ゆえに、鏑木が「大仏」の渾名を付けた。師を同じくする盟友で、二年前に鏑木が番衆として大坂に上番した際は、相部屋で起居した親しき仲だった。稀(まれ)に見る大食漢で、大根入りの雁鍋(がんなべ)が何よりの大好物だ。「何か嬉(うれ)しいことでもあったのか」と尋ねたくなるほど、いつも楽しげな顔つきをしていた。

（杉浦玄任ともあろう者が、これほどの敗北を喫するとは……）

越前に忍ばせてある間諜(かんちょう)からの報(しら)せで、加賀は仇敵(きゅうてき)朝倉家の動きを摑んでいた。

今春には総本山に応援を求め、対朝倉戦を指揮する坊官の一人として、十八歳の若年ながら玄任が金沢御堂(かなざわみどう)へ派遣されてきた。玄任は半年にわたり門徒たちに練兵を施し、加越国境付近の城砦も修復して、宗滴の襲来に備えた。

かつて越前一向一揆の中心でありながら、国を放逐された本覚寺と超勝寺の大坊主二将を先発軍の総大将とし、玄任がこれを補佐する。約五万の門徒たちと共に戦場へ臨み、万全の態勢で朝倉軍を迎え撃ったはずだ……。

流れた血はとうに乾き切って、戦場を吹く物悲しい夕風には、打ち捨てられた夥しい数の骸の腐臭しか、感じられなかった。

一向一揆軍を完膚なきまでに撃破した宗滴は、これから横北庄や八田庄を制圧するはずだ。最南の江沼郡はもう、守り切れまい。

加賀国は南から江沼、能美、石川、河北の四郡より成るが、仏敵どもの目標はむろん一向一揆の牙城、石川郡の〈金沢御堂〉だ。敵がこのまま北上すれば、八十年続いた加賀一向一揆は滅亡する。鏑木が玄任と共に、若い力で宗滴を止めるはずだった。

「大仏！　どこにおるんじゃ？」

もしや玄任は、お劫を探しているのではないか。

この半年の間に、玄任は門徒の娘と恋仲になった。薙刀を使う「お劫」という勇ましい娘で、もともとは鏑木が先に見つけたのだ。鏑木も気に入って嫁に欲しいと思ったが、あれよあれよという間に、二人は親しくなってしまった。女好きの坊主も数多いるが、生真面目に学問と武芸に打ち込んできた玄任にとっては、初めての恋であったろう。玄任は仏敵を撃退した後、金沢御堂で祝言を挙げたいと笑顔で語っていた。嫉妬はあれど、鏑木も祝福するつもりだった。

他国の軍勢と違い、戦える門徒たちは老若男女を問わず、様々な得物を手に一揆軍に加わる。お劫も戦場へ出ていた。

（いったい門徒たちは、どんな戦い方をしたんじゃ）

味方は余りに多く傷付き、死にすぎた。南下する途中で行き違った生臭坊主の寿英は、四里も離れた蓮台寺城（れんだいじじょう）まで早々と撤退を済ませていた。溝江景逸（みぞえかげやす）なる将に散々に打ち破られたらしい。この地で態勢を立て直すのは、もう無理だ。

（ひとまず、引き上げる他ないか）

馬首を返そうとした時、物見に出していた小兵が戻ってきた。腹心の篤蔵（とくぞう）はまるで餓鬼のように痩せっぽちだが、すばしこくて役に立つ。

「旗本様、菅生の北の森でまだ戦っておる門徒たちがおりますぞ！　山内組（やまのうちぐみ）のようでござる」

鈴木出羽守義明（すずきでわのかみよしあき）が率いる能美郡の〈山内組〉は加賀勢で二番目に強い。あの若者なら、全滅するまで戦いかねなかった。

お劫は山内組の門徒だ。もしや玄任も合流しているのか。

「皆の衆、助けに参るぞ！」

三

「お劫、どこだ？　まだ生きている者はおらぬか？」

杉浦玄任は色づき始めた阿天の樹々の中で、想い人の姿を探し求めた。山内組が最後まで踏みとどまったとすれば、菅生の北にある森へ押し込まれ、四散したと見ていい。

（邪義を奉ずる仏敵に歯が立たぬのは、なぜだ？）

常勝不敗の仏敵は、神々しいまでに強かった。

玄任が指揮した菅生組も、ことごとく打ち砕かれた。玄任の馬が怯えて戦場を逃げ出した後は、そのまま敵勢の津波に飲み込まれた。玄任は菅生口へ戻れぬまま、馬も討たれた。手にあるのは、自慢の大身槍一本だけだ。

五万を超える一向一揆の軍勢は、夢幻のごとく雲散霧消していたが、信心深いお劫は自分から逃げ出すような女ではない。

玄任は昨夜から間断なく戦い続け、林に立ち込める死臭に嘔吐する力さえ残っていなかった。

阿天の巨木の根元へ、倒れ込むように腰を下ろす。

肥えた体を樹幹にもたせかけ、異郷の天を見上げた。

（この惨憺たる大敗は、われらの信仰薄きゆえなのか）

壺天に小さく見える蒼穹はすっきりと澄んでいた。日暮れまでは、まだ時がある。

玄任は瞼を閉じて、想い人の笑顔を思い浮かべた。

お劫の細い眼は、笑うとすぐに、肉付きのいい色白の顔の中に消えてしまう。ほのかな笑みしか見せぬ阿弥陀仏でも、覚えず笑み返しそうなくらい楽しげな笑顔だ。お劫の明るさ、朗らかさが、仏法とは異種の救いを与えてくれることを、玄任は知った。

——大仏さまも、本当に楽しそうな笑い方をなさいますね。

お劫の甲高い笑い声まで、耳に蘇ってくる。

——わたしも、父と母を知りませんけれど、運よく阿弥陀さまに拾っていただきました。今は民の国、加賀一向一揆の子です。

誇らしげに語るお劫は、一向一揆が孤児たちのために作った家で育てられた。末世では日常茶飯だが、捨て子というお劫の出生にも、玄任は縁を感じていた。

——わたしはとても幸せです。でも叶うなら、大好きな加賀を、親が子を捨てなくていい国にしたい。そのために、わたしは戦うのです。

仏に拾われた子が邂逅し、同じ信仰を抱き、本願のために共に武器を取る奇縁を、玄任は宿命だと考えていた。命懸けで信仰を貫くのは、親の代わりに阿弥陀仏が二人を育ててくれたからだ。

再び立ち上がって、歩き出す。

少し行くと、うつ伏せに倒れている長髪の門徒の姿があった。

焦って駆け寄る。声を掛けながら肩に手をやった。体はまだ硬くなっていない。恐るおそる仰向けにすると、中年の女が苦悶の表情のまま、息絶えていた。お劫でないと知って安堵する自分を後ろめたく思った。骸を横たえ、合掌する。

「南無阿弥陀仏……」

遺体の血の乾き具合から見るに、この門徒が殺されてから、さして時は経っていない。

「お劫、おらぬか？」

女にしては大柄で、薙刀が得意なお劫は、女門徒たちに扱い方を教え、玄任による門徒の鍛錬を手伝ってくれた。金沢御堂の東を流れる浅野川の広河原に皆を集め、お劫の掛け声に合わせ、張り切って訓練をしたものだ。

――いいですか？ 後ろへ体を開きながら、柄で相手の刃を受けて、自分の脛を守るのです。

自分で実際にやって見せながら、お劫が懸命に説明する姿は頼もしく、微笑ましくもあった。

この半年、玄任はお劫との恋に夢中になり、体の内に湧き上がる喜びを感じていた。一向宗において、女犯は罪でない。親鸞聖人以来、本願寺の僧侶は妻帯を許される。北陸に一向宗の一大聖域を築き上げた蓮如上人は、五人の妻との間に二十七人の子をもうけた。

身内を持たぬ玄任は、血の繋がるわが子に強く憧れた。お劫も同じはずだ。

広河原に立つ古い蠟梅の木の下で、「夫婦になってくれぬか」と尋ねる玄任に、お劫は「はい」とすぐに頷いて、応じたものだ。

——大仏さまとわたしの子なら、きっと加賀で一番大きくなるでしょうね。たくさん産んで、家を賑やかにいたしましょう。

澄ました口調でも、お劫は真っ赤になっていた。玄任も同じだったろう。

師の下間頼照によれば、玄任の父は若くして朝倉家との戦いで落命したらしい。母は悲嘆の余り病床に伏し、出産の後すぐに亡くなった。今また、想い人を仏敵に奪われるというのか。

玄任は激しく歯嚙みした。朝倉が、憎い。

さらに奥へ進むと、無惨に討たれた門徒たちが折り重なっていた。死に物狂いの門徒に中途半端な情けを掛ければ、返り討ちに遭う。ゆえに敵は、決して容赦をしない。門徒を見つけ次第、必ず殺した。己が身を守るためだ。

「待て、降参する。命だけは助けてくれ！」

左手で、命乞いを繰り返す男の声が聞こえた。そっと樹間から覗く。

中年の門徒だ。背に挿した旗指物は途中で折れ、〈退者無間地獄〉の部分だけが残っていた。対する敵の足軽は五、六人か。玄任なら倒せようが、疲れは極限に達している。

済まぬと内心で詫びながら、反対の方角へ速足で歩き出した。

「おやめなさい！　わたしが相手です！」

背後で聞こえた澄んだ女の声は、お劫だ。

玄任は慌てて踵を返し、夢中で駆けた。樹間の灌木が邪魔をする。

前方で朝倉兵の嘲笑う声がした後、あうっと、女のうめき声が上がった。

「上玉じゃから、殺すなよ。阿弥陀さんの罰が当たるぜ」

男たちの嗤う声が聞こえてきた。

玄任は必死で下藪を掻き分けた。林の向こうに、夕光が広がっている。

ようやく森を抜けた。お劫が数人を相手に、薙刀で懸命に抗う姿が見えた。

「やめんか！」怒号を上げながら突進する。

足軽が振り向きざま突き出してきた長槍を払い、力任せに弾き飛ばす。

ぶんと風を切って長大な槍を大きく回し、足をすくった。

続けて、別の足軽の胸を石突きで吹き飛ばす。

怪力で猛り狂う玄任の剣幕に、わっと敵は逃げ出した。

尻餅を搗いて逃げ遅れた足軽の顔に穂先を突きつけた時、玄任の頭を〈不殺生戒〉の四文字がよぎった。

数瞬迷ってから大身槍を引くや、足軽は慌てて逃げ出し、森の中へ飛び込んだ。

「大事ないか、お劫？」

手を差し出すと、お劫が白い手で摑んだ。立ち上がらせる。

襲われていた中年の門徒は、すでにどこかへ姿を消していた。

「助かりました。大仏さまもご無事で何よりです。でも、眉間にひどいおけがを。せっかくの白毫が……痛みますか？」

心配そうな顔で額へそっと当てられた手を取って、握り締める。

「血はずいぶん出たが、大事ない。阿弥陀如来のご加護であろう」

「よかった。ここは危ないですから、一旦、戻りましょう」

お劫が丸顔でにっこりと笑いかけてくる。その細い眼が繊月のように、消えてなくなった時――

にわかに後背の森で、弓を引き絞る音がした。

伏せよ！　と叫ぶ前に、お劫がとっさに玄任に覆い被さってきた。

矢が身体に刺さる鈍い音がした。

お劫の左胸から血に染まった鏃が顔を出している。

玄任は悲鳴を上げながら、お劫を抱き止めた。再び弦音がした。

お劫を守りながら身をすくめた瞬間、肩に激痛を感じた。矢が刺さっている。

慌ててお劫を抱き上げ、野を駆けた。

射程から逃れるや、玄任は想い人をそっと地に横たえる。

羽根を摑んで矢を手元で折り、背と胸から恐るおそる抜いた。鮮血が噴き出す。

夢中で抱き起こした。蒼白の丸顔は、血と泥で汚れている。

お劫は瞑目したまま、何も言わない。

「しっかりせよ、お劫！」

なぜだ。十六歳の潑剌とした善良な門徒が、なぜ命を落とさねばならぬ。

必死で呼び掛け続けると、お劫がうっすらと目を開いた。

残り少ない命で、玄任を慰めるように微笑もうとしていた。

差し出された震える手を握り締めながら、お劫の名を叫ぶ。

「夫婦にはなれませんでしたけれど、加賀の国に生まれてよかった……。だって、大仏さまと恋ができたんですもの」

玄任は堪えきれずにお劫を掻き抱いた。力が、足りなかった。

「また独り取り残されて、これから、どうすればよいのだ……」

「お先に浄土へ参りますが、わたしはきっと仏さまになって、いつも玄任さまのおそばにおりますから。民の国を、皆を、守って下さいまし……」

門徒たちの骸が幾つも転がる森の外れにいるのは、胸を赤く染めたお劫と、玄任だけだった。

「約束する。生涯を懸けて、守り抜く」

小さく頷いて事切れた想い人の名を、何度も呼んだ。

玄任の若き体軀が打ち震えた。

腹の奥底から頭の天辺まで、獣の叫びが突き抜ける。

言葉をすべて奪い去られたように胸が詰まって、「南無阿弥陀仏」さえ出なかった。

代わりに玄任は、透き通る青天に向かい、みっともなく吠え、哭いた。

四

真冬の冷たい雨が、大坂本願寺の広い境内を音もなく濡らし続けている。

下間頼照は綱所を出て、四脚門をくぐった。

鐘楼の向こうには、十万枚余の瓦が葺かれた大伽藍が聳えている。十三年前に新しく建立された阿弥陀堂だ。奇瑞という他ないが、大坂のこの地には、大寺を建立するにはうってつけの礎石となる石が地面の下に数多く埋まっていた。そのゆえに「石山」と呼ぶ者も多い。

阿弥陀堂へ上がり、新造の本尊に頭を下げてから、頼照は外陣の経卓の近くに坐した。堂の内陣は『仏説阿弥陀経』の世界を表すべく、天井から柱に至るまで金色で荘厳され、如来の左右には、法然上人ら七高僧と聖徳太子の御影像が掛けられている。

宮殿の本尊は、大坂本願寺で二代目の阿弥陀如来像で、今度は立像だ。

古い坐像には、不可思議な事象が起こった。膝に付いた血痕を拭き取っても、いつの間にか褐色の汚れが同じ場所に浮き出てくる。侍僧たちが気味悪がっていると、やがて坐像は血痕を隠すかのように、全体が紅頗梨色に変わっていった。今は経蔵の奥へ大切にしまい込まれていた。

頼照は今日も如来像を通じて、亡き師に問いかける。

(民の国を守るために、私は今、どうすればよろしいのですか……)

今では失われた輝きだからこそ、頼照はあの日を思い出すのだ。

まだ十代の頃、頼照は筆頭坊官となった師の蓮応に従い、加賀一向一揆へ派遣され、御堂衆の末席で政の一端に携わった。

当時は〈大小一揆〉と呼ばれる内乱が終わった直後で、加賀は食糧にも事欠く窮状にあり、総本山からの支援で各地から届けられた大量の米の配分を巡り、旗本衆と惣代たちが一堂に集い、論じ合っていた。

加賀国の政は、十六人の〈旗本〉による衆議で決せられた。旗本は加賀四郡に十六ある〈組〉の代表であり、組はそれぞれの地域で軍事・内政・財政を担う。旗本は他国なら武将に当たるが、主君ではなく民の国のために戦う点で、決定的に違う。本願寺が〈組〉に対し一本の旗を与えるために「旗本」と呼ばれ、戦時は組の門徒たちを率いた。

組とは別に、各寺を中心とする信仰の単位として〈講〉があり、講を代表する〈惣代〉が旗本を選出する。惣代は旗本たちによる衆議に参加できるが、札入れはできない。

その日も早朝から、旗本たちが保身と私利を隠さず、侃々諤々の議論が続いた。

――大小一揆の勝利は、津幡で畠山家俊を討ったがゆえ。つまりは、わが組の大なる働きあってこそよ。命懸けの功名を立てし組が、指咥えて見ておった組と同じに扱われるなぞ心外じゃ。

――戦うだけが、戦ではない。万を超える大軍の兵糧を誰が集めたと思うておる？腹を空かせて、敵将を討てたのか。

――法主が三河の坊主衆に、長の在陣の労を謝しておられるごとく、こたびは皆が力を合わせたからこそ、あの朝倉宗滴を追い払えたのじゃ。

日もすっかり暮れた後、始終黙っていた蓮応が擦れた咳払いをした。ずっと眠るように瞼を閉じたままでも、ちゃんと話を聞いている。

――御同朋御同行の衆よ。こたびの戦乱でも、たくさん孤児が生まれてしもうた。拙僧は子供たちが不憫でならん。

ぽそりとこぼれた蓮応の言葉への共感が、静かに衆議の場に広がってゆくのを、頼照は感じた。粗食のせいで、蓮応は痩せ枯れた古木のような体つきだが、その細身から出る短い言葉はいつも含蓄があり、立ち止まってより深く物事を考えさせられた。

洲崎兵庫という北二郡の筆頭旗本が「これほど論じ合って話がまとまらぬなら、いっそ孤児に与えてはどうか」と言い出し、熱く弁ずると、次第に賛同者が増えていった。他に利を渡すくらいなら、皆が等しく利を得ぬほうがよい、との気持ちも見え隠れしていた。

反対する者も出たが、議論がひとまず尽きると、蓮応はまたぽそりと擦れ声で呟いた。

――子供たちは、米をさぞかし喜ぶじゃろうな。嬉しや、嬉しや。されど、食ってしまえば、それでおしまいじゃのう。

次は宇津呂備前（びぜん）という南二郡の筆頭旗本が、「米を食わずに、売ってはどうか」と言い出した。様々知恵を出し合って、結局、米で金を作り、今回の内乱で親を失った孤児たちのために家を建てて住まわせ、一向一揆の子として育てることで、一同が一致したのである。

嬉しそうに衆議を見守る蓮応の姿を見ながら、頼照は心を震わせていた。

国を支配する誰かが押し付けるのではない。皆で考え、悩み、決める。これが、民の国の政だ。しばしば失敗もする。時も掛かる。だがそれでも、何と素晴らしい国なのか。

蓮応は蓮如上人の御堂衆も務めた傑僧で、俗名を下間頼玄といい、下間本家の本流だった。

民の国の価値を教えてくれた頼照の師であり、信仰も篤（あつ）く、従来下間氏が独占してきた阿弥陀堂や御影堂の賽銭（さいせん）の習得権を、本願寺に寄進してもいた。その蓮応が二十年ほど前、何者かの手で暗殺されたとき、頼照は師の墓前で、非力ながら「民の国を守り続ける」と誓ったのだ。

幼時、仏法を学び始めた頃は毎日が楽しくてならなかった。親鸞聖人に憧れ、少しでも近づきたいと熱心に勤行に励んだが、果たせぬままだった。頼照より該博で有能な僧侶は幾らでもいたが、蓮応の死後、「高僧」として敬えるほどの人物は当代に一人もいなかった。

（そろそろ、お見えになる頃か……）

本願寺では、熾烈な政争がまさに絶頂を迎えつつあった。壁に耳あり障子に目ありだ。密談が露見して無用の疑惑を招くくらいなら、予め示し合わせて人気の少ない阿弥陀堂で会い、言葉を交わすほうが目立たず、申し開きもしやすい。

やがて、渡り廊下に下間刑部卿頼廉が姿を現すと、頼照は両手を突いて待った。刑部卿家嫡男の僧位僧官は、分家傍流の頼照より断然、上である。

男にしては高めの声で促され、面を上げた。

如来の慈悲深い微笑を見上げながら、刑部卿は含み笑いを浮かべていた。

真宗では得度する時を除いて剃髪は不要だが、この美男の若き俊英は「日々、得度する覚悟を持ちながら生くべきだ」と綺麗に剃り上げる。凜々しい略正装の衣体姿だ。

「こたびの杉浦玄任が不手際、面目次第もございませぬ」

頼照は改めて手を突き、深々と頭を下げた。

末法の世にあって、徒手空拳の孤児が本願寺で出世するには、武の道を歩む〈青侍〉になるしかなかった。下間家と縁故もない一介の青侍の破格の取り立ては、ひとえに刑部卿の力によった。だが、鳴り物入りで加賀へ派遣された玄任は、仏敵相手に惨憺たる敗北を喫した。加賀一向一揆は為す術もなく宗滴の侵攻を許し、瞬く間に南半国を奪われた。玄任の大失態は、刑部卿の顔に泥を塗った。

本願寺は今また二つに分かれ、内部で相争っている。

若き頼廉が後を襲った刑部卿家が法主を支えてきたが、昨年、第十代証如が若くして示寂し、後継の第十一代顕如の治世は、まだ固まっていなかった。

本来、刑部卿家よりも正統な嫡流ともいえる宮内卿家は、一旦政争に敗れて没落したはずが、政争を生き延びた同家の下間融慶が虎視眈々と復権を狙っていた。頼照は刑部卿派に属していても、政争は大の苦手だった。関わりたくはないが、本願寺が総本山から崩れては、全国の門徒たちに申し訳が立たぬし、民の国も守れまい。ゆえに今では刑部卿と心中する覚悟を決めていた。

「越前の仏敵がくたばりおって、加賀も命拾いをしたな」

背筋がヒヤリとするほど落ち着き払った美声だ。

無敵の宗滴の進撃を止めたのは人間でなく、病だった。宗滴が没すると、朝倉軍は奪い取った南半国に番兵を残して撤退した。

「すでに公方様には、手を打った」

本願寺教団きっての英才は抜かりがない。将軍足利義輝を動かし、越前と加賀の和睦を命じてもらい、朝倉軍を加賀半国から撤退させる。若き朝倉義景は惰弱で、幕府の権威に屈すると、刑部卿は言い切った。戦で負けても、政略で取り返すわけだ。

「父上も嘆いておられたが、宗滴なき朝倉より、むしろ七里のほうが厄介だ」

宮内卿派の七里頼周はやり手の坊官で、一枚岩でない加賀一向一揆を、金と虚々実々の駆け引きで強引にまとめ上げ、「加州大将」とまで呼ばれた。七里が加賀を離れると、たちまち政が行き詰まり、「志」という名の年貢も本願寺には満足に入らなくなる。そのため「加賀は七里に任せるべし」とされていた。加賀で力を持ち過ぎたために長島一向一揆へ移したところ、今回の戦が起こった。加賀での大敗を受け、本願寺は急遽、長島にあった七里を派遣せざるを得なかった。

「七里め、杉浦に生害を申し付けるべしと捻じ込んできおったわ」

「な、何と……」頼照は慌てて両手を突き直す。

「不肖の弟子ではございますが、玄任は本願寺の盾として、必ずやお役に――」

「分からぬか。七里の肚芸よ。若造の首なんぞ、奴は歯牙にも掛けておらぬ。が、それでも総本山が送った坊官には違いない。首を刎ねれば、拙僧はともかく、顕如様の顔まで潰す仕儀となる。されば杉浦の任を解き、大坂へ復させたわ。七里め、刑部卿派はこれから加賀の政に口を出すなと、言いたいわけだ」

　頼照は繰り返し礼を述べたが、刑部卿も玄任を助命したかったわけではない。ただ、法主と自分の面目を守っただけだ。

「長きにわたる総本山の政争をそろそろ終わりにしたい。これまでは敵対してきたが、拙僧は過去をすべて水に流し、七里と手を組むと決めた。御坊もその心づもりでおるがよい」

　頼照はひっくり返りそうになった。紆余曲折を経て七里は今、刑部卿派と激しく対立する宮内卿派の懐刀だ。そこへ手を突っ込むとは……。

「畏れながら、七里は信心乏しく、とうてい信用ならぬ坊主にございます」

刑部卿は幾分愉快そうに、珍しく声を立てて笑った。

「御坊が人の悪口を言うこともあるのだな。が、乱世の本願寺では、信心なぞ二の次よ。拙僧は七里を利用して、確かな力を手に入れる。あの者に本願寺を掻き回されようとも、このまま真っ二つに割れるよりはましだ。顕如様の下で一つとならねば、本願寺はこの乱世を渡ってゆけぬ。拙僧はむしろあの抜け目ない似非坊主を使うて、当今の御綸旨により本願寺を門跡となし、世に遍く一向宗の法雨を注がんと欲しておる」

頼照は息を呑んだ。朝廷が認める〈門跡〉の寺格は、本願寺の悲願だった。成功すれば、顕如以下、刑部卿家は寺内で揺るぎなき地位と力を手中にできよう。

「悲しいかな、父上の力では、七里を御せなんだ。が、毒を食らわば皿までよ。拙僧は奴を使いこなしてみせる」

先代刑部卿の下間頼康は早死にしたが、死に臨み「わが子頼廉の智謀と豪胆は、若くとも己に数倍する」と証如に言い遺し、本願寺の行く末に安堵しながら逝ったと聞く。

刑部卿は立ち上がると踵を返し、振り向かぬまま言い残した。

「杉浦は長島か、三河の末寺にでもやるがよい。あの図体は目障りだ」

「ははっ。戻り次第、すぐにも出立させまする」

頼照は去ってゆく刑部卿の足音がすっかり消えても、そのまま平伏していた。

杉浦玄任と鏑木頼信の二人こそは、凡僧の頼照が得た弟子の中でも、最高の逸材だった。もしも二人が本願寺で相応の地位を得たなら、末世も少しは良くなるはずだと信じていた。

（わしは早まった。いかに俊秀であろうと、相手が悪すぎた……）

この春先、仏敵討滅をと血気に逸る玄任から、加賀派遣の懇請を受けた。頼照は思い悩んだ末、坊官に強く推挙して戦地へ送った。だがやはり、止めるべきだったのだ。あたら前途有望な若者の将来の芽を摘んだのは、頼照だ。

玄任が戻れば、詫びねばなるまい。非力な自分にできなかったことをすべて託すごとく、頼照は純朴で素直な若者たちに、民の国と仏法の理想を説き続けた。才乏しい自分が挫折したからこそ、打てば響く有能なる若木を懸命に育ててきた。その結末が、初陣の惨憺たる敗戦だった。

阿弥陀堂の外から、足を引きずるような音が近づいてきた。

振り返って見やると、白い雨霧の中を巨漢が歩いてくる。法衣の白服はむろん濡れ鼠だ。

「大仏、なのか……？」

階段の下に立つ僧侶が誰か、すぐには分からなかった。それほどに、杉浦玄任は変わり果てていた。

頼照は怯んだ。

額の大黒子が無惨な銃痕と化しただけではない。明朗快活で屈託なかった青年僧が、今はまるで、隠居して久しい老僧のようにさえ見えた。冷め切った表情の裏には、何もかもを諦めたかのように捨て鉢で、禍々しいまでの絶望の深淵が見え隠れしているようにさえ思えた。

「加賀で、何を見たんじゃ、玄任？」

雨に打たれ続ける若者の目は、死んでいた。もう、心優しい大仏ではない。

かつての玄任の目を青き天とするなら、今は黒き雨か。

頼照は堂宇から雨中へ飛び出した。

大きな体を力いっぱい抱き締める。驚くほど、痩せていた。

「赦せ、玄任。赦しておくれ……」

八ヶ月ぶりに再会した師弟は、降りしきる冬の雨の中を、言葉もなく立ち尽くしていた。

第二願　無明

——永禄十年（一五六七年）三月、越前国・金津

一

春嵐が〈欣求浄土〉の旌旗を乱暴にはためかせている。竹竿は折れんばかりだ。

越前平野の入口で、一進一退の攻防が続く。

敵が先陣を一旦下げると、松任組旗本・鏑木頼信は、戦場を挟む左右の低山へ物見を走らせた。

長槍を手に戦場で荒れ狂う鏑木は、一向宗門徒たちから「阿修羅」の渾名を貰い、自身も大いに気に入っていたが、今回の相手は実に用兵が巧みだった。先刻は、寡兵ながら大岩の陰からの思わぬ奇襲に、慌てて兵を退かざるを得なかった。

「牛屋の杉浦殿が陣を引き払いました！」

物見の篤蔵の報せに、鏑木は耳を疑った。

「おのれ懦夫めが！　玄任は敵が来る前に、尻尾を巻いて逃げたと申すのか？」

何を考えているのだ。十二年ぶりに再会した杉浦壱岐守玄任は、三河や長島の一向一

揆を転々としていたらしいが、「大仏」と渾名されていた昔とは、まるで別人のように変わっていた。贅肉を削ぎ落した体つきだけではない。かつての朗らかさは微塵もなく、代わりに近寄りがたいほどの落ち着きがあった。

「まったく、臆病なお方ですな。ただ『兵を退く』と仰せにて。されば、いずれ堀江勢が牛屋を越えて、ここへ向かって参りますぞ！」

越前へ侵攻した約二万の加賀一向一揆軍のうち、戦場に残っているのは、鏑木の率いる門徒たちだけになった。

「いかん。このままでは、山崎勢と挟み撃ちにされる」

この日、永禄十年三月十二日未明、加賀軍は越前の金津上野へ侵攻した。

総大将は主力である本覚寺の寿英が務め、鏑木頼信が副将となったが、大坂から急遽派遣されてきた坊官の杉浦玄任も直前に合流していた。

対する朝倉軍は高塚、熊坂、牛屋の地を、山崎吉家、魚住景固、堀江景忠の三将がそれぞれ守って、合戦に臨んだ。鏑木は松任組を核とする門徒たちを率い、高塚の山崎勢を攻撃したが、巧妙な采配に翻弄されて戦果が上がらず、埒の明かぬまま一刻前から睨み合っていた。

半刻ほど前、寿英の率いる本覚寺勢が熊坂で魚住景固に敗れ、早々に撤退したとの報せが入っていたが、勇猛で鳴る堀江は自分に任せよと名乗り出た玄任が、戦わずして敗走するとは思いもよらなかった。

「やむを得ん、撤退じゃ！　無駄に命を捨てるな。皆の衆、生きて帰るぞ！」

鏑木は馬上で声を嗄らしながら叫んだ。

自ら殿軍を務め、即座に北へ撤兵を開始する。

精鋭の松任組だけなら神速だが、老若男女の交じる一揆軍は動きが鈍い。

ようやく細呂木に至り、狭い山間が見えてくると、鏑木はほっと一息をついた。

幸い山崎勢は追撃せぬらしい。数の多い一揆軍を相手に、危ない橋は渡らぬのだろう。

「旗本様！　山崎勢が山の向こうへ回り込んでおりましたぞ！」

悲鳴を上げながら、篤蔵が知らせてきた。

行く手の林から現れた朝倉軍の〈三つ盛木瓜〉の旗印を見た時、鏑木は目の前が真っ暗になった。両軍が睨み合う間に、山崎吉家は勝手を知る間道でも使い、密かに一隊を迂回させ、退路へ兵を送り込んでいたのだ。

「畜生！　越前にも、ずいぶんな戦上手がおるもんじゃ」

背後を見やると、遠く異郷の野に砂塵が上がっている。堀江勢だ。

宗滴を失っても、朝倉軍の強さはまだ失われていないらしい。

「熊坂におる魚住勢も、じきにやって参りましょうな」

「つまり、袋の鼠ってわけか。どうするんじゃい……」

どう考えても、逃げ道はない。鏑木は手綱をぎゅっと握り締めた。

「どのみち死ぬなら、俺たちの死に方は決まっておるわ。進んで、極楽往生を遂げん！」

篤蔵が厳しい顔で頷いた。この男も、信仰篤き一向宗門徒だ。

「旌旗を高く掲げよ！　二手に分かれい。前後の敵に突撃して、浄土へ行け！」

槍を空へ突き出しながら鏑木が叫んだ時――
ド、ドンと、轟音（ごうおん）が地を震わせた。
「何が起こった？」

北の森を見やると、〈南無阿弥陀仏〉と墨書された旌旗が、樹間から一斉に現れた。

一団の先頭には、素槍ほども長い大鉄砲を手に、一人の筋骨逞（たくま）しき将が立っている。

巨漢の合図で、兵たちが一斉に鉄砲を構えた。

幾百の銃口が炎を噴くと、轟音が山間に響き渡った。

林から現れた敵伏兵の背後へ、玄任の鉄砲隊が一斉射撃を加えたのである。

凄（すさ）まじい弾幕に、敵は怯みを見せた。背後を取られまいと、森の中へ兵を退いてゆく。

「命拾いしましたな」篤蔵が破顔一笑、小躍りした。

「今のうちじゃ、山間へ駆け込め！」

幸い、背後から迫る堀江勢とは、まだ距離があった。

一揆軍は次々と退却してゆく。

やがて、殿軍の松任組が山間の入口へ差し掛かった。

馬上の鏑木が行き過ぎて振り返ると、玄任は出入り口に蓋（ふた）をするように、約五百名の鉄砲隊を数段に並べ直していた。街道が狭くなり、両側の低山が最も近づく場所だ。

門徒たちを先に退却させてから、最後尾の鏑木は馬首を返した。

玄任は、街道にせり出した左右の林の中へ鉄砲隊を入れ、素早く堀江勢と合流を済ませた山崎勢と対峙(たいじ)している。五尺近い大鉄砲を手に、敵勢を見やっていた。

鏑木は巨漢の隣まで駒を進めた。篤蔵が従う。

「玄任よ。そろそろ背後から、魚住勢が来おるのではないか」

「いや、すでに打ち払った。魚住は良将ゆえ、無理はせぬ」

玄任は敵の追撃を封じるべく、東から来る魚住勢を伏兵で撃退した後、この地へ布陣したという。寿英が撤退するや、深入りしていた鏑木勢が撤退できるよう、退路を確保したのだ。

「撃て！」

銃声が山間に木霊した。耳を塞(ふさ)ぎたくなるほどの轟音だ。

敵の進軍が止まった。

敵勢に前進の動きが見えるや否や、一斉射撃で牽制(けんせい)したわけか。

「鉄砲とは、何とも恐るべき武器じゃな」

玄任の鉄砲隊は林中にあり、敵の矢も満足に当たらない。遠距離からの一方的な攻撃を前に、朝倉軍は完全に停止していた。

「鉄砲なら、多少の鍛錬だけで、誰でも簡単に扱える。民の国を守るには、最も相応(ふさわ)しき得物だ」

武士ならぬ門徒たちを戦力とする場合、最適の武器は火縄銃だと玄任は考えた。本願寺は財力に物を言わせて、鉄砲と弾薬を大量に仕入れた。玄任は自らも鉄砲術を極め、徹底した訓練を施して、五百の精鋭からなる鉄砲隊を編制した。四年前の三河一向一揆の戦いにも加わったらしい。

「お前の隊には、面白き者たちがおるのう」

玄任が連れてきた鉄砲隊には、実に風変わりな者たちがいた。槍も振るえそうにない細身の若者、骨と皮だけのような年寄り、どこにでもいる小太りの中年女……。だが、本願寺が大量の鉄砲弾薬を用意して一人ひとりに持たせ、然るべき将が指揮すれば、本来なら戦えぬ者たちも驚異の戦力と化すわけか。

「皆、昔の私のように、行き場を失った者たちだ」

玄任はやおら大鉄砲を構えるや、真鍮の引き金に指を掛けた。

「如是我聞～一時佛～在舎衛國～祇樹給孤獨園……」

轟きと共に、銃口から紅蓮の炎が噴き出す。

首を刎ねられたごとく、朝倉軍の旌旗が竿の途中から、弾け飛んだ。

「何と！」篤蔵が讃嘆の声を上げた。

二町ほども離れている。信じがたい腕前だ。

玄任はすでに、腰に付けた黒革の胴乱へ手をやり、深紅の火薬入れを取り出していた。

この男は武器も大身槍から、大鉄砲へと変えたのだ。

鏑木はいささかの恐れを持って、加賀へ帰ってきた旧友を見た。

「変わったな、玄任。何が、あったのだ？」

綺麗に剃り上げられた坊主頭に、太い下がり眉と厚い唇、逞しい鼻筋には、昔の面影が残ってはいる。だが杉浦玄任はもう、笑顔のよく似合う〈大仏〉ではなかった。

「十二年は、人間がすっかり変わるのに、十分な歳月だ」

完膚なきまでに仏敵に敗れたあの時、菅生の森の外れで、玄任は肩に刺さった矢を抜くのも忘れ、血涙を流しながら、みっともなく声を上げて哭いていた。鏑木はその姿を、篤蔵と共にただ見守ることしかできなかった。玄任の目は光を失っていた。皆に愛された本願寺の大仏はあの日、死んだのだ。廃人になり、もう二度と立ち上がれはすまいと、案じたものだ。

だが、杉浦玄任は復活した。その、鋼鉄のごとく引き締まった全身は、以前のふっくらした頬や肥満体とは、まるでかけ離れている。宿命の仏敵を睨みつける玄任の横顔は、眼光だけで敵を討ち滅ぼすかのごとき精悍(せいかん)さを宿していた。誰かに、似ている。

弾込めを終えた玄任が、再び大鉄砲を構え直した。

昔はなかった、こめかみに浮き立つ太い青筋を見たとき、鏑木は気付いた。

――仁王だ。心優しき大仏は、怒れる仁王と化した。

杉浦玄任は、本願寺の仁王となったのだ。

二

大聖寺城の西ノ丸からは、眼下を流れる大聖寺川が夕日を浴びて煌(きら)めいている。

「何もせず、この城におるだけでよいと、御坊は言われるか？」

本覚寺の寿英は驚きを隠せず、うっかり声を裏返らせた。

「いかにも」

玄任が短く応じた。その低音は、曇り空を薄雲がゆるりと流れるような穏やかさだ。

総本山が加賀へ派遣してきた坊官は、寿英よりひと回りほど年下の三十路(みそじ)前後のはずだが、そばにいるだけで気圧(けお)されるほどの風格があった。昔、朝倉宗滴を相手に大敗した時も一揆軍にいたと聞き、寿英は肥えた若い大男を朧(おぼろ)げに思い出した。

「じゃがしかし、何もせんと、いうのもう……」

寿英は同座する鏑木を遠慮がちに見た。阿修羅の異名を取るこの猛将は、戦場でこそ頼りになるが、明らかに寿英を毛嫌いしており、目を合わせようとさえしない。

そもそも今回の越前攻めを言い出したのは、寿英たちだった。

本覚寺はかつて越前の和田(わだ)にあったが、永正(えいしょう)三年（一五〇六年）、宗滴に敗れて加賀へ落ち延びた。寺領回復こそが本覚寺の悲願であり、寿英は最有力の旗本、宇津呂慶西に金を貢ぎ、筆頭坊官の坪坂伯耆守包明(つぼさかほうきのかみかねあき)を半ば脅し上げて、今回の出陣を実現させた。

総本山は出兵を了承するに当たり、一人の坊官を一揆軍に加えるよう求めてきた。刑部卿に力を見直され、法主顕如の信も厚く、壱岐守の官位も賜った杉浦玄任である。出陣の直前に現れて合流した白い僧服の大男は、頼りなさそうな五百人ほどの門徒を引き連れていた。

「されば、杉浦殿。攻めて参った時に備え、しかと守りを固めるわけじゃな？」

寿英は坊主であり、戦の素人だ。宗滴亡き後は、兵数の多いほうが勝つと高を括(くく)っていたが、敵は考えていたより強かった。玄任が敵の追撃を阻止したおかげで、鏑木の軍勢も無事に戻れたという。それでも敵は、勢いに乗り攻め込んでくるのではないか。

「慣れぬ戦で、昨日の疲れもござれば、ゆっくり門徒たちを休められよ」

玄任の返答に、鏑木が怪訝(けげん)そうな顔で口を挟んできた。

「待て、玄任。迎撃に出た朝倉の三将は、いずれ劣らぬ名将じゃ。この機に再び加賀攻めに入るのではないか」

朝倉義景は戦嫌いだが、重臣たちの説得で三年前に遠征を行い、敗れた加賀一向一揆はまたもや南半国を失った。翌年四月には取り返したが、加賀と越前は百年近く、血みどろの殺し合いを続けてきた間柄だ。どちらかが滅びるまで、戦は終わるはずもない。

「近く、越前の勇将、堀江景忠が謀反を起こす」

落ち着き払って応じる玄任に、寿英は素(す)っ頓狂(とんきょう)な声を上げた。

鏑木も面食らった様子で、大きくかぶりを振っている。

「馬鹿を申せ、ありえぬわ。奴は最も憎たらしい朝倉の忠臣よ。松任組も、堀江勢にどれだけ苦汁を舐めさせられたか知れぬ」

「本人に逆意はあらずとも、主君に疑われれば是非もなかろう。実は私が大坂にある時から、手を打っておいた。越前河合に八杉木兵衛という一向宗門徒がいる。頼りになる男だ」

「では昨日、堀江勢と矛を交じえなんだのも、朝倉家中に疑念を生じさせるためか」

身を乗り出して尋ねる鏑木に、玄任が頷き返す。

「義景は疑り深い。他方、傍若無人な堀江には敵が多く、朝倉家中は一枚岩でもない。木兵衛によれば、近々だ」

寿英はゴクリと生唾を飲んで、玄任を見た。

この坊官は昔の青二才とはまるで別人だ。戦上手なだけではない。酸いも甘いも嚙み分ける、とてつもない謀将となって加賀へ戻ってきたようだった。

三

「狐殿。杉浦玄任には、くれぐれも用心なされませ」

小太りの生臭坊主が、たるみきった顎の肉を揺らしながら力説すると、旗本の宇津呂慶西はさりげなく居住まいを正して、距離を保った。

本覚寺の寿英は口を開くたび、酸い嫌な臭いがする。これには閉口した。

宇津呂は不快な坊主から顔を背け、庭へ目をやる。

初夏の緑樹が目に心地よい。「宇津呂の狐目には、己の利しか見えていない」と陰口を叩かれているそうだが、褒め言葉だと思っている。乱世では自分の身さえ守れぬ者のほうが多いのだ。

広い庭ごしに、金沢御堂の大伽藍が見えた。

宇津呂家は代々〈南組〉の旗本を務め、能美郡の波佐谷に自城を持つ。だが、加賀の南二郡はしばしば朝倉軍に侵略されるため、宇津呂は長らく生活の本拠を金沢に置き、身内も住まわせていた。

「堀江景忠も、あの坊官の策に掛かり、濡れ衣を着せられて追放されたのですぞ。玄任とは、げに恐ろしき男よ……」

朝倉義景は宿将の堀江に逆意ありと断じ、山崎と魚住の二将を討伐軍として差し向けた。追い詰められた堀江は、宿敵の加賀に降ることを潔しとせず、能登の縁戚を頼って落ち延びて行った。これで越前は当面、加賀を攻められまい。

むしろ宇津呂が驚いたのは、敵への謀略を奏功させた玄任が掌を返して、〈加越和与〉を説き始めた変節だった。玄任の動きを知った寿英は仰天し、小松の本覚寺から金沢へすっ飛んできたのである。本覚寺にとっては、和睦すれば加越の痛み分けとなり、悲願である越前の寺領回復がさらに遠のく。何としても阻止したいわけだ。

「案ずるな、寿英殿。深き怨恨が報復を呼び、加賀と越前は百年近くの間、大小数え切れぬほど戦をしてきた。口先だけの約定を交わしたとて、早晩必ずいずれかが破る」

宇津呂にとっても、和睦は迷惑千万な話だった。

近ごろ本願寺が鉄砲隊に力を入れ、堺の商人は鉄砲と弾薬の商いで、しこたま儲けていた。以前から宇津呂は、長槍や具足を仕入れる差配を任され、戦のたびに上がりを得てきた。越前との戦がなくなれば、加賀で武器が売れず、宇津呂に入る上納金が激減してしまう。この二十年ほどで、金沢の宇津呂屋敷の広さは十倍ほどにもなった。身内のためにも今の豊かな暮らしを守らねばならぬ。「国が滅べば、元も子もない」と毒づく者もいるが、大本願寺の後ろ盾を持つ三十万門徒の大軍勢だ。朝倉宗滴のごとき戦の天才でも出ぬ限り、簡単に滅ぶはずがない。

「されど、狐殿。あの大男を侮ってはなりませんぞ」

宇津呂は腹のなかで嗤った。

たかだか一介の坊官風情に何ができよう。

七里頼周という例外はあるにせよ、坊官は畢竟、本願寺領を守る半僧半俗の武将に過ぎず、総本山を動かす力もない。加賀一向一揆の衆議を進めるのは筆頭坊官だが、平の坊官は置物のように座っているだけだった。札入れができるのは、加賀四郡に十六ある〈組〉の長として選ばれし十六人の旗本衆のみだ。

「頼りない坪坂を加州大将にすげ替えさせたゆえ、大丈夫じゃ。加越では互いに身内の一人や二人、必ず殺されておる。しゃしゃり出て来たよそ者の坊主に言われて、明日から仲良うできるとでも思うてか。三年前にも和睦したが、また戦をしたではないか」

「なるほど。言われてみれば、絵空事に思えてきましたな」

納得した様子の寿英が頷くと、たるんだ顎の肉が揺れた。

「何かを変えようとする者には、無理難題を押し付ける。さすれば、諦めるものよ」

誰しも自分が可愛いのだ。「民のため、国のため」などと綺麗事を並べる節介焼きには、割に合わぬ重荷を背負わせてやれば、馬鹿らしくなって、じきにやめる。

「わが本覚寺はこれまで同様、狐殿に従って参りまするぞ」

(利に聡いだけの生臭坊主めが。口先だけで、いけしゃあしゃあと)

顔には出さず、宇津呂は腹の中で毒を吐く。

「和を作るには知恵も要るが、壊すのは阿呆でもできるわい」

長き年月を掛け、宇津呂は加賀一向一揆をわが物とした。南半国の筆頭旗本として、七里と共に加賀の政を壟断し、富と力を蓄えた。宇津呂に逆らえば、嫌がらせをされて損をするだけだと、誰もが学んだ。下手をすれば、旗本の座さえ追われかねぬ。今や旗本衆の過半が宇津呂に従う。これまで七里に逆らえる坊官などいなかったが、玄任が目に余るなら大坂へ戻せばいい。

(何もかも、今のままがよい。変えさせはせぬ)

宇津呂は保身の塊だと悪口を言う者もいるが、何が悪い。極楽往生を願うのも、まさしく保身であろうが。宇津呂は事あるごとに戦に反対してきた。自らの手で人を殺めた経験もない。意気地なしだと嗤う者もいるが、何が悪い。宇津呂は戦下手だが、幸い加賀国は何でも話し合いで決められる。戦は上手な奴がやればいいのだ。施物頼みの自分も怪しいものだが、人を殺めた者は極楽往生できぬと宇津呂は思っている。性悪の自分が、〈十悪〉の第一として禁じられる「殺生」にまで手を出せば、地獄行きは確実だろう。だから、ともかく戦にはまず反対した。一族郎党を戦場に出さぬのは、死なせたくないからだが、相手に殺生をさせぬためでもある。誰しも身内が可愛いはずだ。守ろうとして、何が悪い。

さりとて、和睦にも反対だ。宇津呂に金が入らねば困る。戦をせず、しかししっかりと武器を蓄えて守るのが一番いいのだ。

作り笑顔の寿英が残していった酸い口臭がようやく消えた頃、一人の男が庭先に畏まった。

「旦那、ちょいと風向きが怪しゅうなってきやした。一乗谷じゃ、本願寺と朝倉の縁組まで取り沙汰されとりやすぜ」

何と……。宇津呂は刮目して腹心の清志郎を見た。

癖のある髪が逆立っていて、顔形はちょうど四天王あたりに踏みつけられている邪鬼に似ていた。表向きは金沢寺内町の土産物屋をしながら、仕入れのため各地を歩き、裏では宇津呂の命で間諜として動いてくれる便利な男だ。

「玄任め。まさかそこまで、やりおるとは……」

口約束の休戦とは違う、本物の和睦でもするつもりか。

「三番組の狸殿も、何をとち狂ったか、和議も吝かでないと漏らし始めたとか」

河北郡三番組の旗本、洲崎景勝は親の七光で北二郡の筆頭となった男で、ころりとした体つきと垂れた目と眉から、「狸殿」と渾名されている。もっとも、洲崎は御しやすく、さしてずる賢くもない狸だった。青臭い頃は「加賀のため、民のため」なぞと張り切っていたが、今ではすっかり諦めて、旗本の地位にしがみついているだけで精一杯の男だ。

「洲崎の娘が、四番組の旗本に嫁ぐという話があったな？」

「結納も済んどりやすね。金に汚ねぇ四番組にゃ、幾らでも隙はありやすが、火を点けちまったら、旦那にまで飛び火しかねやせん」

加賀の政は大なり小なり金で動いている。事を荒立てれば、宇津呂も無傷では済むまい。

「その線はよしておこう。……清志郎、お前は人を殺せるか？」

「そればかりはご勘弁を。盗みは大得意なんですがね」

清志郎は邪鬼のような面で、弱り顔を作っている。

「戯れ言よ。痛い目に遭うだけで、人は嫌になるものじゃ。むろん足が付かぬようにな」

「旦那、待ってくだせぇ。相手は、仁王って渾名の付いた大男ですぜ。こてんぱんにのされて、終わりでさ」

鏑木が付けた「仁王」の渾名は玄任にぴったりで、加賀の者たちもそう呼び始めていた。玄任の率いる精強な鉄砲隊も「仁王隊」と呼ばれている。

「分かっとる。が、あの男には妻子がおるじゃろう」

金沢へ連れてきた玄任のひとり息子は、確か十歳だ。利発で、父を慕う孝行者だという。屋敷の主(あるじ)が不在がちでも、家族の仲は睦(むつ)まじく、たまに玄任が帰宅するたび、賑やかな団欒(だんらん)になるらしいと、清志郎が応じた。

「女子供なら、造作もあるまい。使える人間の当たりを付けておけ」

家族が痛い目に遭わされれば、玄任も愚かな真似をやめるはずだ。

「玄任めが、近くわしに会いに来おるそうじゃが、絶対に呑めぬ条件を突き付けてやるわ。それでこの話は終わりよ。口先で何を言うても、人間は誰しも自分が一番大事じゃからな」

宇津呂が続けると、清志郎が柄にもなく、同情でもするように軽く首を傾げていた。

四

夜明け前、夏蟬が鳴き出す前の金沢御堂は、ふだんより一層荘厳な趣があった。

三番組旗本の洲崎景勝は、深堀を見下ろしながら極楽橋(ごくらくばし)を渡ってゆく。

鼓楼の脇を過ぎ、広大な境内に林立する堂塔群を見やりながら、敷き詰められた八角形の赤戸室(あかとむろ)の板石の道を歩いた。

宗祖親鸞の御影を祀(まつ)る御影堂の木の階段を上がり、右手の阿弥陀堂へ向かう。

本尊仏を安置する本堂の大広間は、衆議を行う対面所としても長らく使われてきた。冬の寒さと雪に備え、七里が堂塔の幾つかを長い回廊で繋いだ。加賀の政を動かす加州大将は、裏手にある自分の宿坊まで渡り廊下を作らせていた。

中年になって、洲崎はすっかり腹が出てきた。歩くと、すぐに息が切れる。坂で転べば、そのままころころ転がりそうなほど、体が丸く肥えてきた。玄任を見習って痩せねばなるまい。

昨夜遅く、玄任が越前から戻ったと耳にしたが、衆議の日には誰よりも早く来るはずだった。

(今日の御堂も、荒れるじゃろな)

この数ヶ月、宿敵朝倉家との同盟の是非が衆議で討議されてきた。

加賀一向一揆では、積年の淀(よど)みと腐敗が耐えがたい悪臭を放って久しいが、あの男が坊官として現れて以来、旗本たちが少しずつ変わり始めたのではないか。

(かく言うわしも、じゃな)

加賀四郡のひとつ、河北郡に〈組〉は五つあり、偉大な父の洲崎兵庫以来、〈三番組〉の洲崎家が筆頭とされてきた。旗本は世襲でない。その組で最も人望ある者が、組の領内にある講の惣代たちによって選ばれる。組を導くに相応しくなければ、札入れで違う者に替えられる。だが今では、旗本を出す家もおおよそ決まっており、洲崎も亡父の威光で旗本になった。

政は畢竟、取引だ。

有力者を敵に回しては、組と講の利益を守れぬ。旗本の座まで失いかねぬ。七里と宇津呂が河北郡、さらには北半国の筆頭旗本として洲崎を扱い、たまにわがままを通してくれるのは、洲崎が譲るべきを常に譲ってきたからだ。加賀一向一揆は他国と違い、強者が武力で弱者を押さえつける国ではない。誰もが我を通せば、国は成り立たぬ。譲れぬものを見定めたうえで、それ以外は譲る。別に後ろ指を指される類の話ではない。

だが、杉浦玄任はまるで違った。

正しいと信ずる道を、一切の駆け引きなしに粘り強く説き続ける。玄任の言葉が重みを持つのは、仁王を思わせる風格や落ち着いた低音ゆえではなかろう。私を捨て去り、民と加賀一向一揆のために説いていると、伝わってくるからだ。洲崎が旗本となって三十年近く、金沢御堂にこんな旗本や坊官はいなかった。

廊下を渡り切ると、案の定、素絹の僧服姿が見えた。筆頭坊官の七里が本尊を背に座り、七里のすぐ後ろに御堂衆がずらりと横に並ぶ習わしだが、玄任はいつもその末席に坐していた。

渾名の「仁王」は言い得て妙だった。法衣では全く隠し切れない隆々とした筋骨と、ゴツゴツした堂々たる体軀。眉間の鉄砲疵を挟んだ左右の太い眉の下には、巨眼がらんと輝く。

十二年前、若き玄任が加賀へ派遣された時に、鏑木から紹介されて一面識はあったが、当時の面影はほとんどなかった。

「今日も、朝から暑いのう。わしがまた太ったせいじゃろか？」

返事はなかった。見ると、座ったまま居眠りしている。

玄任は衆議の半刻前には顔を出し、小坊主たちにも親しく話しかけ、掃除まで手伝うらしい。眠る代わりに頭から井戸水を浴びる話も耳にしたが、玄任はほとんど寝る間もなく、加賀はもちろん越前、大坂、京と独り東奔西走していた。

非僧非俗を旨とする一向宗の教義では、得度式で剃髪をするほか、ふだん髪を剃る必要はないが、玄任は毎朝欠かさず坊主頭にする。だから、ますます眠る時間がないのだろう。

洲崎の踏んだ床板が軋んで高い音を上げると、玄任がうたた寝から目を覚ました。

「御坊は仕事熱心よのう。肝心の加賀の人間も、見習わねばな」

「民の国を守る坊官の役目にござれば」

穏やかに返す玄任の物腰は、武将のような体つきに似合わず、謹厳な修行僧を思わせた。下賤な俗物を自認する洲崎は、漫然悠々とした自分の生き方が恥ずかしくなる。

本願寺が派遣してくる僧侶たちは、ふだん御堂にいるため〈御堂衆〉と称された。その大半は僧籍の吏僚だが、御堂衆の中でも、若干名いる〈坊官〉は主に軍事や外交を担い、戦時には将となって兵を率いた。もっとも、内政と軍事は不可分であり、両者の職掌の垣根は低い。

御堂衆は加賀に所領を持たないため、本願寺から支給される俸禄のほか、政で見返りを受ける。加賀の旗本や惣代たちは、自らに有利な政を欲して様々な接待をした。洲崎も便宜を図ってもらえば、七里に然るべき礼をするが、これは長年続く習わしで、禁じられてもいない。坊官には甘い汁を吸う者もいて、例えば時々派遣されてくる坪坂包明は、金沢にいる間にたんまり儲けて大坂へ帰って行く。それで加賀と総本山が丸く収まるのだ。洲崎も当たり前の話だと思っていた。

これに対し、玄任は「頂戴する理由がない」と一切の金品の授受を断り、政を預かる身として「李下に冠を正さず」を旨とし、いかなる接待も受けなかった。公務でも御堂へ呼ばずに自ら出向くが、水さえ水筒に持参した。頑なまでに清廉な男だ。

そもそも本願寺の僧侶たちにとって、加賀は一時住まう異郷の地に過ぎず、政も結局は他人事だった。だが、玄任はわが事のように一向一揆の政に関わろうとしていた。

「加賀も前途多難じゃが、越前のほうはうまく行きそうなのか」

「呉越同舟ではなく、二人三脚を合言葉にと、山崎殿と励まし合うてござる」

玄任は、朝倉家で外交を預かる山崎吉家と談合を重ねながら、真の加越和与という不可能事に挑んでいた。加賀でも必ず一人ひとりに会って説く。

「今日も、狐の腰巾着どもが騒いで、長引くじゃろなぁ」

「皆が忌憚なく存念を述べ合えば、知恵と納得が得られ申す」

玄任が低音で返してくると、洲崎は自嘲気味に笑った。

衆議は私利私欲の衝突する場だ。そのため国の大事はそっちのけで足を引っ張り合い、裏取引や醜聞の暴露に明け暮れてきた。

だが、加越和与を巡っては、様相が違った。

御堂衆の末座から、玄任が理路整然と和の必要を論じると、旗本衆が保身と利害で反発する。玄任は改めて国の行く末を大局から説き、一つひとつ丁寧に再反論してゆく。それは、下らぬ不祥事の追及や政争でなく、加賀が進むべき道を巡る真剣な討議だった。その場に洲崎は、本来の政の姿を垣間見る気がするのだ。

従来、口先の休戦協定でしかなかった加越の和睦を、玄任は本当に成し遂げる決意のようだった。朝倉家とは固い盟約を結び、二度と戦をせぬと断言する。だが、七十年以上も敵対してきた仇敵との和平など、最初は誰も本気にしなかった。

洲崎もその一人だったが、玄任に説得され、反対はしないと伝えてあった。加賀の最北にある河北郡は越中国に接しており、北の脅威に備えるほうがよい。ゆえもあって本来は賛成だが、どのみち成らぬ話なら、七里や宇津呂、本覚寺の寿英など声の大きな連中を敵に回してまで、火中の栗を拾ってやる気はない。洲崎は衆議の間、賛否も明らかにせず聞き役に徹しているが、似た立場の者は河北郡に多かった。

これまで数回行われた衆議では反対が相次ぎ、誰ひとり玄任に賛同していない。

この春以来、玄任が大坂へ走り、越前へ潜入し、加賀のあちこちを走り回って、ひたすら説き続けても、風向きの変わる気配はなかった。

洲崎が早めに来たのは、これ以上無駄骨を折らぬよう、老婆心ながら忠告するためだ。

口を開こうとした時、玄任が先に口を開いた。

「ときに狸殿。五番組の倉見六郎左衛門殿が会うて下さらぬ。お口添え願えませぬか」

五番組は洲崎と同じ河北郡だが、倉見は十二年前の戦で子を亡くし、朝倉家への恨みは骨髄に徹している。もともと気難しい男が、ますます偏屈者になった。

「あの爺さんを説くのは無理じゃ。息子が死んだのは国のせいじゃと恨んでおる」

惣代は札入れもできぬし、一人反対したところで、一揆の政は変わるまい。近ごろは体を壊して衆議にも出てこないから、捨ておけば済む話だった。

「一度で構いませぬゆえ、同道くだされ」

三度も門前払いを受けながら、大本願寺の坊官がまた出向くという。加越和与を諦めさせるつもりが、洲崎はかえって玄任の熱意にほだされた。

「致し方あるまい。わしが繋いでも、頑固爺は話を聞かんと思うがな」

玄任と話していると、政の堕落に心を痛めつつ、変えるのは無理だと諦めていった若き日のほろ苦さが、洲崎の胸の内に蘇ってくる。

「仁王、お前はまだ諦めんのか！」

回廊を荒々しく渡ってくる足音は、鏑木頼信だ。若き洲崎は鏑木の亡父の世話になり、昔から交流があって、幼時からよく知っている。

阿修羅の怒鳴り声が近づいてきても、仁王は穏やかに微笑むだけだ。

鏑木は甦(よみがえ)った玄任の人物と才覚を高く買い、畏友(いゆう)として尊重し、玄任の最も良き理解者でもあるが、こと加越和与にだけは猛反対していた。他の旗本と同様、鏑木にとって、生まれた時から朝倉家は仏敵であり、最前線で戦ってきた松任組も、多くの身内を殺されている。衆議でも「朝倉討滅こそ、加賀一向一揆の進むべき道だ」と頑なに訴えていた。

鏑木が激昂(げきこう)して論難し、玄任が落ち着き払って応答するやり取りを、洲崎は嫌いでなかった。今日の衆議も相当長引くだろう。

「ときに御坊は、きちんと家に帰っておるのか？」

越前攻めの戦から戻った後、玄任は妻子を大坂から金沢へ呼んだ。寺内町で薬屋を営む篤蔵の勧めで、近所の小さな空き屋敷に住み始めたそうだが、多忙を極める玄任は、金沢にいる間もわが子の寝顔を見てその頭を撫(な)でるだけの日がほとんどだと聞く。

「昨夜(ゆうべ)は、着替えと行水に戻り申した」

「今日も御坊は、わが子の寝顔しか見られんじゃろな」

それでもわが子を想ったせいか、玄任の顔には、曇天に差すひと筋の弱光にも似た笑みが、かすかに浮かんでいた。

五

昼下がりの秋空に向かって屹立する金沢御堂の大伽藍は、寺内町の東の外れからでも、くっきりと見えた。

聳え立つ堂塔群の雄姿に、杉浦又五郎は自然と胸を張った。加賀一向一揆のために八面六臂の活躍を続ける父の玄任を誇りに思い、背筋が伸びるのだ。

やがて浅野川まで出ると、色づく卯辰山を間近に見上げた。

「又五郎さん、今日はどれだけ採れるかしら」

一つ下で、九つになるお澄は、薬屋のひとり娘だ。色白なせいか、厚い上唇の赤さが目立つ。

金沢に来た当初、又五郎は不安だらけだったが、住めば都で、今ではこの街が大好きになった。お澄と淡い恋を育んでいるせいもあるだろう。「又五郎さんのお嫁さんになる」と、お澄は所構わず公言していた。将来はまだ分からないが、きっとそうしたいと又五郎も思っていた。

この日、又五郎が御堂で学問と武芸の稽古を終えて屋敷に戻ると、門前にお澄が竹かごを持って待ち構えており、茸採りに誘ってきた。お澄の母お信から頼まれたと言う。お信はとりわけ熱心な門徒で、朝夕の勤行を決して欠かさず、御堂でも様々奉仕しており、報恩講の仏具磨きは二十年続けているらしい。

「食べ切れぬほど採って、ご近所にお裾分けしよう」

他の国では武士が威張って、商人や農民とは別の場所に住み、城や大きな屋敷を構えているらしいが、加賀では皆が平等だから、家の大きさは違えど隣り合って暮らしている。

浅野川沿いを歩くうち、お澄が身を寄せてきた。向こう岸に重罪人の入る土牢があるからだ。此岸の広河原では、極悪人が処刑されると聞く。

「土手近くの蠟梅がぜんぜん咲かなくなったのは、罪人の悪い血が土に染み込んだせいなんですって。母さまが言ってたの」

信仰が篤いぶん、お信は思い込みも激しかった。お信の額には、小さいがよく目立つ黒子があり、玄任も昔、鉄砲疵を受ける前は同じ場所に大黒子があったと知って、お信は大喜びしていた。

「罪を犯しても、鬼に変わるわけではない。同じ人間だと、父上が仰っていた」

それでもお澄はしがみついてきた。歩きながら、小さな肩をそっと抱き寄せてやる。

二人で長い木橋を渡ってゆく。

この春に金沢へ来たとき、両親と三人で歩いた。あの日は花曇りだったが、心はすっきりと晴れ渡っていた。偉大な父玄任と、その偉業を内助で支える母真純。又五郎は両親を誇りに思ってきた。

今宵のことを思うと足が弾んだ。又五郎ほどの幸せ者はいまい。お澄とも馬が合う。この夏は、浅野川で一緒にたくさんゴリを捕まえた。刺身にしても美味（うま）いし、汁物にもする。

「又五郎さん、何かいいことがあったの？」

自然と嬉しさが顔に溢（あふ）れていたらしい。

「これから、あるんだ。母上からいい話を聞いた」

「わかった。仁王さまが帰っていらっしゃるんでしょう？」

その通りだ。又五郎は笑顔で頷き返す。

多忙な父は大坂だけでなく、仏敵のいる越前にも出入りしており、家族でも滅多に会えない。昨夜遅くどこかの旅の空の下から戻り、明け方に御堂へ行ったそうだが、今夜は家に帰ってくる。心が浮き立って仕方なかった。

「父上は平茸（ひらたけ）をお好みだ。今宵はうんと召し上がっていただこう」

「うちのお父がきっとまたお邪魔するでしょうね。昨日も酔っ払いながら、仁王さまはいずれ本願寺で一番偉くなるお方だって。毎日のように、うるさくて」

自慢の父が褒められると、又五郎は嬉しくて堪（たま）らなかった。大坂に上番していた門徒から、恐らくは深い意味もなく、「顔の形は父親似じゃが、鼻が細いのう」と言われて以来、鼻を掌で押さえて広げる癖が付いたくらいだ。

世には色々な父親がいようが、又五郎ほど恵まれた人間がいようか。金沢御堂を、加賀国を、本願寺を守っているのは杉浦玄任だ。本願寺で一番偉いのは法主だが、宗祖親鸞の血を引く者しかなれない。それでも玄任は、法主よりも偉いと思う。

又五郎は、玄任が優しく浮かべる口元の微笑が好きだった。空に喩えるなら、明るい灰雲に覆われた秋空に差す薄日、あるいは雨は降らずに、あと少しで光が差し込みそうな、柔らかい曇り空にも似た笑みだ。

「お父が言うには、仁王さまは蓮如上人の生まれ変わりなんですって」

篤蔵は娘を連れて屋敷に来るから、戦の時は物見を務めるという。又五郎もよく知っていた。痩せっぽちだが、すばしこいので、戦の時は物見を務めるという。玄任が仏敵を撃退した春の戦で命を救われて以来、玄任を敬うようになった。

北陸門徒にとって、蓮如は別格の高僧だった。

――きっといつの日か、蓮如上人が再来され、北陸を乱世の地獄から救い出してくださる。――

そう信ずる門徒たちも少なくない。

玄任は蓮如が残した五帖八十通の「御文」を諳んじ、いつでも誰にでも語り聞かせるから、あの奇跡の高僧が輪廻転生したのだと、篤蔵は本気で思っている様子だった。だが実際の玄任は蓮如とまるで違い、戦に生きる僧将だ。母によると、玄任は仏法の道を歩みたかったらしいが、時代が許さなかった。又五郎の知る玄任は、昔から戦ばかりしていた。

「さあ、お澄。枯れ木と切り株をよく探すんだ」

山中の道なき道を分け入ってゆく。

「あっ、見つけた！」

少し登ると、背後でお澄の歓声が上がった。

小さな手が指差すほうを見やりながら、又五郎は怖い声を作る。

「いや、あいつは月夜茸だ。平茸に似ているけど、毒がある」

襞が夜に青白く光るから、月夜茸と呼ばれる。長島にいた頃、茸狩りへ行った折り、玄任が教えてくれた。父は優れた学僧でもあり、世の中のことをよく知っていた。

「たくさんあるのに、残念ね」

しばらく探すうち、お澄が疲れたと言うので、近くの切り株に並んで腰掛けた。

「仁王さまの目はあんなに優しそうなのに、戦に出たら、鬼のように怖くなるのかしら」

玄任はたまに家へ戻り、お澄が遊びに来ていると、親しく声を掛け、大きな手で頭を撫でた。

「長島に、嫌われ者の婆さんがいたんだ。足が悪いものだから、父上は婆さんを背負って、道場へ連れて行ってあげていた」

又五郎はその老婆が嫌いだった。口を開けば、戦で死んだ夫と息子の話ばかりして、長島一向一揆のせいだと愚痴をこぼし、幸せそうにしている周りの人間を嫌な目つきで見るからだ。布施もできない貧しい自分は、もうすぐ地獄に落ちるんだといつも溜め息を吐いていた。

「だけど、ある時から、婆さんは変わり始めた。優しい目をするようになったんだ」

　仏教では「皆に分け与えよ」と教えるが、貧しくて何も持たぬ者もいる。それでも、例えば優しい眼差しなら、人に分け与えられると、お釈迦様は説いた。玄任の大きな背に揺られながらその話を聞いた老婆は、少しずつ目つきを和らげ始めた。すると周りも次第に変わってゆき、老婆も笑うようになった。

「最後まで婆さんは貧しかったけれど、笑顔で亡くなったよ。きっと極楽往生できたんだと思う」

「仁王さまは大きくて、強いだけじゃなくて、お優しいのね」

　お澄も、玄任を大好きだと言っていた。お信も「仁王さま、仁王さま」と家に来ては、疲れの取れる良薬やら、精が出る漬物やらを家に置いてゆく。玄任を神仏のごとく崇拝していた。

　又五郎はお澄を促して、奥を探し始めた。

　人の歩いた跡がある。すでに採り尽くされたのか。

　歩くうち、後ろから、ぼそりと声がした。

「ねえ、又五郎さん。母さまがおかしな噂を聞いたんだけど……」

　振り返ると、お澄の顔が心配そうに曇っている。実は、又五郎も耳にしていた。

「仁王さまが皆を裏切って、仏敵と手を結んで――」

「そんなこと、あるもんか！」

近ごろ玄任が東奔西走しているのは、仇敵の朝倉家と和を結ぶためだという話だ。又五郎はまだ政をよく知らないが、寺内町の皆が皆、仏敵との和睦に反対していた。気のいい鏑木頼信が屋敷を訪れた時も、相当剣呑な様子で話し込んでいた。玄任の裏切りは本当なのだろうか。

「ごめんなさい。わたしも、仁王さまを信じてるの。だから、悔しくて……」

腹が立つより悲しくなって、涙を隠そうとしゃにむに歩いた。

「待ってよ、又五郎さん！」

歯を食いしばって歩く。

「今に見てろ。おれが朝倉を滅ぼしてやる。父上と一緒に戦うんだ」

玄任からは「お前は、己の望むように生きよ」と言われて育った。だから又五郎は、誰よりも敬う父に近づきたいと考え、仏法を学びながら武技を練ってきた。金沢に来てからは、玄任のように、本願寺と加賀一向一揆を守る盾になろうと誓っていた。お澄のためでもある。

さらに四半刻ほど探し歩いたが、誰かが採り残したような、小さな平茸が幾つか見つかっただけだ。秋の日は勢いよく落ち始め、肌寒い。

それでも奥へ進もうとすると、後ろからお澄の泣きそうな声がした。

「今日は帰りましょ、又五郎さん」

あれからずっと押し黙っていた。お澄に済まない真似をしたと、今ごろ思った。

振り返ると、父の篤蔵に似て痩せっぽちの少女が、空っぽの竹かごを手にぶら提げて、立ち尽くしていた。

「ごめんよ、お澄。もう、帰ろう、今日は父上がお戻りになる日だ」

どうかしていた。これほど嬉しい日は滅多にないというのに。

お澄が驚いた顔で、山の手を指差した。

「又五郎さん、あれ……」

倒木に、貝殻の形をした灰褐色の茸がぎっしり生えている。採り切れないほどだ。

二人で倒木に駆け寄った――。

秋の収穫を終え、戦に大勝利でもしたように足取り軽く、寺内町を並んで歩いた。

辺りは暗くなって、あちこちに明かりが灯っている。

「たくさん採れたから、母さまがまた何か作って、仁王さまにお届けするでしょうね」

帰り道はほとんど駆け足だった。

薬屋の前までお澄を送ってから、又五郎は「母上！」と小さな屋敷へ駆け込んだ。

「平茸をたくさん採って参りました。父上はお戻りですか？　食べきれない分はご近所に……」

変だ。もう暗いのに、家の中には明かりが灯っていない。

草鞋を脱いで土間から上がると、台所で倒れている母の姿があった。

六

松任城は北国街道沿いにあり、南方に手取川が流れる交通の要衝だ。その堅城の大手門近く、三ノ丸の庭にすだく秋の虫たちまでが、鏑木頼信の怒声に縮み上がって、鳴りを潜めているかのようだった。

「何度言えば分かるんじゃ？　この俺が仏敵と手を結ぶとでも思うてか」

疲れと呆れのせいで、怒鳴りつけるはずが、今回はすっぽ抜けた。

百年近く前、加賀国守護・富樫氏の被官であった松任城主・鏑木兵衛尉繁常が蓮如上人に帰依して以来、鏑木家は熱烈な一向宗門徒である。

「宿敵ゆえにこそ、和睦する値打ちがあるのだ」

篤蔵が六畳間へ通してからずっと、玄任は鏑木の怒号を真正面から受け止めていた。

あえて玄任を武器に譬えるなら、昔は丈夫そうに見えても、折れやすい鋭利な大太刀だったろう。その刀は十二年前の初陣の悲劇で、脆くも折り砕かれた。対して今は、仁王が持つ金剛杵のごとき鈍器だ。愛すべき朗らかな大仏は、したたかで肝の据わった仁王に変わった。

あくまで澄然とした玄任の顔を見ていると、鏑木の中で怒りが後から追いついてきた。

「仁王！　お前は昔、仏敵討滅こそが本願じゃとほざいておったぞ。忘れたか！」

「私は間違っていた。鏑木よ、真に『仏敵』なる人間がいると思うか」

「隣の国に、ごまんとおるではないか！」

喚き散らすと、篤蔵が心配したのか、茶菓子を持って様子を見に現れた。

「仏敵といえども、同じ人間だ。人間が自分の心の中で、かの者は敵だ、この者は味方だと、決めておるだけではないのか」

「放っておけば、攻めてくるんじゃぞ。敵に決まっておろうが」

「こたび約を結び、二度と攻めて来ぬようにする。戦わぬなら、もう敵ではない」

「朋輩の門徒たちを何人殺されたと思うておる？　お前が孤児になったのは、誰のせいじゃ？　お劫も、お前の目の前で朝倉に殺されたろうが！」

師の頼照によれば、玄任の父は朝倉との戦いで命を落とし、母も後を追うように亡くなった。玄任は若き日に、夫婦になると約したお劫を殺された。

人が変わって、恨みさえ忘れたのか。

「確かに、わが両親は私に命を与え、お劫は私に救いを与えてくれた。だがそれはすべて、私事に過ぎぬ」

「私事なら何をされても、黙っておれと申すか！」

落ち着き払って返してくる玄任に鏑木は苛立ち、ぐわりと白い僧衣の胸ぐらを摑んだ。

「松任組にも、親や子を朝倉に殺された者が山ほどおる。俺は兄上と叔父上を殺された。

われらの気持ちは、よそ者には絶対分からぬ。お前とて妻子を失うたら、和睦なんぞ口にできぬわ！」

玄任がわずかに顔色を変えた。

宇津呂が衆議の場で繰り返すように、本願寺の坊官は加賀一向一揆に進言はできても、あくまで「よそ者」であり、決めるのは旗本衆十六人だ。

「旗本様、どうぞ落ち着かれませ」

珍しく口を挟んできた篤蔵を、鏑木は手で荒々しく遮った。玄任に惚れ込んだとかで、近ごろやけに肩を持つのが、癪に障る。

「俺は朝倉を滅ぼすために命を懸けて戦ってきた。御堂で皆、反対しておる通りじゃ。諦めよ」

鏑木は握り込んでいた玄任の白服を、打ち捨てるように突き放す。

「表立っては口にせぬが、反対はせぬという旗本や惣代が増えている。倉見殿もその一人だ」

「何と……あの頑固爺を、いかにして説いたのだ？」

息子を四人も朝倉に殺された倉見は、反朝倉の急先鋒のはずだった。

「何度も津幡を訪ねて話をした。朝倉家にも人物はいる。時を要したが、公儀の力も借りられそうだ。加越和与の気運は、熟しつつある」

敵として戦ってきた山崎吉家も飛び回っており、玄任は山崎と密会を重ねながら話を進めてきたらしい。玄任と山崎は奇しくも同じ策を腹に蔵して、越前河合庄で密談したという。本願寺顕如の嫡男と朝倉義景の姫との縁組である。門徒たちにとって、法主は雲の上の存在だ。法主と国主が率先垂範して両勢力の和合を世に明らかとすれば、いがみ合う者たちも矛を収めるはずだと、玄任たちは考えていた。

「お前は間違っておる。堀江を失った越前を、今こそ攻めるべし。もう宗滴はおらんのじゃ」

「宗滴の残した精兵は健在だ。越前にも良将はいる。むしろ今は、北に備えるべきだ」

玄任は越後の上杉輝虎（後の謙信）の動きを危惧していた。

一向一揆を目の仇とする上杉は、かねて朝倉と手を結んでいた。一昨春にも南北からの挟撃が懸念されたが、幸い上杉が関東に出兵したため、加賀は危地を免れた。頼照から聞いた話では、当時総本山にあった玄任が顕如の意を受けて幕府を動かし、上杉の矛先を変えさせたらしい。

「鏑木よ、とくと思案せよ。南北を同時に敵に回して、加賀が生き延びる道はあるか」

「越後との間には越中がある。北はまだ大丈夫じゃ。今のうちに南の敵を滅ぼして強うなるのよ」

飽きもせず、堂々巡りの議論を玄任が繰り返し始めた。

鏑木が反駁に疲れても、玄任は澄んだ川が爽やかな音を立てて流れるように、よどみなく語り続ける……。

玄任は早朝訪れてきたが、すでに日は傾いている。飲まず食わずで一日じゅう説得され、鏑木も精根が尽き果てた。玄任を諦めさせるつもりが、裏目に出た。

「大事なのは国を守ることだ。敵を打ち倒すよりも味方にするほうが、加賀一向一揆は強くなれる。お主は民の国を守るために戦い続けてきた。加賀の阿修羅の了を得ねば、真(まこと)の和は作れぬ」

まだ説得を続けようとする玄任を見て、鏑木は根負けしそうだと思った。

「今日はもうよい。腹が減って、喉(のど)も渇いた。泊まっていけ。久しぶりに一献傾けんか」

昔は大食漢の大酒飲みで、師の頼照と三人で痛飲したものだ。だが、玄任は立ち上がりながら、小さくかぶりを振った。

「次は本覚寺へ参る約束でな。今夜のうちに小松まで入っておきたい」

「何と……今から、あの生臭坊主に会いに行くのか？」

「近ごろは話を聞いてくれる」

加賀国四郡には旗本だけで十六家あり、講の惣代となれば百家を超える。加越和与の説得は、八十年続いた加賀人の生き方、考え方を丸きり変えてくれと頼むに等しかった。そんな気の遠くなるような真似を、この男は半年以上も続けてきたのか……。

「とにかく、体には気を付けよ」

自分とは考えがまるで違うのに、玄任の逞しく大きな背が頼もしく見えた。

七

阿弥陀本堂の奥書院では、宇津呂慶西が小刻みに膝を揺すりながら、加州大将こと七里頼周を待っていた。

七里は筆頭坊官として旗本たちに種々の便宜を図りつつ、総本山から来た御堂衆を手足として操りながら、宇津呂と共に加賀一向一揆の政を動かしてきた。

（杉浦玄任め。わしとしたことが、油断したわい）

このままでは、絵空事と思えた〈加越和与〉が実現しかねなかった。

夏前に玄任がこの話を初めて衆議の場へ持ち出した時、宇津呂は「節介焼きのよそ者めが」と、聞こえよがしに毒づいた。寿英から阻止を頼み込まれても、憎んでも飽き足らぬ仏敵との真の和なぞ決して成らぬと舐めてかかっていた。だが、口先で反対して放っておくうち、水面下では和議まであと一歩の所まで来たようだと清志郎から知らされ、仰天したのである。

先日まで反対を唱えていた能美郡の四旗本のうち、山上組（やまがみぐみ）と板津組（いたづぐみ）も玄任の提案に賛成したいと言ってきた。「もう戦場にはしたくない」との素朴な思いが、深い怨恨に打ち克（か）ったらしい。

昨日、あの強欲な寿英までが賛同してくれと懇願してきた時は、宇津呂も腰を抜かしそうになった。

聞けば、玄任による粘り強い交渉の末、加越和与により越前で一向宗が解禁され、本覚寺に和田の地が返還されるという。悲願の寺領回復に成功すれば、寿英の大手柄となり、本覚寺での地位は揺るぎないものとなる。本覚寺の手取りは今の二倍近くになり、富貴も思いのままだ。戦をせず金も払わずに、外交だけで和田を取り返せると聞き、寿英は狂喜した。玄任への見返りを寿英が尋ねると「一切無用」と言われたため、真意は何かと訝り、宇津呂に意見さえ求めてきた。

(まさか本当に、わが子を人質に差し出しおるとは……)

初夏、直談判に来た玄任に対し、宇津呂はのっけから難題を吹っかけておいた。

所詮はよそ者の坊官に、加賀衆の気持ちなど分からぬ、もし越前へわが子を人質に出す覚悟が御坊にあるのなら、わしも反対はすまい、と。

(あの坊官は妻を失い、わが子を差し出してまで、なぜ加賀のために動く? 総本山から僧位を授かる裏約束でもあるのか……)

かねて加賀は越前を仏敵とし、外の敵に対抗することで内が一致してきた。この前提がひっくり返れば、錯綜する利害関係がいちいち軋む。日が西から昇り出すようなものだ。改めてあらゆる損得勘定をやり直して、今の安定を取り戻すには、相応の手間暇を要する。

(玄任がここまでやると、大顎めは見通しておったのか……)

数は少ないが、世には何の見返りもなく、赤の他人や国のために骨を折る馬鹿がいた。宇津呂の父がそうだった。玄任も同じなのか。

廊下から、コッ――コッ――と、杖の音が響いてきた。

やがて右足を引き摺りながら現れた大柄な入道は、濃紫の色衣の上に七条袈裟を着け、しゃくれた顎を傲然と突き出しながら、堂々と上座に坐した。

七里頼周の大きな頭はきれいに禿げ上がって、剃髪は無用らしい。ひと目で傲岸不遜と分かる巨顔は、まるで鬣をそっくり剃り落とした獅子のように獰猛そうだった。相対するだけで威圧されるのは、中背の宇津呂よりふた回り大きな体格よりも、今にも噛みついてきそうな獅子頭と、頤の窪んだ大きすぎる顎のせいだ。

「超勝寺まで、是非とも加越和与をと捻じ込んできおったわ。止めるのはもう難しそうじゃぞ」

七里の特徴的な太い割れ声は、たとえ中身が間違っていても、もっともらしく聞こえるから不思議だった。

「大将は、あの小生意気な坊官に灸を据えると言うておらなんだか？」

以前、七里の言うことを聞かぬ若い坊官がいたが、ほどなく犀川に浮かんでいるのが見つかった。大坂へ逃げ帰った御堂衆もいた。

「存外、骨のある坊主じゃったの」

口には出さぬが、玄任の妻の一件は七里が噛んでいるはずだった。

「まさか、この面倒臭い話に乗ると？」

煮ても焼いても食えぬ似非坊主は、余裕綽々で大顎の先の無精ひげを弄っている。

「こたびは油断した。まんまと玄任にしてやられたわ。大坂の意向ゆえ、今さら如何ともし難い」

（都合のよい時だけ、総本山を持ち出しおって。もしや最初から和議を認める肚であったのか）

宇津呂は七里の胸の内をさっぱり読めぬのに、自分は見透かされている気がして、ひどく焦った。

が、顔に出すほど初心ではない。

「何事も、急いては事を仕損ずる。いま少し時を掛けては如何か」

「あの鏑木まで反対はせんと言い出して、旗本たちもその気になってきた。ご公儀の筋にも、顔を立ててやらねばならん」

今回の加越和与は、朝倉義景が匿っている足利義秋に改めて提案させる。本願寺と朝倉間の縁組を取りまとめた話も嘘ではなかった。玄任をただの戦好きよと見くびっていたが、よもやここまで大掛かりな和平を成し遂げようとは……。

「加越の国境では、双方の城砦を互いに破却するそうな。加賀方は柏野と松山の二城を、越前方は黒谷、檜ノ屋、大聖寺の三城を取り壊す。玄任はずいぶん話を大事にしおった。ここは汝も、取れるものを取っておいたほうが得じゃぞ」

加賀建国以来の外交が大転換するというのに、まるで他人事のような口振りだった。

七里はすでに手打ちを済ませ、自分の手柄として喧伝する肚か。この似非坊主の考えはとんと分からぬ。金に汚く、冷酷非情で、罪人の首を平気で刎ねるくせに、「盗みはそれほど悪い罪なのか?」と、泥棒には説教だけ垂れて解き放ちもした。

「これで南が安泰となれば、次は北の懸念じゃ。玄任が松根城その他河北郡の城砦を修復すると共に、大量の鉄砲弾薬を手配すべしと進言してきた。汝にとっても、悪い話ではなかろう」

(なるほど、そういう話か)

北の能登と越中は一向一揆の勢力が強く、宇津呂は脅威を感じていなかった。だがあの玄任が備えると言うなら、本腰を入れてやるだろう。七里は堺衆を通じて、宇津呂に私利を確保せよと勧めているわけだ。相応の見返りがあるなら、話も違ってくる。面倒くさいが、仕方ない。

「やむを得ぬな。大所高所に立ち、わしも賛同いたそう」

宇津呂は敗北感に浸りながら、七里のほうへ身を乗り出した。

「されど、大将。あの坊官は、どうも今までの連中とは違う。ちと厄介じゃぞ。これから加賀一向一揆を何とするつもりじゃ?」

「案ずるには及ばぬ。愚僧に敵う者なぞ、本願寺におらぬわ」

七里は獅子頭の大顎を開き、さも可笑しそうに放笑した。

八

したたかに酔った鏑木頼信がしゃっくりを始めると、いつの間にか篤蔵が目の前にいた。

「旗本様、宴はとっくにお開きでございますぞ」

あれよあれよという間に、七里も宇津呂も賛同して加越和与が成り、金沢で最も広い宇津呂の屋敷で開かれた宴では、まるで筆頭坊官と南の筆頭旗本が二人の力で和睦を勝ち取ったかのように、揃って和平の意義を説き、大きな顔をしていた。

「仁王はもう、帰ったのか？」

見回しても、巨体が見当たらない。宴が始まる前に二、三の言葉を交わしただけで、玄任がすぐに他の旗本たちに捕まったため、後でゆっくり話そうと考えていた。

「船で大坂へ向かわれたとか」

鏑木は呆れた。玄任が十歳のわが子を人質として差し出す話は、後で知った。鏑木なら、果たしてわが子を長年の宿敵のもとへ差し出せたろうか。親子が離ればなれで暮らすのは嫌だ。寂しいだけではない。もしも加越で戦が起これば、人質は真っ先に殺されるのだ。

「大坂の御師も、弟子の活躍に大喜びじゃろな」

下間頼照の大根のように長くて白い顔に浮かぶ笑みを想像すると、鏑木も楽しくなってきた。

気の毒なほど人の好い頼照は、滅多に怒らず、見ているだけで癒されるような顔つきをしているせいで、失礼ながら弟子たちは親しみも込めて「涅槃仏」と呼んでいた。何かと忙しい本人は広い境内を駆けずり回っているが、寝転がって入滅する釈尊に準えた渾名を喜んでよいのか悪いのか、苦笑いで受け止めていた。涅槃仏の弟子が大事を成したのだ。鼻高々だろう。

場に残っているのは、お喋り好きな洲崎のほか、快男児の鈴木義明と、鏑木の大嫌いな本覚寺の寿英ほか、数名の旗本たちだけだった。

大声を張り上げて別れを告げ、ふらつく体を篤蔵に支えられながら、宇津呂の屋敷を出た。

「今宵ばかりは、仁王も珍しく嬉しそうにしておったの。加越和与は、あいつが一人で全部やったようなもんじゃからな。思いは格別であろう」

鏑木もしつこく猛反対していたが、今から思えば、ただの意地だったろうか。南北を同時に敵に回しても、国が滅びるだけだ。玄任は正論を訴え続けたから、通ったのだ。それが民の国だ。

ぼそりと、篤蔵が暗い声で応じた。

「固く口止めされておりましたが、仁王様は先月、奥方を亡くされました」

一瞬で酔いが覚めた。毎日旗本たちを説き、衆議でも落ち着き払って語る玄任は、変わった素振りを全く見せなかった。

「何と……真純(ますみ)殿はまだ三十路にもならぬではないか！」

三河一向一揆で娶(めと)った門徒の娘で、芯(しん)が強く、玄任に相応しい妻だった。

「家内の見立てじゃ、どうも病と言うには、おかしな死に方をなさったようで……」

まさか……加越和与に反対する者は多かった。何者かが玄任の動きを封じるために妻を殺めたのか、それとも玄任を消すつもりで、誤殺したのか。近所に住む篤蔵は不幸に気付いたが、あくまで私事ゆえと、玄任から口止めされていたらしい。

――お前はよそ者じゃ。朝倉に身内を殺された者の気持ちなぞ、金輪際分からぬわ！

鏑木は、怒りに任せて玄任に繰り返し投げつけた自らの暴言の数々を恥じた。玄任はいかなる気持ちで心なき言葉を受け止めていたのだろう。

不調法ゆえと酒は一滴も飲まず、玄任は宴の席で、南部三城の破却に危惧を覚える旗本と惣代に、何やら細かく書き込んだ越前の絵地図を使って熱心に説明していた。

「見上げた男じゃな……」

澄んだ夜空に高く登った月は、もうすぐ満ちようとしている。乱世の闇夜を歩むわが友の行く手を、せめて明るく照らしてくれぬものかと、鏑木は思った。

九

川舟を降りても、冬の川風は痩身(そうしん)に染みた。

下間頼照は船着き場で待っていた輿(こし)に乗り込んだ。本願寺一門衆が上洛中に病没したため、住持を務めていた大和国(やまとのくに)の一族寺院へ遺骸を移したうえ、頼照の差配で葬送を執り行った。石山御坊へ戻り次第、首骨を納める段取りだ。

総本山のある大坂の街は延々と続く。寺内町には十もの〈町〉があった。

輿の中で、頼照は深い息を吐いた。

たいていの法事は頼照に任されるから慣れたものだが、今宵はあの七里頼周が会いに来る。

全身の血が野心で煮え滾(たぎ)っているようなあの男とは、昔から反りが合わなかった。今回の加越和与でも高みの見物を決め込み、玄任がすっかり膳立(ぜんだ)てした後は、手柄を横取りした。法主と刑部卿への報告と喧伝のために来坂してくるわけだが、わざわざ頼照にも会う理由は何か。

本願寺の南大門が見えてきた。先に着いた七里が杖を突いて門をくぐってゆくところだった。

どこぞから上番してきた番衆が、七里に向かい、かくんと腰を折って挨拶(あいさつ)している。

今や七里を知らぬ者は、本願寺にいない。押しも押されもせぬ加州大将だ。

朝倉宗滴の育てた将たちは、かねて師の遺言に従い加賀併呑を主君に訴え、三年前の秋、ついに義景は重い腰を上げた。

だが、大挙侵攻してきた朝倉軍に対し、金沢の動きは鈍かった。宗滴の残した越前兵に対し、加賀一向一揆は戦の備えを欠き、ろくな抵抗もできぬまま攻め込まれた。半月ほどして、ようやく当時の筆頭坊官、坪坂包明が総大将となって迎え撃ったものの、本折、小松、御幸塚で相次いで敗れ、南部二郡を失った。

旗本も御堂衆も震え上がり、総本山は急遽、七里を加賀へ派遣した。坪坂に代わり総大将となった七里は、鏑木頼信と鈴木義明に命じて朝倉軍を足止めしている間に、潔く手取川以南を捨てると、最も戦功著しい講には、蓮如の手になる〈筆始めの御文〉を下付すると触れを出し、十万を超える門徒たちを北岸に集結させた。義景は手取川まで兵を進めたものの、墨書された無数の旌旗が川風にたなびく様子を見、一帯を放火してから撤退した。

加賀一向一揆が半国を失ったのは、外敵の侵攻にも備えず、いざ侵攻が始まっても有効な手を打てなかったからだ。腐敗した政の成れの果ての敗北だった。下付された蓮如の宝物の真贋こそ定かならぬが、朝倉軍を撃退した七里はますます名声を高めた。

七里は有力な旗本たちの弱みを握っている。本願寺が派遣する僧侶たちも、刑部卿の懐刀たる七里には逆らえぬ。例外は頑固者の鏑木頼信くらいだが、直情径行で御しやすい。これだけ加賀一向一揆に食い込めば、平時はともかく乱世の加賀は七里なしで回るまい。

落ち着いた頃を見計らい七里の宿所を訪ねるつもりで支度していると、獅子頭が綱所近くの頼照の宿坊へやってきた。

「御坊は、なかなか面白い弟子を育てたな」

小書院で向かい合うなり、七里は玄任について語り出した。

すっかり葉を落とした大銀杏の向こうに、龍の銀鱗のごとき阿弥陀堂の豪壮な屋根が大胆に反り返る姿が見えた。

「拙僧は別段、何も。天の与え給うた試練が、あの者を変えただけじゃ」

弟子の活躍で鼻が高いというより、頼照はわが子が褒められているように誇らしく感じた。

「愚僧が初めてあの者に会うたのは十二年前じゃが、ちと変わりおったの」

権力の階を着実に上ってきた七里は、一介の青侍に所用などなく、二人が出会ったのは玄任が若くして坊官になり、大敗した後だった。

「あの男が何を望んでおるか、御坊に分かるか？」

「玄任の本願は、民の国を守り抜くことじゃ」

「民の国を守る、とな？」

さも意外そうな顔つきで、七里が頼照を見返してきた。

弥陀の本願はすべての人間を救うことだが、たかだか人間ごときには不可能だ。ゆえに本願寺の真面目な沙門たちは、しばしば己の本願は何かと自問する。

「建前、綺麗事なぞ問うておらぬ。愚僧は奴の本心を知りたい。刑部卿のみならず、法主からも信を得ておるそうではないか」

一昨年、朝倉は越後の上杉と結んだ。南北から挟撃されたなら、加賀一向一揆は確実に滅びる。やむなく本願寺は、将軍家を頼った。朝倉も上杉も、将軍の権威を重んじる武家であり、この策は驚くほど奏功した。

時の将軍・足利義輝の顔を立てるために、上杉輝虎は加賀侵攻を取りやめ、お人好しの朝倉義景も、加賀から撤兵した。その裏舞台で動いたのは、玄任だ。七里も、刑部卿から次第を聞かされたのだろう。

「御坊には生涯、分からぬやも知れんがな。世には、私のためでなく、世のため人のために生き抜いて、死ぬ者もいる。沙門とは本来さような人間であるべきじゃろが」

「ふん、ご苦労な話よな。坊主も保身に汲々とするこの末世に、親鸞聖人にでもなるつもりか」

七里が嘲笑しながら、大顎を突き出してきた。

「問い方を変えよう。あやつは畢竟、刑部卿派にとって敵か、味方か」

「かの者には、敵味方なぞない。杉浦玄任は地位も名も、金も命も要らぬ。もしも本願に添うなら、敵とさえ手を組むであろう」

実際、七里の目の前で加越和与をやって見せたように、だ。頼照は続ける。

「本願寺の仁王は、堅固不壊な金剛心を持っておる。法主でさえ、心は変えられまい」

七里は割れ声で放笑した。ただ鬣のみを欠く獅子頭は、まるで敗者を憐れむように、勝者の自信で満ち溢れていた。

「御坊は表の世界しか知らぬ。総本山の幸せな学僧たちが、綺麗な仏法を学べておるのは、裏で愚僧が手を汚してきたからじゃ。七里頼周なくば、本願寺なぞとうに自滅しておるわ」

七里は傍らの杖の握り手をがしりと摑むと、ゴンと刺し貫くように板の間へ突き立てた。

「生憎これまで、愚僧が命を取ると決めて、生きながらえた者はおらぬ。御坊の師が天寿を全うできなんだようにな」

頼照はあっと声を上げた。全身が勝手に震え出す。

怒りか、恐れか、悲しみか。

「……わが師、蓮応のお命を？」

「皆が慕う高僧は、敵にも利用される。かえって本願寺の邪魔になった」

本願寺の政争に勝ち続けてきた信心なき坊官が、傲然と立ち上がった。

「綺麗事で飾り立てた軟弱な坊主どもの本願なぞ、愚僧に関心はない。弟子が可愛いのなら、早めに教えてやるがよい。お前では、七里頼周に勝ち目がないゆえ、大人しく従え、となﾞ」

この男は昔から謀略と力で敵を抑え込んできた。本願寺の教えに真っ向から反している。頼照とは全く相容れぬ生き方だった。

せめてもの抗議を示すつもりで、頼照は七里を廊下まで送らなかった。

いや、体が震えて、身動きも取れなかった。

乱世でなければ、七里のごとき似非坊主が本願寺でこれほどの力を得ることはなかったろう。まさしく末法の世の鬼子だ。だが悔しいことに、本願寺と加賀を守るためには、七里の悪しき力に頼らねばならなかった。

次第に小さくなってゆく杖の音が、耳に付いて離れない。

七里が付けた板の間の傷を見ながら、頼照が膝の上で握り締めた拳は、まだぶるぶると震えていた。

十

朝倉家の本拠一乗谷の北には、凍て空を映しながら足羽川が東から西へゆったりと流れている。

これから杉浦又五郎が暮らす阿波賀の町は、その北岸にあった。

「木兵衛よ。済まぬが、又五郎を頼む」

「任せい。本願寺の仁王の大事なひとり息子じゃからな」

八杉木兵衛はその名前の通り、木のように細い手足をした、ひょろ長い男だった。真っ黒に日焼けしていて、笑うと顔が皺だらけになる。熱心な一向宗門徒で、昔、番衆として在坂していた際に、玄任と親しくなったらしい。河合庄の百姓をまとめる惣代で、加越和与に当たっても越前で大活躍したという。

「時を掛けて、積年の怨念を少しずつ消して参ろう。朝倉家はもう本願寺の敵ではない」

玄任の言葉に木兵衛は頷くが、又五郎の心中には不安しかなかった。

周りの人間は皆、ついこの間まで仏敵だったのだ。急に味方になれようか。初めて住まう未知の土地で、十歳の童がどうやって生きてゆけばよいのか。

「又五郎よ。何かあれば、酔象殿をお頼りするがよい。第一級の人物だ」

加越和与の交渉を朝倉方で担当した山崎吉家は象のような肥満体で、「酔象」の渾名がよく似合った。さっきまで一乗谷と阿波賀を案内してくれたが、義景に呼ばれ、あたふたと朝倉館へ向かっていった。

越前には、同じ宗祖を仰ぐ真宗の中でも、本願寺派と高田派が激しく対立してきた不幸な歴史があった。今後、一向宗が解禁される中で、他宗門とうまく折り合いを付けるためにも、木兵衛ら門徒を指導する者たちの動きが重要となってくるらしい。

「越前の小京都で、たくさん学びたいと存じます」

父の期待を裏切るわけにはいかぬ。母を失った金沢にとどまるより、新たな地のほうがよいと、又五郎は自分に言い聞かせてもいた。

「わが越前はよき国じゃぞ。わしが色々な場所へ案内して進ぜよう。酔象様は懐の深いお方ゆえ、何でもお許しになる」

玄任は大本願寺の坊官ながら、百姓の木兵衛と全く対等に接しているが、その木兵衛が朝倉家重臣の山崎吉家を慕い、家臣のように仕える姿はどこか滑稽だった。玄任が、阿弥陀の前には皆平等であるとし、民の国に住まう者として、誰に対しても同じように接するからだろう。

「私は本願寺の盾として育てられたが、お前は自分の好きな道を歩めばよい。また会える日を、楽しみにしている」

又五郎は父の逞しい体にしがみついた。

大きな手で背をそっと撫でられた時、堪えていた涙が勝手にこぼれてきた。

突然母を失い、今度は父と離ればなれになるのだ。

父のゴツゴツした硬い腹に顔を押し当て、必死で泣き声を圧し殺した。

両親のいずれもが孤児だった又五郎には、祖父母もいない。口にこそ出さぬが、合点が行かなかった。なぜ、よりによって、又五郎が人質にされねばならぬのだ？

「次はいつ、お会いできましょうか」

「……分からぬな」

金沢御堂にいた頃も、玄任は北陸や畿内を飛び回っていた。ますます会えなくなるのではないか。もしかすると玄任にとって、わが子は本願よりも劣る値打ちしかないのか。

尋ねたら、どう答えるのだろう。怖くて、問えなかった。

「これから、どちらへ行かれるのですか？」

「ひとまず金沢だ。南の脅威は去った。次は北に備えねばならぬ」

玄任は最後に「達者でな」と、大きな手で頭を撫でてくれた。

足羽川のほとりで別れ、又五郎は木兵衛と並んで父を見送った。

「実に立派な男よ。どれだけの者が分かっておるか知れぬが、仁王はたった一人で加賀を守っておるんじゃ」

父を褒められても、嬉しいと思わなかった。こんな気持ちは初めてだ。

加賀一向一揆は、妻子を失ってまで、守らねばならぬ価値なのか。

橋を渡り終えた玄任は山蔭(やまかげ)に消えたが、ついに一度も後ろを振り返らなかった。

第三願　尻垂坂

――元亀三年（一五七二年）八月、越中国・富山城

一

　異郷の日が傾き出すと、淡くなった陽光に秋の到来を感じた。風が涼やかなのは、城内に幾つもある湧き水のおかげか。

　鏑木頼信は漆黒の甲冑を軋ませながら、本丸の渡り廊下を踏み歩く。

　杉浦玄任を総大将とする四万の一揆軍は、富山城で守りを固め、新庄城の上杉謙信軍一万五千に対峙していた。双方、城には収まらぬ大軍で、城外にも堅陣を敷いている。これまでは、びや川を挟んで牽制と小競り合いをしてきただけだ。

　富山城は西の神通川を搦め手として、三方に二重の堀を持ち、自噴の井戸水も豊富にある良城だ。玄任は兵糧と矢玉を城内へ大量に運び入れ、万全の籠城支度を進めてきた。倍以上の兵で堅守する限り、敵の城攻めはないと玄任は断言するが、鏑木は歯痒くてならなかった。

「仁王、なぜ戦わん？　相手は仏敵じゃぞ。お前は謙信が怖いのか？」

奥座敷へ入るなり、文机へ向かう巨漢に大声で凄んだ。

白の僧服姿の玄任はちらりと鏑木を見、「否」とひと言応じただけで、手元の椙原紙にさらさらと筆を走らせ続けた。傍らには篤蔵が控えている。

鏑木は玄任の書いている手紙をぐしゃりと掴むと、両手で丸めて後ろへ放り投げた。

「な、何を？　旗本様、落ち着かれませ」

見かねた篤蔵が間へ割って入ってきた。片手で払うと、小柄な体が部屋の隅まで吹っ飛んだ。

腰をさする篤蔵を助け起こしながら、玄任は鏑木を見やった。

「われらの敵は織田だ。上杉とは睨み合っておるだけでよい」

本願寺の前に、新たな仏敵が現れていた。織田信長である。

二年前の元亀元年（一五七〇年）九月、信長から大坂退去を強要された顕如は、全国の門徒に打倒信長の檄を飛ばし、ついに挙兵した。顕如の決断には、玄任の強い進言があったと聞く。本願寺は強大化する信長に対抗すべく、武田、浅井・朝倉らと結び、大包囲網を構築した。

甲斐の猛虎武田信玄は、信長を討つべく西上作戦を開始するにあたり、信長に味方する宿敵・上杉謙信が背後を衝かぬよう、本願寺に牽制を求めてきた。縁戚でもある盟友の意を受けた顕如は、加賀衆に対し、越中一向一揆と合流して、上杉領へ攻め込むよう命じた。謙信がすでに過半を制した越中国である。

負け知らずの〈軍神〉には、小賢しい陽動など通用しない。ゆえに顕如は、最強の僧将を戦線へ投入した。杉浦玄任である。軍神相手の引き付け役とは損な役回りだが、玄任は謙信が関東に出陣した隙を突き、満を持して越中へ侵攻した。

「われらは勝ち続けてきたではないか。越中の諸将が不満を漏らしておるぞ」

越中では、守護の畠山氏が中央の政争で力を失った後、守護代を務めていた二家、東の椎名、西の神保が覇を競った。他方、北陸に吹き荒れた一向宗の旋風を免れえず、越中一向一揆も生まれた。

七十年ほど昔、一揆に圧迫された神保慶宗は、越後国守護代の長尾能景に救いを求めた。一揆の拡大を恐れた能景は、快諾して越中へ攻め込み、神保と共に一向一揆を破った。ところが神保はあろうことか、戦の最中に突如変心し、越中礪波は般若野の地で能景は戦死したのである。

子の長尾為景は神保を恨み、約十五年の後に攻め込んで討ち果たした。さらに越後で〈無碍光衆禁止令〉を発して一向宗を禁じ、各地で一向宗門徒と事を構えた。為景の子で、上杉家を継いだ謙信にも、一向宗との因縁は引き継がれている。

守護代の二家と越中一向一揆はその後、東隣の越後を巻き込みながら、三つ巴で大小の騒乱に明け暮れてきたが、玄任の登場により歴史が動いた。

昨年五月、越中井波の瑞泉寺に入った玄任は、一年の歳月をかけ、長年の離合と怨念を乗り越えて神保、椎名、越中一向一揆の三勢力を密かに結び付けた。そしてこの夏、加賀衆も加えた約三万の軍勢で、上杉領への侵攻を開始したのである。越中国がまとまって外敵に対したことは、この百年ほどなかったはずだ。

奔流のごとき連合軍が攻め寄せると、火宮城を守る上杉方の将、小嶋職鎮らは籠城戦に入り、味方の富山城、新庄城に救援を求めた。篤蔵からの報せでいち早く敵の動きを摑んだ玄任は、火宮城を捨て置いて即座に東へ進撃し、五福山で上杉の援軍を大破、撤退する敵を猛追し、神通川で散々に打ち破った。火宮城へ兵を返して小嶋を降伏させると、玄任はさらに兵を東へ進め、上杉軍が籠る呉羽丘陵の堅城、白鳥城に猛攻撃を加えて攻略した。

勢いに乗る一揆勢はついに神通川を渡河し、富山城までも攻め落とした。越中国の中央部に位置し、北陸街道と飛驒街道の交わる最大の要衝である。

相次ぐ勝利に、一揆軍は狂喜した。

大鉄砲を手に臨終勤行の阿弥陀経を唱えながら、咎なき越後兵に確実な死を与えてゆく本願寺の仁王の姿に、門徒たちは熱狂した。勝利を聞きつけた越中の一向宗門徒たちがさらに加わり、一揆軍は四万に膨れ上がった。

だが、関東から神速で取って返した謙信が戦場に現れるや、玄任は攻めの一手から一転し、徹底して守りを固めるよう、全軍に指図した。まるで仕事を抛り出したように、戦をやめたのである。

「まさかとは思うが、お前は名を失うことを恐れておるのか？」

常勝の仁王なら、あの軍神にも勝てると、越中諸将は信じ始めていた。玄任は顕如の信も厚い。謙信に負ければ、せっかくの名声に傷が付くとでも考えているのか。

「否。戦っても負けはすまいが、勝つ自信もない。これだけの大軍で勝敗のない泥沼の戦をやれば、夥しい死者が出よう」

「ふん、何を今さら綺麗事を抜かしおるか。お前ほど人の命を奪った坊主もおるまいに」

鏑木の毒舌に、玄任は篤蔵の背をさすっていた手を止めたが、やがて小さくかぶりを振った。

「今は負けぬことが肝要だ。勢いを削がれれば、一揆軍は数をも失う」

しばしば玄任は、一向一揆軍を炎に喩えた。

いったん激しく燃え盛れば、何人も止めえぬ勢いを持つが、ひとたび湿って火が付かなくなれば、惨めなほどに儚い。一揆軍は空気で作られ、動く烏合の衆とも言えた。ごく普通の民が何かの武器を持って戦に加わるだけの軍勢は、時に十万を超えて膨れ上がり、怒濤の泥流となって敵を呑み込むが、その勢いを失えば、たちまち見る影もなく雲散霧消する。

「どんな炎も、いずれ勢いを失い、消える。足を引っ張る者、日和見を決め込む者、寝返る者も出よう。軍神が現れた以上、急ぐ戦ではなくなった。謙信とて、いつまでも越中にはいられまい。われらは富山城でひたすら守りを固め、情勢が変わるまで勢いを保てれば、勝てるのだ」

もともと越中の三勢力は、謙信との戦を諦めていた。今回、玄任が旋風を巻き起こしただけだ。顕如からの命は謙信の牽制だが、玄任は壮大な野心を抱いていた。

――越中をも、民の国とする。

当初は三勢力の連合であっても、民を一向宗門徒に変えてしまえば、上からではなく、下から国を統一できまいか。

他の大名と本願寺が決定的に異なる点は、〈所領の拡大〉でなく、〈信者の獲得〉を目指す点にある。本願寺は〈土〉ではなく〈人〉を欲した。だが、土なくして人は生きられぬから、土もしばしば人に伴った。一向宗門徒の急増に大名たちが怯えたのはそれゆえだが、大名をも一向宗に帰依させられぬものか。越中諸将がいがみ合っていても、総大将の玄任は信を得ている。外敵である上杉の脅威を上手に使いながら、越中国をまとめてゆく道を、玄任は思い描いていた。

越中を民が制すれば、能登一向一揆に力を貸して、国内の乱れる能登をも制する。北陸三ヵ国の門徒が力を合わせれば、百姓の持ちたる国はさらに強大となり、あと百年続く礎を築けようと、玄任は語っていた。

いつの間にか玄任は文机に戻り、文を認(したた)めている。この畏友は休むことを知らぬらしく、鉄砲の手入れやら、城内の見回りやら、常に何かをしていた。

「して、仁王。結局、いつまで睨み合うんじゃ？」

手を動かし続ける玄任から、長閑(のどか)にさえ聞こえるいつもの低音が返ってきた。

「関東の北条が動くまで、今はただ待つのみ。この文も、北条家を動かすためだ」

「俺たちはまだ、謙信と正面から戦うておらん。なぜそこまで奴を恐れる？」

「前評判の通りだ。一分の隙もない布陣を見れば、戦わずとも将の力量は分かる。たった一人の人間が現れただけで、越後勢は変わった。私は昔、あのような軍勢と一度、戦った覚えがある」

「朝倉宗滴、か……」

「越後将兵の士気はがぜん高まった。一人ひとりが毘沙門天になり切っている」

場数だけを踏んで喧嘩が強くなった賊と、剣の道を極めた剣豪との戦いのようだと言う。これまでの越後勢には猛犬のごとき荒々しさがあり、手を出せばすぐに嚙み付いてきた。だが、今は違う。謙信の陣は静水を湛える水面のごとく、あくまで沈黙していた。まるで牙を隠し、猛々しさを秘めた狼だ。虎視眈々と獲物を狙っていると、玄任は喩えてみせた。

「では、加賀から援軍が来て、総勢十万ともなれば、謙信に勝てるのか？」

「然り。ゆえに援軍を求める文も書いている」

玄任は即答しながら、さらさらと筆を走らせていた。

「金沢御堂では一体何をしとるんじゃ？　負けた時は援軍を出したがらぬくせに、勝ったら、援軍を出さんでもよかろうと言うてきおる。南の連中は、俺たちが何度も守ってやったに、一兵も出さんとはな」

盟友の朝倉家を滅ぼそうとする信長は確かに脅威だが、宇津呂らは南の守りを理由に、北への出兵を拒み続けていた。越中のために、加賀衆が率先して血を流す必要などない。戦に出れば大損だ、命を落とせば目も当てられぬ。惣代たちの了も得られぬと、旗本たちは軒並み出陣を渋っているらしかった。

「大顎なら、無理やり押し切れようが、坪坂では荷が重かろうな」

過日、筆頭坊官の坪坂包明は、増派すると安請け合いをしたものの、旗本衆をまとめ切れなかったのだろう。加賀からは兵糧と弾薬が届いただけで、援軍の到着が日延べになっていた。

「篤蔵、何度も済まぬが、御堂へ届けてくれぬか」

「畏まってございまする」

玄任は封をした文を篤蔵に手渡すと、大鉄砲を肩に掛け、ゆらりと立ち上がった。

見回りの刻限らしい。守備の陣に緩みが出ていないか、玄任は昼夜を問わず、何度も各将の陣を訪れる。

「この戦が長引くのなら、少しは休め、仁王。そのうち倒れるぞ。俺が代わってやる」

奥座敷を出る玄任を追い掛けながら、鏑木は友の背に声を投げた。

二

日が沈んだ越中の空は、ぬばたま色をしていた。

篤蔵はびや川を渡り、尻垂坂を駆け上がる。物見は戦場の様子を要人に正確に伝える大事な役回りだ。物見次第で戦の勝敗が変わりうると、玄任も言っていた。

富山平野の東に位置する新庄城は、北陸街道に面した交通の要衝にあった。「御屋敷山」と呼ばれる小高い場所に築かれた平城だが、周囲には深田があり、二つの曲輪の周りに四間半の堀を巡らせた堅城である。道を一歩でも踏み間違えると、馬も泥濘に足を取られよう。攻めにくい城だった。

（だけど、今なら必ず勝てるぞ）

昨夜、洲崎景勝の手の門徒が敵の間諜を捕まえて、口を割らせた。

玄任の策が早くも功を奏したのか、関東の北条に動きがあり、上杉軍は密かに撤退を始めている、という。早速篤蔵が確かめに出たところ、間違いなさそうだった。陣こそ城外に敷いていても、明らかに城内の兵が減っている。

（軍神を討ち取って、仁王様の名を天下に轟かせるんじゃ）

今の加賀一向一揆は強い。為す術もなく宗滴に叩き潰された頃とは、隔世の感があった。中でも、幾多の戦場を転戦してきた仁王隊は別格だ。山中に潜みながら、玄任の采配のもと変幻自在に動き、驚異の戦績を誇った。玄任は戦い方さえ知らなかった老若男女の門徒たちと共に、奇跡の勝利を収め続けている。この世に仁王がいるのなら、杉浦玄任こそがそれだ。

　玄任は誰に対しても同じように接した。物見の篤蔵にも、親しく話してくれる。あの蓮如上人も、玄任のようにすがり付きたくなる背中をしていたのではないか。時代が違うために、やることなすこと、何もかも異なるが、玄任のごとき僧将のもとで、一向宗のために働ける篤蔵は幸せ者だった。

　篤蔵が富山城外の陣へ戻ると、洲崎がころりと肥えた体に鎧(よろい)を着、生あくびを嚙み殺しながら床几(しょうぎ)に腰掛けて待っていた。

　上杉の脅威を越中でとどめておくのは、加賀のためでもあった。越中が完全に謙信の手に落ちたなら、いずれ加賀北部にある洲崎家の松根城は、真っ先に攻め込まれる。ゆえに洲崎も、重い腰を上げて出陣しているわけだ。

　早速話を聞いた洲崎は、ひどい垂れ目の狸顔を強張(こわば)らせた。

「神保殿も言うておったが、やはり真の話であったか。正念場じゃな」

洲崎は戦下手だが、玄任の指図に忠実に従い、加賀衆の一翼を担ってそこそこの戦功を挙げてきた。

「もうすぐ鏑木が来おる。奴も決戦を望んでおるゆえ、話に乗るじゃろう」

噂をすれば影で、ほどなく漆黒の鎧が帷幄(いあく)へやってきた。

「やはり仁王は大したものよ。殺し合いこそしとらんが、これでも敵とやり合うておるんじゃ」

この日も、決戦をと直談判に行った鏑木は、玄任から改めて諭されたという。

玄任と謙信の睨み合いは、見えざる駆け引きの連続らしかった。互いに間諜を放ち、隙あらばつけ込む動きを見せ、常に出撃の準備をしながら、相手を攪乱し続ける。丁々発止のやりとりで双方付け入る隙がないために、傍目からは睨み合っているように見えるだけだ。間諜の働きが敵への牽制になっていると聞き、篤蔵は嬉しくなった。

「軍神と仁王の勝負よ。簡単に決着は付かんわい」

鏑木は昔から目上にも敬語がうまく使えなかった。たとえ相手が師でも、法主でも同じだ。

「そうでもないぞ、鏑木。例の妙な噂じゃが、真と知れた。上杉は撤退しおる」

新庄城の様子を篤蔵が話すと、鏑木は引き締まった腕を組んで考え込んだ。

「なるほど。軍神は戦に勝ち続けておるが、戦場を去るとすぐに攻め込まれる。敵を完全に滅ぼさぬ謙信の甘さよ。まさしく好機じゃ。撤退する上杉軍を襲おうぞ」

篤蔵の胸が高鳴った。大勝利に、疑いはない。

「仁王に言うて、総攻めじゃな」

勇んで立ち上がり、踵を返した鏑木の腕を、洲崎が摑んだ。

「待て。あの者は絵に描いたような慎重居士じゃ」

洲崎が鋭く囁くと、鏑木も首を捻った。

「確かに、仁王は噂を信じとらん。本当に謙信が撤退するなら、兵を引いた後でゆるりと城を落とせばよいと言うておったな」

「旗本様。それでは勝っても、軍神を討てませぬ」

謙信の首級を挙げて、玄任を名実共に天下一の将にするのだ。篤蔵が口を挟むと、洲崎も頷いた。

「ちょうど今宵、城前の配置が変わった」

順番で加賀衆が城へ下がり、今は越中三勢力がすべて城外へ出ていた。

「越中勢は一気に新庄城を攻めおるぞ。わしの三番組も加わると決めた」

「総大将に無断で、大戦をやると？」

「これまで本物の手柄を立ててきたのは、仁王と加賀衆よ。肝心の越中勢は譲られてばかりじゃ。少しは花を持たせてやらんとは」

洲崎が背伸びをしながら、鏑木に耳打ちした。

「決して仁王には漏らすなよ。越中の将たちを裏切ったことになる」

篤蔵も手伝ったが、話好きで如才ない洲崎は大いに越中諸将と交流し、その信を得て、種々の話を聞きつけていた。真面目で一本気な玄任には難しい芸当で、玄任もありがたがっていた。

「なあに、失敗しても、この城へ逃げ込めば済む。三番組以外の加賀衆は傷ひとつ負わん。お前に騒がれては厄介じゃから、知らせたまでよ」

「されど軍勢を動かせば、仁王が気付くに決まっておる」

「仁王様は夜襲を警戒して、長らく仮眠もろくに取っておられませぬ。旗本様が代われ、今夜くらい床を敷いて寝むよう仰るだけで、事足りましょう」

文字通り不眠不休に近い日々を送る玄任の体が、篤蔵は心配でならなかった。眠っている間に謙信を討ったと知れば、玄任はどんな顔をするだろう。富山城へ戻って勝利の報告をする自分の姿を、篤蔵は内心小踊りしながら思い描いた。

「兵は静々と動かす。勝てば、何かと報われぬ仁王のためにもなろう。頼んだぞ、鏑木」

篤蔵と洲崎の顔を十数えるほど睨んでから、鏑木は「心得た」と頷いた。

三

遠くで馬の嘶き(いなな)が聞こえたろうか。

玄任が薄目を開けると、辺りは明るくなり始めていた。鏑木の言葉に甘えて、数ヶ月ぶりに床に就くや、深く寝入ったらしい。ふだんは仮眠しても悪夢ばかり見るが、稀に今日のように、救いのある眠りも得られた。身を起こさず、そのまま天井を眺める。

(あの時の心地に似ている)

寝返りも打てぬ赤子の頃の記憶などないはずだが、玄任は今も、温(ぬく)もり溢れる膝の上に抱かれる不思議な心地を覚えていた。

玄任には、父母の記憶がなかった。

師の下間頼照によると、父の杉浦任之助(じんのすけ)は加賀能美郡の熱心な一向宗門徒で、妻のお玄(げん)と共に少年の頃から戦に出て、活躍したらしい。だが身重の妻を残して出た戦で、まだ二十歳過ぎの父は「進者往生極楽」の文言通りに戦い、戻らなかった。母は悲嘆の余り病を得て、日に日に衰弱し、玄任を生んで亡くなった。信仰厚き二人の門徒の死を聞いた頼照は、孤児となった赤子を不憫に思い、総本山に引き取って、本願寺を守る青侍とすべく育てた。

頼照は弟子の玄任に対し、一向宗の教えと共に〈百姓の持ちたる国〉のかけがえのなさを、幼時から繰り返し叩き込んだ。親鸞と蓮如に憧れた玄任は、本来なら仏法を極めたかったが、時代はそれを許さず、経典の代わりに軍学を学び、戦に明け暮れてきた。

(今の戦い方で、よい)

かつて武田信玄は川中島(かわなかじま)にあって、上杉謙信と半年余りも睨み合ったまま、双方戦わずに兵を引いた。対峙する剣豪が双方一分の隙も見せず、凄まじい気合だけで相手を制する対決にも似て、双方がついに勝負なしと悟り、戦をやめたのだ。

今回はひたすら守りを固めていれば、戦わずに済む。無駄に血も流れぬ。

廊下から、大きな足音が聞こえてきた。何やら慌ただしい。

「仁王、一大事じゃ！」

甲冑姿の鏑木が奥座敷へ飛び込んできた。半身を起こす玄任に対し、出し抜けに「済まぬ」と腰から身を半分に折って頭を下げた。

「無断で出陣した味方が、罠に嵌められた。びや川の向こうで散々にやられておる」

謙信撤退の虚報と陽動に乗せられ、無断で越中三勢力の将と洲崎らが夜襲を仕掛けた。だが、待ち受けていた敵に沼地で包囲され、撤退もままならぬ。篤蔵と鏑木も一枚嚙んでおり、出撃を玄任に知らせなかったという。

「直ちに出陣だ。万の死者を出す前に、逃げ道を作る」

四

夜が明けても、天に垂れ込める厚雲のせいで、戦場はまだ暗いままだった。

「済まぬ、仁王。後で腹を切って――」

「無用だ。目の前の戦だけを考えよ」

玄任は空を見上げた。いつ降り始めてもおかしくない空模様だ。嫌な天気だが、野戦は避けられまい。玄任は北条の出兵に期待していたが、謙信は秋雨を待っていたわけか。

二人して、びや川へ至る尻垂坂を上がってゆく。

坂の上に立って、東の戦場を見た。鏑木が隣でゴクリと生唾を呑んだ。

「こいつは酷い、な……」

味方はびや川を渡り、新庄城の至近まで深入りしていた。退路を断たれて沼地で立ち往生する一揆軍は、城からは雨あられと矢玉を浴びながら、精強な上杉兵に三方を包囲され、次々と血祭りに上げられてゆく。

戦場では、白手拭(しろてぬぐい)で頭を包み萌黄(もえぎ)色の胴肩衣を来た白馬の将が、辺りに人なきが如く、縦横無尽に駆け巡っていた。上杉謙信だ。一揆軍の兵たちは疲れ、傷付き、逃げる気力さえない様子で、ただ、討たれている。

血に染まるびや川は曇天のせいで、川面(かわも)がどす黒く見えた。

「仁王様、お赦しくださいませ！」

乱軍の中から抜け出してきた小兵は、篤蔵だった。

なにゆえか善意は、時として裏目に出、かえって人を窮地へと追い込むものだ。

生き地獄に落ちた友軍の将兵を見やりながら、玄任は大鉄砲の筒先で、尻垂坂からびや川を越えて新庄城へ向け、宙に線を描いた。

「一本の錐(きり)で、敵兵の壁に穴を開ける」

このまま捨て置けば、味方は全滅する恐れがあった。仁王隊と松任組が、敵包囲陣の一角を突き破って退路を作り、かつ、この尻垂坂で敵を食い止め、味方を撤退させる。

「一体どうやって、やるんじゃ……？」

槍三本と鉄砲一挺(ちょう)でひとつの組を作る。その組を集めて巨大な錐とし、突撃を繰り返す。一点突破した後は、退路の両側に人の壁を作り、保つ。その間に味方は尻垂坂を通って、富山城へ撤退するわけだ。だが、相当の数の人間が死ぬだろう。

玄任が明かした策に、傍らの篤蔵が身震いした。

「よし。仁王と阿修羅で、一気に抉じ開けるぞ。雨も心配じゃからな」

鏑木が玄任と篤蔵の肩にそれぞれ手を置き、大きく頷いた。


戦場で濡れそぼちながら、鏑木は絶望した。何と無残な撤退戦か……。

首を傾けて、兜の眉庇に溜まった水を落とす。決死の突撃と防戦の後、日没のおかげか、殿軍の玄任が大身槍で奮闘したせいか、上杉軍はようやく追撃を終えた。

鏑木と玄任は懸命に退路を確保し、最後尾を守った。

多くの死者を出しながら、一揆軍はびや川からようやく脱出した。だが、尻垂坂から撤退する一揆軍の背後へ、謙信は陣頭に立って斬り込んできた。傍らに従えた柿崎源三祐家なる猛将が、容赦なく門徒たちを突き殺した。もともと上杉軍は精強だが、軍神が指揮すると、猛烈な嵐のようになった。強いだけでなく、速い。縦横無尽に駆け巡る戦場の軍神は、左翼にいると思えば、あっという間に背後へ回り込んでいる。抗おうとした時にはもう、姿を消していた……。

今、止みそうにない雨の戦場には、いったい幾千の骸が転がっているのか。墨書された一揆軍の旌旗が敵味方に踏みつけられ、泥の中へ沈んでいた。もう、何の文字かも分からない。

「これほどひどい負け戦は、二度目じゃな」

　鏑木の情けないぼやきは雨音のせいで、隣を黙々と歩く玄任には聞こえなかったらしい。乱戦の中で、味方の馬もすべて討たれていた。

　敗残の味方はかろうじて死地を逃れたが、多大の犠牲を強いられた。

　松任組は数百もの死者が出たはずだ。仁王隊は最初こそ、敵を打ち崩して活躍したが、降り出したしだれ雨の下、鉄砲がほとんど使えなくなった。玄任は女と年寄りを撤退させたが、半数は戦場に残り、撤退する味方から得物を受け取って戦った。得意の鉄砲も使えずに討たれてゆく門徒たちの姿を見ながら、鏑木は歯軋りしたものだ。対して、上杉方の死者は数えるほどだろう。

　行く手に灰色の富山城が見えてきた。

　玄任は着実に味方を撤退させて、城へ入らせていた。富山城を奪われれば全滅もありえたが、最悪の結果を避けるために無理を重ねたともいえる。

「これで越中はもう、終わりじゃな……」

　鏑木の泣き言に、玄任が城門をくぐりながら、低音で応じた。

「いや、援軍が来れば、まだ守れる。富山城を落とされぬ限り、希望は残せる」

　玄任の言う「希望」とは、越中に民の国を築くことだ。

　富山城が陥落すれば、他の城も次々と落とされる。越中の諸将は国外へ逃げ出すか、あるいは、降伏を申し出るだろう。何としても加賀からの援軍で富山城を守り、せめて和議に持ち込みたいと、玄任は語った。

「これだけ負けても、まだ希望はあるんじゃな」

いや、本願寺と一向宗にとっては、この男こそが希望なのだ。

「篤蔵が戻らぬな」

立ち止まって、玄任が戦場を振り返った。

今の玄任は戦う仁王ではなく、御坊に火を掛けられ、弟子や門徒たちを亡くした失意の蓮如のように見えた。

篤蔵は無事だろうか。敵に欺かれ、大敗北の責めを誰よりも強く感じているはずだった――。


「なんて、強ぇ連中なんだ……」

篤蔵は最後の力を振り絞り、槍で串刺し(くしざ)にされた体を裏返し、仰向けになった。

せめて最期くらい、お天道様を拝みたかったが、空には分厚い雲が居座って、大きな雨粒を落としてくる。おまけに日も暮れかけていた。

「ドジを踏んだ上に、命まで落とすたぁ、ざまぁねぇや……」

篤蔵は惚れ女房のお信と所帯を持ち、入り婿になって、寺内町のしがない薬屋を継いだ。商いはお信に任せっ放しだったが、信仰に燃えていた。加賀で一番強いという松任組の鏑木のもとで戦に出たはいいが、篤蔵は腕っ節も弱く、ずっとくすぶっていた。槍を取らせれば阿修羅のように勇猛でも、鏑木はそれほど戦上手でなかった。そんな時、大坂から派遣されてきた坊官、杉浦玄任に再会した。復活を遂げた男の強さと穏やかさに、惚れ込んだ。一生従いてゆくと、誓った。

崇拝する本願寺の仁王を、篤蔵の力で〈天下の仁王〉にしたかった。だが――

「とんでもねぇ迷惑を掛けちまった……」

あんまり悔しくて泣き出すと、口の中の血と泥に、しょっぱい味が混ざった。

「悪いな、お信……」

不出来な夫だったが、お信への愛情には一片の嘘偽りもない。ひ弱な篤蔵が戦に出て命懸けで物見を務めてきたのは、妻子の住まう加賀を守るためだ。その一点だけは、胸を張れた。

眉間に小さな黒子のある娘に惚れた時、孤児だった篤蔵は金沢の博徒の手先をしており、ろくな人間ではなかった。神仏などまるで信じず、門徒を馬鹿にしていた。まじめに薬屋を営むお信の父がならず者との結婚を許すはずもなかったから、お信は欠落を真剣に考えていた。

「お信、ありがとな……」

篤蔵はお信によって一向宗と出会い、救われ、生まれ変わった。お信はこんな男でも愛してくれた。戦や仕事のない時、篤蔵が家で寝転がっているだけでも、嬉しそうにしていた。ひたむきなお信には、怖いほど思い詰めたところがある。篤蔵なしで、お信はこれからを生きていけるだろうか。だが不憫なのは、お信だけではない。

「済まねえ、お澄……」

娘のお澄はただ一人、血の繋がった肉親だった。玄任の一人息子の又五郎と仲良くする姿を見て、嬉しくてならなかった。加賀は民の国だ。篤蔵とお信のように、好き合う者同士が夫婦になれたりもする。又五郎が人質に出されて離ればなれになったが、もしも二人が結ばれたなら、と夢想していた。

「だけど、わしは進み続けた。決して退かなかった。だから、極楽往生できる。南無阿弥……」

篤蔵が最後に見る視界が歪んだのは雨でなく、涙のせいだった――。

五

阿弥陀本堂の如来像が、物言わぬまま衆議を見守っている。再び加賀へ降臨した加州大将の口元を、背後からそっと窺っているように、洲崎景勝には思えた。

「これ以上の死者は出せぬ。されば、しばし様子見じゃろな」

七里頼周の割れ声は、洒脱な軽やかささえ、帯びて聞こえた。

「お、お待ちあれ。もし富山城が落ちれば、越中一向一揆は二度と立ち上がれませんぞ！」

尻垂坂で無惨に打ち破られた洲崎は、玄任に救出された際、加賀へ戻って一刻も早く援軍を越中へ送らせるように頼まれた。だが、敗兵をまとめて戻ってみると、援軍の空約束をした坪坂は大坂へ戻されていた。入れ替わりで来た七里は、引き継ぎと越中の情勢把握に時を要するとして、何日も衆議を開いてくれず、ようやく今日を迎えた。

「まさか、援軍を出さぬと仰せではござるまいな？」

洲崎は焦った。額の汗を手ぬぐいで何度も拭う。

富山城では、今か今かと西の方角を見ながら、全将兵が加賀からの援軍を待ちわびているはずだった。

「御堂衆としては、様子を見てはどうかと提案しておるだけじゃ」

「今すぐ軍勢を出さねば、間に合い申さぬ！」

必死で食い下がった。大負けしたのは、洲崎のせいだ。

「顕如様のお指図は牽制のみ。約束通り謙信を引き付けたのなら、十分とも言える」

「引き付けたなら、勝つことまで法主はお望みのはず」

「這々の体で逃げ帰りながら、ようも申すわ」

洲崎が唇を嚙むと、七里は愉快そうに嗤いながら、宇津呂を見やった。

「いつから北の筆頭旗本は、これほど政に熱心になったんじゃ？」

「大将の在坂中に、狸殿は跳ねっ返りの坊官とやけに親密になってのう。今回の越中出陣に際しても、ずいぶん肩を持っておったわい。戦なんぞ、ほどほどにしておけばよいものを」

「ほどほどの戦とは何じゃ？　われらは命を懸けて戦ってきた。わが組でも、数え切れんほど門徒たちが死んだんじゃぞ！」

洲崎は憎たらしい狐顔を睨み付けた。南二郡は今回の戦と直接は関係がない。兵糧を出す以外、一切の協力を拒み続けるつもりだ。

「三番組では旌旗に墨書しておらぬのか？　退かば、無間地獄ょ。戦場に出たなら、命を懸けるのは当たり前じゃろが。さてと、御同朋御同行の衆。方々のご存念を承ろうか」

七里が促すと、真っ先に宇津呂が応じた。

「わしも御堂衆の提案に賛成じゃ。他国のためにこれ以上、傷口が広がってはかなわん」

洲崎は旗本たちを見渡したが、誰ひとり目を合わせようとしなかった。惣代たちは御堂に集まってさえいない……。

だめだ。衆議が始まる前から、とうに結論は決まっていたのだ。

七里の獅子頭はいつものように、余裕綽々だった。

軍神を相手に勝ち目は乏しい。ならば、前任の坪坂包明と総大将杉浦玄任の敗北で終わらせ、自らは虎穴に入るまいと決めたのだろう。

「して、狸殿。仔細を聞かせてくれんか」

ろうかの。こたびの戦、散々に負けたが、責めは総大将に負わせるだけで足るであろうかの。

七里のにやけ顔を見て、洲崎は背筋が寒くなった。

越中どころか、自分の身を守るだけで精一杯やも知れぬ。だが、皆のために戦に出た者が、なぜ責められねばならぬのだ。

北陸の一向宗門徒たちは、蓮如の再来を待ち望んでいた。洲崎もそうだった。

もしも蓮如上人の如き偉大な高僧が当世にもおわしたなら、加賀一向一揆もかような体たらくにはなるまいに……。

六

富山城内で銃声が一斉に轟いた。仁王隊の生き残りを中心に、籠城中も練兵を絶やさず、連日鍛錬できるほどの鉄砲玉があると、謙信を牽制する意図もあった。

「旗本どもは正気か？　加賀衆が撤退すれば、越中は完全に仏敵の手に落ちるんじゃぞ！」

鏑木は騒いだ。が、玄任は金沢御堂から届いた書状を手に、瞑目したままだった。

さぞ、無念であろう。大敗を受け、兵は半減していたが、玄任はこの日も富山城内の各将を集め、最後まで籠城戦を戦い抜くと誓い合ったばかりだ。

加賀から援軍は来ない。代わりに届いたのは、越中からの即時撤退を命ずる文だった。援軍を得て越中を守り抜くと公言する玄任を、鏑木も越中の諸将も信じた。だが、玄任が帰国すれば、越中勢は上杉に降伏するしかない。結果、加賀は強大な敵を間近に抱える仕儀となろう。血を流した努力が、門徒たちの死が、無駄となる。

「加賀一向一揆の下した決断なれば、従うより他ない」

「七里と宇津呂はもちろん、他の旗本連中も、己の保身しか考えとらん。それでも従うのか？」

鏑木は押し問答を繰り返したが、玄任は巌のごとく頑として応じなかった。

撤退すると聞いた越中の諸将は、泣き出さんばかりに止めたが、玄任は丁重に詫び、

「こたびの騒乱は万事、本願寺の坊官・杉浦玄任の口車に乗せられたためと申し開きくだされ」と言い残し、加賀衆を率いて富山城を発した。ふだんは賑やかな松任組の連中もしょぼくれて、仲良くなった越中の門徒たちとの別れを惜しんでいた。

鏑木が殿軍を務め、加賀勢の背後を守った。

敵の追撃はなく、数ヶ月前に激闘を繰り広げた神通川を渡った。五福山の麓を過ぎて秋の野を進む間も、葬送の列のごとく皆、ずっと口を閉ざしていた。

やがて、加賀と越中の国境を画する礪波丘陵の高い尾根筋が、青空にくっきりと輪郭を描き始めた。

山道に入り、洲崎が城主を務める松根城まで上がると、玄任が兵を休めた。

礪波の最高峰に築かれた山城は、絶佳の眺望を誇る。

鏑木は幼い頃から洲崎の自慢話をよく聞かされたものだ。馴染みの番兵に挨拶しながら本丸へ上がると、玄任が東の越中を眺めていた。

心ならずも見捨てた国を、いかなる思いで見ているのか。

掛ける言葉も見つからぬまま鏑木が隣に立つと、低音が聞こえてきた。

「民の国は、奇跡の国だ。簡単には作れぬ」

北東の低い山並みの向こうには、富山湾の大きな弧が描かれ、秋の海が空と青さを競い合っていた。

「もう篤蔵もおらんのじゃなぁ。何千人も門徒が死んだのに、俺はまた生き延びてしもうたわ」

敵城に近すぎて骸さえ確かめられなかったが、篤蔵は最後まで戦場に踏みとどまって生き残りを探し続け、門徒を一人でも多く逃がそうとしていた。

あの痩せっぽちが傍らにいないだけで、こんなに寂しくなるのか。

鏑木の肩に、玄任が大きな手を置いた。

玄任は自ら指揮する軍勢に〈進者往生極楽　退者無間地獄〉の旌旗を用いず、命を惜しんだ。自らが孤児となった悲劇を繰り返したくないとの想いもあるのだろう。

一向宗の信仰に生きる鏑木は、戦死など微塵も恐れはせぬ。それでも、生きて戦場から戻れた時はホッとする。大切な妻子、身内や友にまた会えるからだ。

「のう、仁王。又五郎はまた大きゅうなっとろうな。何しろお前の子じゃ」

玄任は唯一の身内であるわが子を越前へ人質に出したまま、一度も会っていなかった。

「なぜ阿波賀を訪ねてやらぬ？　あやつからは加賀に来られんのじゃぞ」

鏑木は又五郎を不憫に思い、昨春初めて一乗谷を訪れた。

親父面をしてみたはいいが、喋っているのは自分ばかりだった。

又五郎が金沢にいた半年余りは親しくして、松任城にも招いて城や組の鍛錬を見せびらかしたり、初めての酒まで教えてやったりしたものだが、又五郎も難しい年頃になり、無口で愛想がなかった。わが子勘解由と齢が近く、扱いを弁えているつもりが、ずっと大人びていた。男親に教えられることは何かと思案し、阿波賀で見つけた女郎屋へ連れて行こうとしたら、軽蔑したような顔つきで断られた。生真面目なところが、玄任に似ている。

「かねて又五郎とは、文のやり取りをしている」

「文は笑いもせねば、泣きもせん。じかに会わねば、届かぬ思いもあろうに」

加賀では、玄任を快く思わぬ者もおり、わが子可愛さに朝倉家に便宜を図っていると陰口を叩いていた。玄任は付け入られぬよう、己を律しているに違いない。本人が一番会いたいに決まっていた。

玄任が沈黙すると、鏑木は西を見やりながら、ありきたりな言葉で話題を変えた。

「やっぱり、加賀はよいのう」

折しも加賀平野は稲穂が色づき、黄金色に変わりつつあった。河北潟は空の青を映し出し、さらに内灘砂丘の向こうには、茫洋たる海が広がっている。負け戦なのに、戦が終わった安堵のおかげか、何もかもが輝いて見えた。

「極楽浄土は、地上のどこにでもある。だが、人間は自らの手で、無間地獄へと変えているのだ」

玄任は独り言のように呟いて、松根城の北西にある小高い山へ視線を移し、付近の木々や岩場、取り付きをつぶさに眺めていた。

「あの山に、名はあるのか？」

「朝日山（あさひやま）じゃ。子供の頃、親父に連れられてこの城へ来た時、よう遊びに行ったものよ。懐かしいのう。松根山ほどではないが、あの天辺も見晴らしがよい」

「付き合うてくれぬか、鏑木。早ければ、謙信は来年にも加賀へ侵攻してくる。もしも金沢御堂が私をまだ生かしてくれるなら、この地で迎え撃つ支度をすぐにも始めたい」

──私をまだ生かしてくれるなら……。

玄任の言葉に、鏑木は今ごろ気が付いて、全身に冷や汗を掻いた。

これだけの大敗北を喫したのだ。金沢の大伽藍では、加州大将と宇津呂が手ぐすねを引いて、敗軍の将、杉浦玄任を待ち受けているはずだった。

第四願　松任城

――元亀三年（一五七二年）十月、加賀国・金沢御堂

一

宇津呂慶西は御影堂の階段を上りながら、隣に建つ阿弥陀本堂の大屋根の反りを見やった。

これから、杉浦玄任の処断を決する衆議が開かれる。

加賀一向一揆の政は、駆け引きと妥協で動く。

物事に必ず表と裏があるように、七里頼周とは持ちつ持たれつの間柄だった。難しい局面は加州大将に任せるに限る。ゆえに坪坂包明に代えて、七里を呼び寄せた。

玄任の訴えに理解を示した坪坂が援軍を送りたいと旗本衆を説得し出すと、宇津呂は大坂の七里と連絡を取り合って、策動を始めた。尻垂坂の大敗の報せが届くや、坪坂を衆議で吊し上げて身を引かせ、結果、七里が派遣されてきたわけだ。

宇津呂は本堂に繋がる回廊をゆっくりと進む。

（いつもながら大顎の肚の内が読めんな。加賀を危地に晒そうとも、玄任を潰したかっ

たのか）

最終的に、七里が越中撤兵で衆議をまとめたのは、予想外だった。

宇津呂は援軍派兵に猛反対したが、洲崎が訴えたように、越中すべてが上杉の手に落ちれば、加賀の北が危ないと考えていた。宇津呂の反対は、あくまで自分の南組だけは参戦させないための駆け引きだった。七里による説得の結果、他の組が援軍を出すのは止めぬし、越中にいる加賀衆と越中の三勢力が富山城で抵抗を続けるものと見込んでいた。

だから七里があっさりと撤兵を提案した時は、拍子抜けした。

（織田に通じておるとの噂、まさか真ではあるまいが……）

信長との戦いが始まって以来、七里離反の噂は何度か流れていた。

七里は敵による離反の計だと一蹴(いっしゅう)するが、清志郎などは、逆に七里が流言を広めているのではないかと勘繰っていた。最有力の坊官を自軍に引き止めたくば、本願寺はもっと七里を大切に扱え、というわけだ。

（本願寺でこれほどの力を得ながら、あやつは何を望んでおるのか……）

下間刑部卿はしたたかな男で、七里頼周という鋭利な懐刀の使い方を弁えていた。本願寺で実権を握る際、共に手を汚した仲で、七里とは一蓮托生(たくしょう)の身らしい。頂点に立つ法主顕如も、現世が人の業と強欲に塗れた汚辱の世界だと悟り、刑部卿と共に濁世を渡る覚悟を決めたようだ。他にも下間分家を中心に有象無象がいるが、皆、七里の敵ではなかった。刑部卿との駆け引きさえ間違えねば、七里の権勢は当分揺らぐまい。

それでも一人だけ、七里に膝を屈しない男がいた。杉浦玄任だ。

玄任は本願寺最強の鉄砲衆〈仁王隊〉を率いて各地を転戦し、勝利し続けてきた。だがその僧将が、尻垂坂でついに敗れた。七里は撤兵を命じ、挽回する道をも閉ざして、敗残のまま帰国させた。七里は昨夜、玄任を厳しく処断したいと、宇津呂に根回ししてきた。

この五年ほどの付き合いで知ったが、杉浦玄任には、金はもちろん、脅しすかしも通用しない。七里が処刑まで仄めかしたのには驚いたが、思い通りに動かせぬ面倒な男は加賀にいないほうがいい。玄任にこれ以上の力を持たせまいという利害で、七里とは一致した。

本堂へ入ると、対面所には旗本たちが皆、すでに顔を揃えていた。阿修羅の鏑木頼信と狸の洲崎景勝も、落ち着かぬ面持ちで座に加わっている。

宇津呂は皆の挨拶を受けながら、堂々と南二郡の筆頭旗本の座へと進んだ。

やがて、規則正しい杖の音が聞こえてきた。

七里の後ろを御堂衆が静々と進む。二十人ほどの若い僧侶たちはいずれも能吏だが、七里の顔色を窺う腰抜けばかりだった。決まり事は周到にこなせる頭の良い坊主でも、新奇なことは苦手で、七里の手足として動くに過ぎない。

七里は皆の前をゆったりと歩き、如来像を背に坐した。

「越中攻めの総大将、杉浦玄任を、これへ」

ふだんは筆頭坊官の後ろの列に座る玄任を、敗軍の将としてはるか下座へ案内させる気だ。

七里に目を付けられた玄任はもう、本願寺で浮かび上がれまい。

二

年々念入りに強固にしてきた松任城は、五つの曲輪の周囲に十三間の濠と空堀、二間半の土塁を巡らせ、重厚な門構えを持つ松任組自慢の本拠地である。

鏑木頼信はいつものように、城のすぐ隣に建つ松任金剣宮の壮麗な社殿に参拝してから、大手口へ回り、玄任を三ノ丸の南向きの一室へ案内した。

「この部屋を使うてくれ。形ばかり見張りを置くが、ただの用聞きじゃ」

昨日の衆議で、玄任はまるで咎人の如く扱われ、七里は生害（死罪）さえ口にした。玄任は一切の申し開きをせず、旗本たちも沈黙していたが、鏑木が声を荒らげて猛反発した。結局、「一年の間、謹慎すべし」との仕置きが下され、名乗り出た鏑木が自城に引き取ったのである。

友を促し、向かい合って腰を下ろした。

「この仕置きは絶対に間違っておる。俺は納得できん」

玄任は賞されこそすれ、罰を食らういわれなどない。

鏑木は憤懣（ふんぬん）やる方なかった。文句を言う相手が違うと知りつつ、ひとくさり不平を並べ立てると、玄任が諭すように応じた。

「他の国なら、当主が決め、臣下がそれに従う。だが民の国では、皆で話し合って決める。これが、加賀の政の素晴らしさだ。間違った裁断だとしても、皆が決めたのなら、私は従う。決めた事に従わぬ者は信ずるに足りぬ。ひとたび非を行えば、政に携わるべきでない」

「七里や宇津呂はどうなんじゃ？　狸殿も叩けば埃（ほこり）くらい出よう。御堂から人がいなくなるぞ」

「私は己を律するのみ。無法は正すべきだが、他は責めぬ」

玄任は大仏と渾名された昔から、決して人の悪口を言わなかった。自分ばかり損をする性格だ。

「何か入り用の物はあるか？　声明本（しょうみょうぼん）でも酒でも、何なりと言うてくれ」

玄任は部屋の中を見回しながら、「文を書きたい」と応じた。

「万端、用意させよう。が、お前は休まず駆け続けてきた。少しはゆるりとするがよい」

「いや、時がない。加賀に危機が迫っている。滅びを免れる道は、今しか歩めぬ」

「何じゃと？　次は何をやると申す？」

「為すべきは二つ。今はとても賛同を得られまいが、一つは上杉との同盟だ」

思いもかけぬ言葉に、鏑木は唖然としてから、床を叩いて声を張り上げた。

「尻垂坂を忘れたか！　俺たちの目の前で、あれだけ仲間を殺した怨敵じゃぞ！　松任組は何百人も死んだ。仁王隊も半分殺されたではないか！　仏敵と手を結ぶ者など、一人もおらぬわ！」

篤蔵を始め、多くの門徒たちの仇を討つと、鏑木は歯軋りしながら誓ったばかりだ。

「当面は無理だと承知している。だが織田と上杉、南北の強大な勢力を同時に敵に回して、国を守る術はない。同盟が成るまで、北を常に固めねばならぬ」

「俺は絶対に反対じゃ。篤蔵が聞いたら悲しむぞ。あやつはお前を敬ってやまなんだ」

夫に先立たれたお信は、悲嘆の余り気が変になったみたいだと、娘のお澄から聞いていた。不憫でならなかった。

「篤蔵なら、分かってくれるはずだ。いずれ皆を説いて、道を作ってゆきたい」

鏑木が睨みつけても、玄任は柔らかく受け止めるだけだ。懸命に心を落ち着ける。

「その話は、なしじゃ。さっき為すべきは二つと申したな。いま一つは？」

「加賀から北近江へ援軍を送る。共に戦って織田を止めねば、朝倉・浅井は早晩滅ぼされよう」

鏑木は呆れて笑い出した。

「なぜお前はいつも、左様に厄介な話ばかり思い付くんじゃ？」

加賀一向一揆は五年前に朝倉家と同盟を結んだが、積み重なった過去の怨恨を容易に消せはしない。信長包囲網を共に築きはしても、戦場で共闘した例はなかった。

加賀衆が、越前のために命を捨てられるだろうか。どのみち戦に負けたばかりで、すぐには無理だ。

「朝倉家が滅んでからでは遅い。お主が先頭に立って欲しいのだ」

いよいよ、満を持して反信長の盟主武田信玄が動き、三河の徳川領へ侵攻を開始した。強大化する信長に痛撃を与える絶好の機会だ。玄任は日ノ本全体を俯瞰しながら、加賀と北陸、さらには畿内の情勢をこんこんと説いた。

落ち着いた語り口ゆえに、かえって事態の深刻さが伝わってくる。

鏑木まで、その気になってきた。加賀一向一揆の軍勢が平和裏に越前を通過し、近江へ入って同陣するなど、少し前まで全く考えられぬ話だった。

「この二、三年が正念場だ。ついては何人か、ここへ連れてきて欲しい人物がいる」

玄任が松任城から動けぬ以上、文を送るか、相手に来てもらうしかない。

「師匠には、大坂で動いてもらう」

下間頼照は年の功と敵の少ない人柄で法橋となり、今ではそれなりの地位を占めていた。謹慎の身の一坊官に呼びつけられる立場ではないが、あの師なら、やってくる。

「狸殿やお主にも、諸々頼みたいのだ」

気さくな洲崎なら、酒を餌にいくらでも松任へ呼べた。鏑木もひと肌脱ごう。

三

洲崎景勝は松任金剣宮の素盞嗚尊（すさのおのみこと）に、河北郡に加えて加賀国全体の安寧を祈った。鳥居の下で改めて拝礼してから、松任城三ノ丸へ向かう。虜囚の身の玄任に呼ばれていた。右手に出城を見ながら、大手口をくぐる。

この城には亡き先代、鏑木常専（じょうせん）に招かれて何度も来た。

もう四十年も昔、加賀一向一揆が朝倉宗滴の策謀により、〈大小一揆〉と呼ばれる内部分裂の危機を迎えた時、洲崎の亡父兵庫と若き常専は総本山の力を借りながら、国を守るために死力を尽くした。洲崎の幼い頃、完全に一つになった民の国は、光り輝いていたものだ。

だが今また、国は存亡の危機を迎えている。

若き日の洲崎が抱いていた青雲の志も、色褪（いろあ）せて久しい。年嵩（としかさ）と父の栄光だけで頼られたとて迷惑だが、昔に比べ旗本が皆、小粒になった。いつから旗本たちは、民のためでなく、私のために働くようになったのだろう。昔は五百羅漢（ごひゃくらかん）のように対面所を埋め尽くした惣代たちも、政を諦め、自分の利害に関わる衆議以外はほとんど来なくなった。

洲崎が三ノ丸に入るなり、耳を刺すような鋭い気合が聞こえてきた。ころりと小太空木（うつぎ）の生垣から覗くと、もろ肌脱ぎの玄任が独り、槍稽古をしていた。

りの洲崎と違い、引き締まった筋骨隆々の巨体は、仁王の異名を汚さない。戦場では大鉄砲を使うが、もとは大身槍の達人だったと聞く。

見張りの家人に声を掛けると、すぐに六畳間へ案内された。

部屋の片隅には大きな据箱が置かれ、紙束のほか声明本や中啓と一緒に、鉄砲のカラクリや火薬入れ、胴乱が整理して収められていた。

汗を拭いて庭から上がってきた玄任は、洲崎の来訪に謝意を述べると、すぐに「折り入って、頼みがござる」と切り出した。

「来年にも、上杉軍の加賀侵攻があり申そう。真っ先に標的となるのは、松根城でござる」

河北郡の民は南の織田よりも、北の上杉を恐れている。

加賀勢の撤兵後、越中では富山城の椎名らが降伏し、謙信は冬の到来を前に越後へ帰国していた。万を超える大軍で越中から侵攻するなら、謙信は小原越えを選び、交通の要所に建つ松根城がまず戦場となる。古く源平の時代にも木曾義仲は松根に布陣したし、南北朝動乱の時代にも桃井直和が松根を敵に奪われた。

「あの城には、わしと違ってやり手の亡き父が、十筋の堀と土塁を作った。先年、二ノ丸と三ノ丸も修理したばかりじゃ。何とかならんかのう」

洲崎の問いに、玄任は素っ気なくかぶりを振った。

「先日、検分いたしたが、軍神相手には一日と持ちますまい」

洲崎は面食らって言葉を失った。

父祖の守ってきた松根城も、洲崎の代で仏敵の手に渡るのか。松根峠を越えられれば、金沢御堂まで半日ほどだ。加賀一向一揆が滅ぶ。

「な、何ぞ手はないか、仁王。わしも心配でならんのじゃ」

「まず、堀は薬研堀(やげんぼり)に変え、数を倍に増やし、土塁も高さを十尺まで上げ申す」

玄任は文机の脇に置いてあった巻き紙を、洲崎の前で広げた。

「仔細は、ここに記し申した」

ひとかどの武将は自ら城を築くそうだが、大きな絵図面には事細かな書き込みがされていた。一度訪れただけで城の構造を記憶するとは、どんな頭をしているのか。

「薬研堀から土塁までを五十尺の高さとすれば、攻め上がる上杉の兵とて、容易には乗り越えられますまい」

「されど仁王。いったい、幾つ曲輪を作るんじゃ？」

「既存の作り直しも含めて、大小、十七でござるな」

望楼や櫓(やぐら)、門や張番小屋を配置し、広い腰曲輪まで作る。薬研堀は二十二もあった。

「確かにこれなら、門徒でも越後兵と互角以上に戦えよう。撃退できそうじゃわい」

「いや、無理でござろう。この城は北西に弱点があり申す」

玄任の即座の切り返しに、洲崎はたじろいだ。なるほど峠道に面した城の北西は、もともと起伏が少なく、敵も攻めやすいわけか。

「されば、朝日山に砦を築いてくだされ」

朝日山は松根城から見下ろせる山丘で、眺望も限られるが、ちょうど互いに見通しが利き、小原越えの軍勢を挟撃できるという。玄任はさらに別の図面を取り出した。

「急拵えの小城なれど、これに拠って、上杉の軍勢を打ち払いましょうぞ」

図面には三つの曲輪と横曲輪が描かれていた。

東西南の三方に道を作るが、城との間は堀切で仕切られ、三曲輪の堀と繋げられている。両城の間に広がる森に門徒たちを展開し、神出鬼没の伏兵にすると、玄任は策を明かした。

「変わった造りじゃの。横曲輪は長さ二十三間で、幅は五間足らずか。やけに横長じゃな」

「朝日山城は、さしあたり鉄砲で守ることのみを考えた城砦でござる」

本願寺は信長に対抗すべく、大量の鉄砲弾薬を仕入れていた。総本山に支援を求め、この城で使う段取りらしい。

「大掛かりな普請なれば、三番組だけでは金と人手が足りますまい。仁王隊にも手伝わせまするが、すでに文を送り、総本山で金を用意する段取りを進めており申す」

この男は越中で戦に敗れたその日から、いかにして加賀一向一揆を守るべきかを考え抜いてきたのだろう。

「朝日山の城で、わしらを守ってくれるのじゃな、仁王？」

逞しき本願寺の坊官はゆっくりと無言で頷き返した。

「早速支度に入るといたそう。諸々お主の指図を頂戴しに参る」

一年間の謹慎とはいえ、加賀へ侵攻してきた軍神を止められる者がいるなら、仁王のみだ。

四

金沢御堂から松任城は馬で半刻ほどだが、この日は馬をとぼとぼ歩かせたせいで、倍くらい掛かった。

(もう、無理じゃ。あの分からず屋どもを、どうやって説けと申すのじゃ?)

鏑木はこのひと月ほど、北近江への援軍派遣を衆議で果敢に訴えてきた。

玄任の建白書も提出したが、尻垂坂の大敗が尾を引き、他の旗本たちは口を揃えて反対した。宇津呂が「大切な門徒の命を、朝倉家のために捨てるなどもってのほか」と猛反対し、謙信の侵攻を恐れる北半国の旗本たちも、洲崎を含めて軒並み反対に回った。

玄任は人質に出したわが子可愛さに朝倉を守れと喧しいだけだ、朝倉から裏金を貰っているに違いない、朝倉の重臣に取り立ててもらう約束があるに決まっているなどと、根も葉もない噂を場に持ち出して、討議をぶち壊す者もいた。七里はと言えば、不気味に静観を決め込んでいる。

「まるで壁に向かって説いておるようじゃ。口でのうて、いっそ拳で決められるなら、話は早いんじゃがな」

三ノ丸の六畳間へ入るなり、鏑木は玄任の大きな背に愚痴をぶちまけた。文机に向かっていた玄任が筆を置き、鏑木に向き直る。

「仁王、帰り道に、俺の無い頭で考えたんじゃがな」

北近江出兵の提案をした鏑木が諦めた時点で、この議論は終わる。あの痩せぎすの狐目は、

「御師に頼んで、追加の番衆割り当てを増やしてもらおうぞ。あやつの南組が番衆に入れば、今ほど強くは反対せんじゃろう」

欲と保身の塊よ。総本山は今、織田と直接矛を交えてはいない。大坂の番衆なら死ぬ心配が少ないから、宇津呂も乗りやすいはずだ。

「よく考えたな、鏑木。だが、私は反対だ」

「何じゃと？　せっかくの俺の思案を無駄にする気か」

お前が頼むから苦労しておるのにと思い、鏑木はむかっ腹を立てた。

「反対する者を賛同させるために私利を与えれば、政が歪む」

鏑木は両手を後ろに突いて、天を仰いだ。

「ならば、お手上げじゃ。もう、諦めようぞ」

「いや、お主が粘り強く訴えたおかげで、北近江出兵が是非とも必要だと、皆には伝わったはずだ。今は自分や組、講の損得勘定で反対しているに過ぎまい」

「それが一番、厄介なんじゃろが」

「公のための骨折りが、結果として私を利する場合もある。もうすぐ御師が来られるが、文によれば、堺から新たに千五百挺の鉄砲を購入する目処が立ったらしい。北近江出兵と北加賀防衛のため、特別に認められた措置だ」

なるほどと、鏑木は膝を打った。

宇津呂は番衆の頃から堺と繋がりを持ち、取引の上納金が入る。すぐに宗旨替えするだろう。合わせて北の守りを強化するなら、北半国の旗本たちも納得しやすい。

「後は大顎か。奴の本音はどうも分からん」

「加州大将の真意は、私にもまだ読めぬゆえ、思案している。何度も済まぬが、南二郡の旗本と惣代たちに、文を届けさせてくれぬか」

玄任が机の脇に積み重ねてある手紙を指差した。

旗本と惣代一人ひとりに宛てて長い文を丁寧に認めたものだ。玄任に理解を示し始めた旗本に聞いたが、北陸の門徒たちが憧れる蓮如の言葉も引きながら、加賀一向一揆が歩むべき道を真正面から説いているらしい。南二郡は宇津呂の指し金で反対していたが、いざ出兵となれば協力を求めねばならぬ。その下地作りでもあった。

「河北郡の旗本たちにも、これから別に文を書く」

「それにしても、狸殿は虫のいい男よな」

洲崎は玄任の指図を仰ぎ、松根城の増築と朝日山の新城の普請に精を出しながら、北近江出兵には一貫して反対してきた。

「人は各々、立場も生き方も違う。民の国では、皆それぞれ考えが異なるのは当たり前だ。ゆえに一致できるところを探してゆけばよい」

玄任は誰に対しても正論をぶつけるが、洲崎とは一致できる北の守りに絞って協力するわけだ。畏友は六畳間に謹慎中の身で、畿内を股(また)に掛けて大事を成し遂げようとしていた。

五

いかにも武骨な鏑木らしい堅固な松任の城砦が街道の先に姿を見せた。

下間頼照はホッとして、街道脇に見つけた大ぶりの岩に腰を下ろす。

(わしも、そろそろ隠居したいものじゃ……)

老いた人並みの体つきでも、よく歩いているおかげか、病ひとつせず体だけは丈夫だった。法橋になっても輿を余り使わず歩くのは、自分なんぞを人に担がせては申し訳ないと思うからだ。乗馬も苦手だった。

阿弥陀如来の下で人は皆、平等だ。だから民の国を守りたいと、頼照なりに力を尽くしてきた。玄任から文が届くたび、総本山の広い境内を駆けずり回った。御仏に仕える本願寺が武器を求めるなど不本意の極みだが、大量の鉄砲購入も下間刑部卿に懇願し、玄任の希望通りに進めた。刑部卿は今や法印となり、大坂本願寺の階層では法主の顕如に次ぐ高位にあって、その地位は盤石だった。僧位は法印、法眼、そして法橋と続く。

本願寺では、源三位頼政を祖とする下間家が法主を長らく支えてきたが、頼照は下間分家の傍流で、最初は寺務を補佐する一侍僧に過ぎなかった。真面目だけが取柄の学僧で、若い頃は一途に仏法を学びたいと願っていた。僧位も贅沢も名声も、何も要らぬ。学問さえしていれば幸せだったが、乱世はそんなわがままを許さなかった。

頼照は各地に門徒を抱える大本願寺の運営を、舞台裏で支えてきた。

全国からやってくる番衆たちの世話も一手に引き受けたし、種々の法会の裏方を取り仕切りもした。番衆同士の喧嘩から、総本山の僧の不倫、紛失した仏具探しまで、ありとあらゆる揉め事の解決を任された。織田との戦が始まってからはさらに雑用が増え、学問の時間など全く取れなくなって久しい。

刑部卿にとって、野心も毒もない頼照は使いやすいらしく、予期せぬ「法橋」の僧位まで与えられた。長年の献身に対する最大限の褒美のつもりだろうが、仕事がますます増え、他の僧から嫉妬される羽目になった。

今朝がた、大野の湊に着いた頼照は、まず金沢御堂で七里に挨拶したが、嫌味たっぷりに法橋授与の祝いの言葉を述べられただけだった。回廊で出会った鏑木はひどく忙しそうで、今宵は玄任も入れて三人で酒を酌み交わしましょうと言い捨て、戦場へでも向かうように肩を怒らせながら、どこぞへ去って行った。

若き日に思いをいたしながら寺内町を歩いた後、宇津呂の広い屋敷を訪ねた。堺からの新たな鉄砲購入について話すと、狐目は笑いを隠し切れぬ様子で素直に喜んだ。懸案の北近江出兵について賛成はするが、七里を頷かせてくれと逆に頼んできた。大坂まで出張ってくる狐顔をたまに見かけるが、昔から如才なく立ち回る男だ。

風が冷たくなってきた。頼照はよろりと立ち上がって、再び松任城へ向かう。

大手口で鏑木の妻子に親しく出迎えられ、玄任が謹慎している三ノ丸へ案内された。

玄任が向かう文机の脇には、手紙の束が山のように積み上げられている。北陸は今、この男を起点に動いていると言ってよい。

悠然と頼照に向き直った玄任は、挨拶もそこそこに切り出してきた。

「酔象殿からの書状でござる」

朝倉軍は夏から浅井軍と共に北近江にあり、信長の軍勢と対峙していたが、玄任は陣中の「酔象」こと山崎吉家と連絡を取り合ってきたという。山崎は文で、戦嫌いの義景が長陣に倦んできたため、加賀勢と共に勝利を得て士気を高めたいと、切々と訴えていた。

「御師のお力添えもあり、後は加州大将さえ動かせば、足りましょう」

何食わぬ顔で玄任は言うが、七里は煮ても焼いても食えぬ奸物だ。

「気軽に申すがの。いかにすれば、大顎が虎穴に入りおるじゃろか」

「意外と簡単な手がござる」

「まことか？　さような手立てがあれば、総本山も助かるんじゃが」

　刑部卿は七里を巧みに利用しつつ、恐れてもいた。七里は名実共に力を持ちすぎた。仮に七里が指図に従わねば、総本山の権威が揺らぐ。予め根回しを済ませておくか、七里が従うと見込めなければ、命ずるのは難しい。

「北近江にて、織田相手に見事勝利すれば、法橋の僧位を与えると約束なされませ」

　頼照は電撃に打たれたように、しばらく声が出せなかった。

「待て、仁王。ろくに仏法を弁えぬ似非坊主を、法橋に任じよと申すか？　さような先例は本願寺にないぞ」

　以前、刑部卿の指図で七里の過去を洗ってみたが、出自はもちろん、四十年ほど前に本願寺の青侍となるまでの経歴は、何者かに消し去られたように摑めなかった。

「なればこそ、大きな値打ちがござる」

　頼照は唸った。七里ほど権勢を欲しがる男も少ない。法橋を餌とすれば、あの男は万難を排して乗ってくる。僧位を与えるだけなら、本願寺の懐も痛まぬ。思い切った妙手とも言えた。

「じゃが、刑部卿をいかに説いたものか」

「これが、仏敵信長を討つ最後の機会だと仰いませ。織田を侮ってはなりませぬ。この機を逃がせば、本願寺終焉の時を遅らせるくらいしか、できますまい」

　この男は妻を殺され、子を人質として奪われ、自ら束縛の身にありながら、ただ民の国の行く末を案じ、いかにして加賀を守りうるか、六畳一間の部屋で日夜考え抜いてきたに違いなかった。

「承知した。拙僧から刑部卿を説こう」

これで七里は動き、加賀一向一揆による北近江遠征も実現する。

「御師、かたじけのうござる。ただし、一刻も早うお願い申し上げまする」

玄任が刑部卿宛ての分厚い文を手渡してきた。

この足で大坂へ戻れと言わんばかりだ。

松任でゆっくりしたいと思っていたが、そうもいかぬらしい。

頼照は文を懐へしまい込みながら、少しばかり声を落とした。

「杉浦玄任は今や、加賀を守るに欠くべからざる僧将。鏑木や洲崎を始め旗本たちが、一坊官の言葉に耳を傾けるようになった。七里も心穏やかではあるまい。これ以上汝が力を持てば、加州大将の座を早晩取って代わられかねんとな。仁王、身辺に留意せよ」

玄任はまるで意に介さぬ様子で頼照に頭を下げると、文机に戻って墨を磨り始めた。まだ誰かに文を書くらしい。「保身」ほど、玄任に似合わぬ言葉もなかった。

六

朝から降り出した雪に止む気配はなく、灰色の空が飽きもせず、無数の白綿を落とし続けている。

鏑木頼信が三ノ丸を訪れた時、玄任は雪中の槍稽古を終えたばかりで、手ぬぐいで体の汗を拭き、僧衣の乱れを整えていた。

明朝、七里頼周を総大将とする二万の一向一揆軍は金沢を発ち、朝倉・浅井連合軍の後詰として北近江へ向かう段取りだった。謹慎中の玄任は出陣できぬが、松任組は支度を万端整えていた。

信長包囲網さえ崩さねば、勝機は十二分にあった。

破竹の勢いで西上する信玄の武田軍が反信長の軍勢と合流し、京の都から信長を追い払って、将軍足利義昭を奉ずる。南の脅威が去れば、北の上杉に専念できよう。

「仁王、思わぬ事態となった」

部屋に入ると、鏑木はだらしなく足を投げ出して座った。

姿勢を正して対する盟友に、吐き捨てる。

「朝倉義景は愚か者じゃ。越前勢が一昨日、撤兵した。加賀衆の出兵も当然見送りよ」

さすがの玄任も、面食らった様子で沈黙した。

庭に降り積もる雪の音さえ聞こえてきそうだった。

冬の到来を理由に義景が突然帰国し、信長包囲網を崩したのである。

最悪の展開だった。加賀勢がいま少し早く合力し、目付として戦場にあれば、朝倉の全軍撤退などなかったはずだ。これで信長は、窮地を免れた。

「俺たちは一体何のために、来る日も来る日も、皆を説き回ってきたんじゃろな。この国は何事も時が掛かりすぎる。どいつもこいつも、七里と宇津呂の顔色ばかり窺いおって。己が組の利のみ考え、国のことは後回しよ。旗本を辞めさせられるのが怖いんじゃ」

鏑木がさんざん繰り言を並べてゆく間、玄任は微動だにせず坐していた。

「のう、聞いとるのか、仁王？」

「本願寺と加賀一向一揆にとって、次善の策は、何か……」

玄任は自答するように、鏑木に語った。

顕如は当然、義景に再出兵を要請しようが、いったん戦を投げ出した君主が速やかに戦線へ戻りはすまい。ぎりぎりの均衡の中で態度を決めかねていた朝倉・浅井の諸将が、雪崩を打って織田方へ靡く懸念があった。だが越前にはまだ、堅固な一乗谷城がある。朝倉家の動きは山崎吉家らに託すしかないが、民の国を守るには、何とすべきか……。

「北近江は早晩、織田の手に落ちる。次の戦場は越前だ。われらは朝倉家と力を合わせ、何としても信長を止めねばならぬ」

「南からは信長、北からは謙信。とんでもない奴らが攻めてきおる。全く、加賀はついとらんのう……」

いつの世も、信仰は迫害される。親鸞は追放され、蓮如は何度も焼き討ちにあった。今の世では戦という試練が、一向宗門徒たちに与えられている。

「鏑木、頼みがある。河合の八杉木兵衛を呼んでほしいのだ。越前の新しい情勢をできるだけ早く摑んで、次の手を打たねばならぬ」

「早速、手配しよう。一から全部仕切り直しじゃな」

木兵衛は玄任の子、又五郎の面倒を真摯に見てくれていた。

父は謹慎、子は人質の身だが、玄任と又五郎を会わせてやれぬものか。うまいやり方を玄任に尋ねようかと考えたが、恐らく己のためには知恵を出すまいと、鏑木は思い直した。

七

澄み空に輝く冬の朝日に、汚れて凝り固まったままの庭の根雪を溶かす力はなかった。阿波賀は、大きく湾曲する足羽川と低山に囲まれた小天地だ。杉浦又五郎が住まう小屋敷の庭にも、寒気がピンと張り詰めている。

又五郎は気合一閃、真剣で越前の空を斬った。

この五年、一乗谷の南にある道場で、剣豪の富田勢源から直々に剣を学び、心身共に鍛え上げてきた。又五郎はもう、童ではない。幸い身請人の山崎吉家は人品優れ、賓客のごとく扱ってくれたから、何ひとつ不自由せず、武芸や学問に専心できた。幼時から玄任に従い、三河や長島、大坂を転々としてきた又五郎にとって、たった独りで多くを学び、最も多感で大きく成長する青春を過ごした越前もまた、故郷と言えようか。

又五郎は今、父玄任への憎しみに近い感情に囚われている。

誰よりも敬愛していた父から捨てられ、忘れ去られれば、誰でもそうなるはずだ。

玄任は越前からわが子を取り返そうともせぬ。半聖半俗の僧将として敬ってきたが、上杉謙信相手に無惨な大敗を喫したと聞く。又五郎のなかで、玄任は強さをも失ったのだ。

母の真純は誰よりも又五郎を思ってくれた。だが、玄任の進めていた加越和与に反対する門徒の誰かに殺された。仏の教えも悪くはないが、母の愛に及ぶまい。その母を死なせ、自分を捨てた父を後悔させてやりたい。玄任が妻子よりも大切にした加賀一向一揆など、滅べばいいとさえ思った。

「何ぞ困っとらんか、又五郎?」

垣根の向こうから聞こえてきた元気な声は、面倒見のいい八杉木兵衛だ。

加越和与を受け、越前で一向宗が解禁されると、木兵衛は総本山や金沢御堂と連絡を取り合いながら、大坊主たちの布教を支援して、張り切っていた。忙しそうに各地を飛び回っているが、月に一、二度、様子を見に阿波賀へ来てくれる。

だがこの五年、玄任は一度も来なかった。稀に文が届くだけだ。深く傷付いたのは、所用で一乗谷まで来た玄任が、阿波賀の前を素通りし、そのまま立ち去ったと知った時だ。それも、一度や二度ではない。気のいい鏑木頼信が会いに来てくれたが、かえって玄任が鏑木のような父親だったならと、やるせなく思ったものだ。

要するに自分は、見捨てられたのだ。玄任の名声が上がるにつれ、その息子を見物しに来る者たちまで現れて、腹立たしかった。杉浦又五郎でなく、杉浦玄任の子として扱われる境涯に、激しい苛立ちを覚えていた。

おまけに、奇妙な噂まで立ち始めた。

——又五郎は玄任の子ではない、素性も知れぬ野盗の子だ、という。

真純は三河の一向宗門徒の娘だが、三河へ派遣されていた玄任と夫婦になる直前、三河を荒らし回っていた野盗どもが村を襲い、女たちを連れ去った。玄任が塒を突き止め、力ずくで奪い返した中に真純もいたが、玄任に嫁いでから七ヶ月ほどで又五郎を生んだ。だから、実はすでに野盗の子を身籠っていた、という話だった。

(別に父が誰であろうと構わぬ。俺は剣の腕一つで、自在に乱世を渡って行ける)

返事を待つ木兵衛もそっちのけで、又五郎は架空の敵の小手を左右続けて斬った。

裂帛の気合と共に、喉元へ突きを見舞う。

「お見事じゃ。わしはちょいと加賀へ行って参るが、仁王に届ける文はあるか？」

「ござらぬ」

又五郎がぶっきらぼうに即答すると、木兵衛は怪訝そうな顔で見返してきた。

以前は文を常に用意し、言伝ての文言まで思案しておいたものだが、わが子に無関心な父への意地もあった。もしも文を届けるなら、お澄に書きたかったが、もう嫁いでいるだろう。夫婦になると約したのは子供の頃だし、将来も知れぬ囚われ人の妻になるなすまい。

ど気の毒だ。だいいち、とっくに忘れているはずだ。武士として、未練がましい真似は

「こたび貰うた文で知ったんじゃが、本願寺が上杉に負けた責めで、仁王はずっと謹慎の仕置きを受けておるそうな」

初耳だった。とっさに悔しく思ったが、すぐに考え直した。玄任は加賀のために妻子まで犠牲にしながら、その加賀から理不尽な罰を食らったのだ。いい気味ではないか。

「木兵衛殿は、何をしに加賀へ？」

「越前を守らねば、加賀も滅びる。ゆえに仁王は本願寺の力で、朝倉を守るつもりじゃ」

義景が戦わずして北近江から撤兵したために、反信長の結束は崩れ、遠からず織田軍の反攻が始まると見込まれていた。

「酔象様も、越前が上手くまとまらぬと心配しておわしましたな」

「大坊主たちも宗門に分かれて、いがみ合うておるからのう。なあに、心配無用じゃ。名門朝倉家と大本願寺が力を合わせれば、織田なんぞ必ず追い払える。次なる戦ではおめえも堂々と、仁王の下で働けばよい」

戦上手の山崎吉家から、軍学の手ほどきも受けている。一手を率いて戦える自信はあった。だが、己の妻子さえ守れなかった男に、国を守れるのか。

玄任のために戦で手柄を立てるのは癪だが、見返してやりたかった。

又五郎は音を立てて鞘に納めた刀の柄を、固く握り締める。

第五願　朝日山城

——天正（てんしょう）元年（一五七三年）七月、加賀国・松任城

一

鏑木頼信が松任城の大手門で馬を飛び降りると、三ノ丸近くで賑やかに鳴いていた蝉たちが一斉に騒いで、飛び立った。

「大変じゃぞ、仁王！」

全身汗だくになって六畳間へ駆け込むと、文机に向かっていた杉浦玄任が振り返り、静かに居住まいを正した。

「朝倉義景が一乗谷を出て、近江へ向かった」

珍しく玄任が顔色を変えた。

「わざわざ堅固な城砦から出るとは、酔象殿は何のおつもりか」

反織田勢力の最大の誤算は、信玄の急死と武田軍の撤兵だった。武田家は信玄の死をまだ明らかにしていないが、信長を討つ最後の機会を、みすみす信玄が逃すはずもなかった。

今となっては、一乗谷城で守りを固めるしか朝倉軍に道はないはずだが、昨冬、顕如と信玄に撤兵を叱責されて、義景は意地でも張っているのか。

昨冬決まった一向一揆軍の北近江出兵は、信長包囲網の瓦解により振り出しに戻っていた。玄任が説いていた「勝てる」という前提も崩れた。それでも玄任と鏑木の説得により、一乗谷の籠城戦に援軍を送る支度が進められていたが、これでまた、仕切り直しが必要になる。

「おまけに、北も危ういぞ。軍神がいよいよ出陣の支度を始めたそうじゃ」

謙信は信長の要請を受け、越中・加賀攻めの兵を起こすと目されていた。越中では謙信の赦しを得たはずの椎名康胤が、武田家の後ろ盾を得て反旗を翻したものの、信玄の死により進退極まっていた。加賀一向一揆軍は、松根城と新しく築いた朝日山城で上杉軍を迎え撃つ段取りだ。

「仁王、お前の謹慎を解こうと、俺と狸殿で大顎に掛け合ったが、どうしても首を縦に振らん。北も南も危うい今、お前を城に閉じ込めておる場合ではなかろうに」

取り消せば一年謹慎の言渡しが誤りだったと七里が認める仕儀となり、顔が立たぬと考えているらしい。

玄任はしばらく黙って思案していたが、やがてぼそりと応じた。

「不本意なれど、非常の時ゆえ、御師に文を送って策を講じてみたい」

二

下間頼照は耳を澄ませたが、金沢御堂の僧房に喧しいはずの蟬の声は疎らだった。七里頼周によれば、今しがた杖で追い払ったという。

土壁から音もなく降りてきた一匹の蜘蛛が、板の間を躊躇いがちに這い始めた。

「ほう。杉浦玄任を法橋に、のう……」

七里のひび割れた声からは、いかなる感情も読み取れなかった。

下間家に非ざる者が就く位として〈法橋〉は最高位だ。法橋ともなれば、法主が直々に任ずるため、玄任は総本山へ出向かねばならぬ。囚われの坊官に僧位を与えること自体が、謹慎の措置に対する異議申立てを意味した。僧位もない七里が格上の法橋を謹慎させ続ければ、笑いものだ。増長する七里への牽制にもなろうと、刑部卿は玄任の策を容れたが、七里の顔を潰す劇薬でもある。ゆえに頼照がわざわざ金沢へ出向き、予め仁義を切ることで、配慮を示したつもりだった。

「むろん刑部卿に他意はない。杉浦玄任を以て、本願寺を守る護法の盾となし――」

「承知」と、七里は乱暴に遮ってから、続けた。

「昨今、加賀の旗本衆にも、織田から調略の手が伸びておってな。何と、この信心深い愚僧にまで仕掛けてきおるわ。煩わしいゆえ追い返しておるが、根負けしそうなほどしっこいのじゃ」

七里に信心などないのは、当人も認める有名な話だった。

「愚僧さえ寝返らせれば、加賀が容易く手に入ると、信長は知っておる」

自分の胸三寸で、加賀をどうにでもできるというわけだ。

「織田方の事情を探るもよしと思うて、会うてみた。加賀の守護代になぞと言うてきおったが、見くびられたものよ。僧位こそ伴わぬが、愚僧が本願寺で持っておる力を知らぬらしい」

力に見合う僧位を寄越せとの意を、七里は言外に込めている。

下手に口を差し挟まず、頼照は自信に満ち溢れる獅子頭を見た。

「愚僧が織田に寝返るなぞありえぬが、本願寺は刑部卿ひとりのものではない。刑部卿と愚僧の絆に亀裂が入ったと聞いて、実は早速、宮内卿の筋からも接触があった」

厄介な情勢だ。復権を虎視眈々と狙う宮内卿家の下間融慶が七里と手を組めば、本願寺は外敵を抱えながら、再び割れかねない。

「もともと刑部卿は、ご尊父の命を奪いし愚僧に対し、含む所がおありじゃからのう」

七里の口からさらりと出た言葉に、頼照は寒気がした。

現刑部卿の父下間頼康は、まだ三十代でにわかに体調を崩し、まもなく亡くなった。病死とされていたが、この男が毒殺したのか。

「それでも水に流して、愚僧と手を組みたいと仰せであったゆえ、刑部卿とは一心同体と思うてきた。むろんこれからも、愚僧は大切な絆を守って参る所存。されば――」

獅子頭に気圧されて、頼照は口も挟めなかった。

「刑部卿におかれて、こたびの埋め合わせをいかにお考えか、楽しみでならぬわい」

場違いに七里が大笑したとき、頼照は背筋が寒くなった。

七里を追い詰めて玄任の身柄を解放させたつもりが、玄任と頼照は逆に、七里の策に掛かったのではないか。

謙信の侵攻により、七里はどのみち仁王を用いねばならぬ。謹慎を取り消せば己が傷付くだけだ。ゆえにぎりぎりまで我慢比べをしたうえ、あえて総本山に禁じ手を使わせて、貸しを作った。玄任を法橋にしておけば、自らの道も開きやすくなるわけだ。

本願寺からの離反に始まり、宮内卿派への寝返りをちらつかせる七里の威迫に、頼照は肝が冷えた。

傍らの節くれだった樫の太い杖に、七里が右手を伸ばしている。

「御坊はすでに本願寺で大きな力を得ておる。これ以上、何を望むのじゃ？」

「愚僧の信心を、敵も味方も信じてくれぬようでな。ゆえに融慶様は、法橋をくれてやると宣うたが、愚僧も軽く見られたものよ」

七里はドンと、板の間を杖の先で突いた。

杖の下で、蜘蛛がぐちゃりと潰れている。

「刑部卿から、いずれ法眼を賜ると言い返しておいたわ」

頼照は啞然として、師の命をも奪った悪僧を睨んだ。

法眼は法印のすぐ下の僧位だ。いずれ刑部卿に取って代わる肚か。

大坂では刑部卿の懐刀たる七里に逆らえば干されるが、従えば着実に利を得られる時代が長らく続いた。そのため七里に従う僧たちが増え、その力は下間家の傍流にまで及んでいる。加賀だけではない。昨今の総本山は、庇を貸して母屋を取られそうな感さえあった。

「本願寺総本山並びに全国の一向宗門徒たちのほとんどは、下間家の人間ではない。しかるに、下間家の専横にはかねて、下間に非ざる者たちが大いに不満を抱いておる。その者たちが愚僧を頼り、新しき本願寺のあり方を求めるとしても、奇とするに足りまい。本願寺の歴史にあって、法主は力により決められてきた」

何が言いたいのだ。七里の大きな体から発せられる猛烈な覇気のせいで、頼照は自分の体がぶるぶる震え出すのを感じた。

「先代の証如様は晩年、愚僧と折り合わず、誠に残念であった。顕如様は英邁な法主ゆえ、同じ轍は踏まれぬはずじゃがな」

頼照は覚えず声を上げて、傲然と立ち上がる七里を見上げた。

証如は三十九歳の若さで示寂したが、まさかこの男が手を下したのか。三年前、顕如の長男、教如が得度した前後から、七里は何かと教如に接近していた。刑部卿どころではない。法主の座をすげ替えるつもりか……。

「愚僧は気の長いほうじゃ。急ぐ話ではないが、本願寺を取り巻く情勢も日々変わる。いつまでも、味方が味方のままとは限らぬでな。お互い、長生きしたいものじゃのう」

気を呑まれた頼照が物も言えずにいると、侍僧が襖の向こうで膝を突いた。

「大将、上杉謙信が加賀攻めの陣触れを出した由」

謙信は再び背いた椎名を討伐し、瞬く間に越中を制圧して富山城にあった。慰撫を終え、いよいよ加賀へ侵攻してくる。

「来おったわ。早速、総本山お気に入りの将の出番じゃな。お手並み拝見と参ろうか」

もしも玄任が負ければ、七里でなく総本山の責めとなろう。したたかな保身の一手でもあったわけだ。どうやら政争で七里の右に出る者はいない。

七里の去った後、僧房の木柱に止まった油蟬が、騒々しく鳴き始めた。

三

真夏の加越国境には〈欣求浄土〉や〈厭穢欣浄〉の幟り旗が無数に林立していた。山を埋め尽くすほど旗を立てよと、玄任から指図があった。

「また、あの軍神と戦わねばならんのか……」

洲崎景勝は松根城の本丸にあって、西の越中を見下ろした。

規律正しく進軍する人馬の群れが峠を目指している。整然と並ぶ黒々とした流れの中に、毘沙門天の旗印が幾つも浮かんでいた。

天正元年（一五七三年）八月十日、越中を平定した上杉謙信は、ついに加賀侵攻を開始した。洲崎家は三代前から国境の松根城を領してきたが、加賀一向一揆の脅威は長らく南にあり、北辺の地が戦になるのは初めてだ。

この数日「まだ来んか」と怪気炎を上げていた鏑木が、漆黒の甲冑に身を包んで姿を見せた。

「仁王以下、皆、軍神に勝つ気満々じゃぞ」

往還と緑の森を挟んだ向こうに、新造した朝日山城があった。

仁王隊も普請に加わって、玄任の指図通りに作り上げた朝日山の防塁は、鉄砲隊を配置するための腰曲輪が東から西に長々と置かれ、その背後に三つの曲輪を連ねている。

先日、ようやく謹慎を解かれた玄任は直ちに朝日山城へ入り、謙信を撃退するための練兵を、連日徹夜で進めてきた。ほぼ鉄砲のみで城砦を守る特異な防御陣である。

堅塁の松根城を攻略する前に、敵は前後からの挟撃を避けるべく、朝日山城をまず落とそうとするはずだった。主戦場は朝日山になると、玄任は見ていた。

「じゃが、鏑木。まこと謙信相手に、通用するかのう……」

平地で戦えば、戦慣れした精強な騎馬兵に蹴散らされ、一揆軍の勝ち目は薄い。だが今回の戦場は峠道と森を挟む山域であり、武士たちが得意とする騎馬突撃もできない。

他方、加賀衆は玄任の指図で、普請時からこの場で鍛錬をし、野営までして付近の地形を知り尽くしていた。

「戦上手は無理な攻めをせぬ。捨て身でしのげば、謙信は退く」

鏑木が玄任からの受け売りで応じてきた。

一向一揆軍は数で敵に勝る。玄任は一万数千と伝わる上杉軍に対し、約四万の門徒たちを山中に展開させた。だが、まともに戦う気はない。ほとんどの兵は長槍で槍衾（やりぶすま）を作り、敵の進軍を阻むだけの役回りだ。山中の木々と地形、高低差を使い、門徒から成る「人の海」を出現させ、その中に上杉軍を沈める。

槍衾が作る壁の向こうから、攻撃は鉄砲のみで行う。玄任が総本山の頼照に掛け合い、約二千挺の鉄砲と撃ち切れぬほどの弾薬を用意した。昨夏の尻垂坂の激戦で、仁王隊の半数は戦死したが、玄任の謹慎中も、生き残りの兵が門徒たちに鉄砲の撃ち方を丁寧に教えていた。

この戦に負ければ金沢御堂は陥落し、加賀一向一揆は滅びる。これは仏敵から加賀を守るための戦であり、尻垂坂で命を落とした門徒たちの弔い合戦だ。

本願寺の仁王の指揮の下、一揆軍の士気は極限まで高まっていた。

「俺が軍神を討ち取って、北の戦を終わらせてやる」

軽い口振りで言い捨てた鏑木は本丸を降りると、森の中へ大股で姿を消した。

鏑木頼信は雄叫（おたけ）びを上げながら、豪槍を繰り出した。

穂先をまともに食らった敵兵が、斜面を転がり落ちてゆく。

数に任せて、槍衾の分厚い壁を山中に張り巡らし、深い堀を上がってくる敵を突き落としては、敵勢を下へ押し戻す。樹幹や巨岩が防壁代わりだ。高さも一揆軍に味方してくれた。鏑木は最前線で槍を振るい続けたが、門徒たちは疲れると、攻撃の間隙を見つけて前後を入れ替わり、新たな槍衾を作った。槍の壁の後ろからは、味方の間断ない鉄砲射撃が容赦なく敵を襲い続ける。

戦いが始まって一刻余り、一向一揆軍は明らかに優勢だった。

「松根城は捨て置け。まずは右手の新しい城を落とすぞ！」

埒の明かぬ展開に、業を煮やしたらしい。下の戦場で巨漢が槍を手に猛り狂った。柿崎源三祐家は、尻垂坂でも門徒たちを容赦なく殺め続けた勇将だ。

柿崎が陣頭に躍り出て、猛然と槍衾を突き破る。

上杉軍が北西へ鋭鋒を向け直した。

猛攻を受け、引き潮のように、槍衾が奥の森へ退いてゆく。

撤退する門徒たちの中に、最前線で大鉄砲を乱射していた玄任の巨軀も見えた。

これからは森でなく、砦を使った防衛戦に移る。

「いよいよ敵が朝日山城へ流れるぞ。すべて、玄任の狙い通りか」

城を出てきた洲崎が顔を紅潮させている。松根城をほとんど無傷で守り抜き、興奮を隠しきれぬ様子だった。

越後兵が向かう先、朝日山城には〈南無阿弥陀仏〉の黒白旌旗が無数に上がっていた。

「雑魚(ざこ)でのうて、俺は軍神を狙(ねろ)うて参る」

鏑木は松任組でも選(え)りすぐりの精兵三十人を率いて、森の中を進んだ。

戦場をよく見渡せる樹間で兵を止める。

やがて朝日山城の露台へ、白の僧衣に鎧をまとう巨漢が姿を見せた。

玄任が大鉄砲を構えるや、銃口が火を噴いた。

たちまち先鋒の柿崎が断末魔のような悲鳴を上げ、その場に倒れ込んだ。股を撃ち抜かれたらしい。配下の兵たちが必死で助け起こしていた。

それでも、上杉軍は怯まない。果敢に攻め寄せる中に、煌びやかな甲冑を身に着けた若年の将の姿があった。若武者の采配で越後兵が突撃を再開した時、城から猛烈な一斉射撃が豪雨のごとく襲いかかった。

玄任は槍隊を森の中へ撤退させる一方、鉄砲隊をすべて朝日山城へ入れたはずだ。敵が必ず松根城より先に攻めると見越して、実に千挺の鉄砲を城に備えていた。

凄まじい一斉射撃が間断なく続く。まるで、鉛玉で作られた烈風のようだ。

さしもの越後兵も為す術がなかった。折り重なって、倒れてゆく。

「完全な勝利じゃ！　見ておるか、篤蔵！」

鏑木の胸が躍った。玄任からは止められているが、今、敵の背後を襲えば、あの一隊を全滅させせられるはずだ。門徒たちに下知せんと、深く息を吐いた時――

松根峠から朝日山城へ向かう一団の騎馬隊が現れた。

先頭には白手拭で頭を包み、萌黄色の胴肩衣を着た白馬の将がいる。峻険な山道を物ともせず、見事に馬を乗りこなしていた。速い。

上杉謙信は銃弾にも構わず、あっという間に城門近くまで辿り着くと、若武者ら将兵を救い出し、鉄砲の射程外まで兵を戻した。

あの男は、本当に毘沙門天に守られているのか。

神速の騎馬兵とはいえ、あれだけの銃弾がなぜ当たらぬのだ。

城砦に立つ仁王と、馬上の軍神がしばし睨み合っていた。

辺りは闃として静まり返っている。

「麓まで、撤退せよ」

優れた将は面目などにこだわらず、引き際を心得ている。

謙信は力攻めで朝日山城を落とすべきでないと悟ったらしい。一向宗門徒の徹底的な抗戦により、上杉軍は一方的に死傷者を出したはずだが、まるで勝者のごとく堂々と退却を始めた。

追撃は一切無用と玄任は固く禁じていたが、一分の隙もない撤退だ。動きに無駄がなく、速い。数に任せて追い討ちを掛けても、返り討ちに遭うだけか。

目ばたきの間に謙信が森の中へ姿を消すと、松根城と朝日山城から、高らかに勝ち鬨が上がった。

鏑木も快哉を叫び、天に向かって勢いよく長槍を掲げた。

朝日山城へ向かうと、玄任が城門の前で門徒たちを労っていた。弾幕と槍衾で作る門徒たちの壁が、軍神を追い払ったのだ。緒戦は完勝といえた。

鏑木は玄任の大きな背を勢いよく叩いた。

「勝ったな、仁王」

「まだだ。上杉方の士気は依然高い。簡単に撤退はせぬ」

謙信が雨を待つとしても、大雨でない限りは鉄砲隊でも反撃できる。山中の生い茂った夏葉を屋根とし、笠をかぶり、鉄砲に雨覆を付けて火薬の湿りを防ぐ。戦力は下がるが、城砦からの一斉射撃は健在であり、四万の大軍なら持ち堪えられるはずだ。

「皆、良い顔をしておるのう」

戦を終えた門徒たちは、一人ひとりが誇らしげな顔をしていた。

「誰かに命じられたのではない。自ら戦に出ると決め、自分たちの国を自力で守ったからだ」

玄任の言う通りだろう。家族と故郷と信仰を守るために、民が自ら武器を取り、攻め寄せる敵を撃退する。これこそが本当の民の国の戦だと、鏑木は思った。

「だが、われらの真の敵は南にいる。北条が上杉の背後を突いてくれるまでの辛抱だ」

目の前に上杉軍がいる限り、加賀一向一揆軍の主力は、加賀の最北に張り付いたままだ。

もしも謙信による電撃侵攻がなければ、玄任は朝倉軍に合流し織田軍と対峙していたはずだった。義理堅い謙信は、同盟を結ぶ信長の要請に応じ、加賀を再び脅かした。玄任は、謙信が関東の火消しのために矛先を変える時を待っていた。

四

浅野川の対岸は、凱旋してくる一向宗門徒たちを迎える民で溢れていた。

先鋒の鏑木は大軍勢の先頭にあって、馬上で飛び上がりたい心地だった。

軍神を相手に一向一揆軍が完全な勝利を収めたとの報せに、金沢は沸き返っている。

最初の激戦の後、両軍は十日ほど睨み合った。小手調べや攪乱のための夜襲、奇襲、小競り合いは山中で続いたが、主力の激突は起こらなかった。結局、関東の北条軍が上野へ攻め入ったため、謙信は救援要請に応じ、玄任を前にして兵を退いた。

大量の鉄砲のおかげで、戦死者もほとんど出なかった。本願寺の仁王は、軍神を破って尻垂坂の雪辱を果たし、大いに名声を高めたのである。

やがて洲崎、玄任ら諸将も続き、川べりで門徒たちを労ってから、軍勢を解散した。

従軍した旗本や惣代たちと共に、喝采する民に迎えられながら、御堂へ報告に向かう。

加賀一向一揆軍がこれほど全き勝利を収めて帰還するのは、鏑木が戦場へ出て以来、初めてだった。

南無阿弥陀仏の旗を掲げる母娘を街道沿いに見つけると、鏑木は槍を高く掲げた。

「お信、お澄。俺たちは勝ったぞ！　篤蔵の仇を討ったぞ！」

昨夏の篤蔵の戦死以来、お信は薬屋を畳み、苦境にあると聞いていた。妙齢のお澄には、河北郡の大坊主の跡継ぎへの嫁入り話もあったが、お信は気が触れてしまい、行状が変だと噂になり、縁談も立ち消えになっていた。この勝利とて救いにはなるまいが、溜飲を下げるだけでも、敗北よりはいい。

諸将らと極楽橋を渡り、甲冑を着けたまま阿弥陀堂へ向かう。

七里や宇津呂ら主だった面々が揃う対面所に入って、着座した。

真ん中に総大将の玄任、その左右に鏑木と洲崎だ。

「上杉謙信が軍勢、打ち払いましてございまする」

玄任は七里ではなく、その背後に立つ如来像に正対している気がした。

「大儀であった。朝日山城における杉浦壱岐法橋の働きは、歴史に記されるであろう」

七里が重々しく告げると、宇津呂も殊勝に頷いた。

負ければ、加賀は滅んでいたのだ。もっと感謝して欲しいものだが、集まった旗本や惣代たちの笑顔に、鏑木は胸を張った。

「大勝利なれば、御坊もしばし、ゆるりとするがよい」

玄任は本願寺の坊官であり、加賀一向一揆から報奨を得る立場にない。敵の侵略から、ただ民の国を守ったというだけだ。

「北加賀は暫時の平安を得たれども、われらが本来の敵は大坂、長島をも脅かす信長でござる。されば今日明日にも南下し、越前朝倉家に助力せねばなりませぬ」

玄任の言葉に、座からどよめきの声が上がった。

「その通りじゃが、皆、疲れておろう」

こればかりは鏑木も同感だった。開戦前から謙信の撤退まで、ずっと気が張り詰めたままで、戦慣れした松任組でさえ、疲労困憊していた。

「こたび戦に出なかった南二郡の組を中心に、私が新たなる遠征軍を率いましょう。すでに緒戦の勝利をお知らせした際、思案下さるようお伝えしたはずでござる。事は一刻を争い申す」

勝てるか知れぬ謙信との戦の前に、越前への援軍を進言しても通らぬが、玄任は勝ちを得てすぐに、次の手を打っておいたわけか。

「じゃが、近江へ打って出た朝倉に勝ち目はないと、汝も申しておったはず。負け戦に加賀が付き合うと申すのか？」

「義景公が山崎殿の言を入れれば、大負けはせずに撤退し、一乗谷での籠城戦に入るはず。朝日山城の勝利で、今の加賀衆には勢いがござる。一乗谷城は、越前でも名だたる難攻不落の要害。必ずや朝倉家の滅亡を食い止められましょう」

「越前の事情も分からぬ。しばし様子を見てはどうかの。まさか、すぐに滅ぼされはすまい」

宇津呂が口を挟むと、玄任はかぶりを振った。

「すでに朝倉を裏切った者もあり、家臣が一丸となって戦うとは限りませぬ。されば是非にも、加賀の助けが要り申す」

義景は人望ある名君ではなかった。敗色濃厚な不明の主君に家臣たちがどこまで従いて行くか。

「こたびは、南二郡に汗を掻いてもらわねばの」

幸い七里も、出兵の必要は分かっているらしい。後は狐の説得か。

七里が思わせぶりな眼で宇津呂を見た時、慌ただしく現れた御堂衆の一人が、七里に耳打ちをし、文を渡した。

珍しく驚いた様子で瞠目（どうもく）した七里が、食い入るように文面を眺めている。

「何ぞござったか、大将？」

のんびりした宇津呂の問いに、七里がゆっくりと答えた。

「間に合わなんだな、玄任。朝倉軍が大敗したそうじゃ」

四十名近い将が討たれる大惨敗を喫したという。山崎吉家も戦死したらしい。

さしもの玄任も沈黙し、救いを求めるように阿弥陀如来像を見つめていた。

五

一乗谷には、見渡す限りの残炎が燻っていた。

百年に及ぶ越前朝倉家の栄華が灰燼に帰した姿は、見る者から言葉を奪った。刀根坂なる地で朝倉軍が大敗を喫してから、まだ七日しか経っていない。

杉浦又五郎が加賀へ逃れなかったのは、織田軍の進撃が余りに速かった事情も大きいが、父玄任の率いる加賀一向一揆軍が介入し、一向宗門徒を救出するはずだとの思いがあったからだ。だが結局、又五郎はまたも見捨てられた。

「全く、ひでえもんだな」

又五郎の隣で八杉木兵衛が吐き捨てた。

戦火を避け、山中へ逃れていた又五郎が阿波賀へ戻ってくると、探しに来た木兵衛が屋敷で待ってくれていた。

味方の裏切りが相次いだ朝倉軍は、戦わずして撤退を始めたものの、織田軍に猛追撃されて壊滅したという。名のある将はほとんど戦死し、義景と数騎がかろうじて一乗谷へ落ち延びてきただけだった。又五郎も決死の覚悟で朝倉館へ駆けつけたが、義景は籠城を諦め、大野へ逃れた。まもなく侵攻してきた織田の軍勢は、一乗谷に次々と火を放ち、すべてを焼き尽くした。

木兵衛は朝倉家の姫を窮地から救い、本願寺へ送り出した後、腕の立つ甥たちを連れ、又五郎を助けに来てくれたのだった。河合庄のある大野郡は、裏切って義景の首を信長に献上した宿将の朝倉景鏡が領していたため、兵乱に巻き込まれなかったらしい。

「何ゆえそれがしのために、かようなお骨折りを？」

「仁王に、おめえのことを頼まれちまったからよ」

又五郎はあくまで杉浦玄任の嫡男だから救出されたわけだ。木兵衛の邪気のない好意を解しながらも、心は反発を覚えた。

「街道は危ねえ。加賀へ戻るのはやめときな」

越前には数万の織田軍が侵攻している。加賀へ落ち延びようとする一向宗門徒たちを狙う山狩りも始まっていた。

「木兵衛殿。加賀はなぜ、越前を守らなかったのでござろう」

力を合わせて信長に対抗すべく、加越は同盟を結んだはずだ。いったい又五郎は何のために人質に出されたのか。

「越前におるわしらには分からんが、何か事情があったんじゃろう」

又五郎にも意地がある。加賀のために戦う気にはならなかった。

「それがしを河合に置いてくださらぬか」

木兵衛は細長い腕を組みながら、首を横に振った。

「いや、わしらは一向宗じゃからな。この先どうなるか、知れたもんじゃねえ」

この後、義景を真っ先に裏切った家臣が守護代になるという噂だが、真宗本願寺派、すなわち一向宗は織田の敵だ。坊官杉浦玄任の嫡男と分かれば、命はあるまい。

「こういう時に頼りになる御仁がおる。真宗高田派、称名寺の恵慶殿よ」

越前において称名寺は、天台宗の平泉寺に次ぐ勢力を誇る。信長も簡単には敵に回すまい。

「嵐が吹き荒れておる時に、仏様の信じ方が少しばかり違うからって、救わぬという法はあるまい。先方には迷惑かも知れんが、悪いようにはせんはずじゃ」

又五郎は生きたいと思った。だが、何のために生きるのだろう。

若いから、まだ死にたくないだけか。

夏の終わる阿波賀には、焼け落ちた町の焦げた匂いが、体に染み付きそうなほど充満していた。

六

三方を北潟湖に囲まれた吉崎山は、一向宗門徒にとって格別の聖地である。

約七十年前、朝倉宗滴の手で焼き払われた吉崎御坊は今や廃坊だが、低山ながら展望も得られた。加越国境に位置する水陸交通の要衝で、兵を休めるには好適な地だ。玄任がこの地でいったん兵をとどめたのは、私淑する蓮如上人の遺徳に縋りたかったせいもあろう。

（何たることか。加賀はこれから、どうするんじゃ？）

鏑木が息を切らせて坂を駆け上ると、玄任は椨（たぶ）の木陰で、眼下を見やっていた。かつてあの奇跡の高僧が眺めた時とさして変わらぬ景色のはずだ。

鏑木は甲冑の音をじゃらつかせながら近づき、玄任に問いかけた。

「まことか、仁王。朝倉がもう、滅んだと？」

玄任はふだんと変わらぬ落ち着いた表情で頷き返した。

刀根坂の敗報を受け、玄任は朝倉家を救援すべく、直ちに二万の軍勢を率い、強行軍で南下した。鏑木の松任組も少し遅れて、結局これに加わった。玄任が吉崎御坊跡で兵を休めていたところ、先に越前へ潜らせていた間諜が戻り、驚愕（きょうがく）の展開を知った。家臣の裏切りにより、朝倉家が滅亡していたのである。

一乗谷は焼き尽くされ、生き残った朝倉旧臣たちも織田に降った以上、事情は全く変わった。金沢御堂でも、織田の手に落ちた越前へ攻め入ると決めたわけではない。織田領へ侵攻するなら、総本山の了承も要る。

北も南も、玄任が恐れていた通りに事態が展開してゆく。

「お主はこの地にあって、国境の守りを固めてくれぬか。越前から逃れてくる門徒たちを救うのだ」

一旦金沢へ兵を返せば、勢いに乗る織田軍が加賀まで侵攻してきた場合に対抗できぬ。

門徒たちの保護を理由として、兵をこのまま加賀南端に留め置くのが上策だろう。征服して間もない越前は、まだ完全に信長のものではない。織田家に服従しない朝倉旧臣たちもいよう。一向宗を始めとする諸門徒が力を合わせるなら、越前の未来はまだ分からないと玄任は説いた。

「承知。して、お前は何とする？」

「武田軍が撤退し、越前が滅んだ今、織田の猛攻から加賀が生き延びる道は、上杉との同盟以外にない。されば急ぎ、旗本衆を説きたい」

いよいよ加賀は追い詰められた。怒濤のように変転する世の中で、政も変わらねば、滅ぼされる。先見の明というべきか、すでに尻垂坂で敗れて加賀へ戻った時から、玄任は上杉との同盟を説いていた。やはり玄任が示す道が、正しいのか。

「俺はお前を信じる。加越国境は任せよ」

玄任は頷きながら椨の樹幹にそっと手をやった。樹齢二百年ほどで、蓮如も触れたろうか。灰褐色でざらついた太い幹を、赤い手の蟹が大小二匹、懸命に登っている。

「かような所までアカテガニが登ってきておるわ。親子かのう」

その昔、吉崎が大火に見舞われた時、蟹たちは泡を吹いて懸命に火を消したのだが、その際火傷をして鋏が赤くなったと伝わる。蓮如ガニとも呼ばれていた。

答えぬ玄任に、鏑木はそっと尋ねた。

「仁王。又五郎はどうするんじゃ？」

玄任はややあってから、淡然とした口調で応じた。

「加賀一向一揆として、越前にいる一向宗門徒を助けるため如何にすべきかは、金沢御堂で速やかに決めるべき事柄だ」

「一人息子を見捨てる気か？　間に合わんかも知れんぞ」

玄任は答えず、鏑木の肩に手を置くと、「後を頼む」と言い残し、身を翻した。

一揆軍は玄任の私兵ではない。一向一揆の総大将が加賀衆を用い、特別にわが子を救い出すわけにはいかぬのであろう。

鏑木は西の越前の方角を見やりながら、心の中で問いかける。

（おい、又五郎。生きとるか？　助け出すまで、うまく隠れておってくれよ）

七

波佐谷城の本丸を出ると、宇津呂慶西は至近にある松岡寺(しょうこうじ)へ向かった。

ふだん宇津呂は金沢にいるが、年に幾度か本領の波佐谷へ戻り、南組の門徒たちと交流を深める。祝言や葬式、祭りに顔を出すのは面倒だが、今回の越前出兵では、南組から多くの門徒を出した。ご機嫌取りも、旗本の地位を守る上で大事な仕事だ。

耳が遠く声の大きい年寄りの惣代から、隣地との境界で長らく揉めている件で、さんざっぱら愚痴を聞かされるうち、玄任が来訪してきたと腹心の清志郎が知らせてきた。

清志郎は何かと役に立つ男で、あの七里からも信頼されていた。今回も、玄任が来た用向きは上杉との同盟の件に違いないと、前もって知らせてくれた。三十年余り昔、宇津呂の屋敷の前に行き倒れていたところを助けてやった恩義があり、長い付き合いで裏切る心配も少ない。以前、金沢の寺内町で気立ての良い妻を娶ったが、子もないまま先立たれて、今は気楽な独り身だ。

来客を理由にやっとこさ惣代を帰すと、玄任は松岡寺へ墓参に行ったと清志郎が言う。ふと思い立ち、呼びにやらせず出向くことにした。

杉浦玄任の「出生」の秘密を、宇津呂は知っている。

あれはもう三十五年も昔の話か。雪夜の寒々とした総本山本堂を思い出すたび、今でも血の匂いが鼻先に蘇る。

阿弥陀如来の膝上に抱かれていた血塗れの赤子は、下間頼照の願いを超えて逞しく成長し、本願寺の盾となった。善良な頼照は、孤児の両親についてそれらしい話をでっち上げると、事情を知る宇津呂に口裏を合わせるよう求めた。加賀国能美郡は南組に、敬虔な一向宗門徒の夫婦がいて、夫は仏敵と戦い、若くして命を落とし、妻も後を追うように亡くなったのだ、と。

玄任は本願寺でも一、二を争う智謀の持ち主だ。幼時はいざ知らず、作り話に疑念を抱いてもおかしくないはずが、玄任は両親が眠ると聞かされた松岡寺に墓参を続けていた。ただし、年にせいぜい一、二度だと院主から聞き、自らは法要を欠かさぬ宇津呂は意外に思ったものだ。

水の豊かな山中の境内の片隅、名も刻まれぬ小さな墓石の前に、腰を落とす僧体の巨漢がいた。

玄任は頭を垂れ、両手を合わせている。

合掌を解くのを見計らって、背後から声を掛けた。

「波佐谷は、御坊の両親の墓を守っておるに、ちっとも融通を利かせてくれんのぅ」

「わが父祖の受けし恩に対しては、ささやかながら、わが私財をもって報いており申す」

毎年必ず、玄任が松岡寺に少なくない志を届ける話は、院主からも聞いていた。

「頭の固い坊主じゃわい」

宇津呂は馴れ馴れしい手つきで、粗末な墓石をとんとん叩いた。

「して、何を願ったんじゃ？」

「ただ生を享け、生かされてある奇跡に感謝するのみでござる」

玄任の巨体がゆらりと立ち上がると、目の前に壁ができた。宇津呂より優に頭ひとつ、高い。

「朝倉が滅んで、加賀一向一揆もいよいよ正念場じゃな」

「されば宇津呂殿に、上杉との同盟につき賛同賜りたく、罷り越したる次第」

この男は何が起こっても動ぜぬのか。平然と落ち着き払った玄任の応対に、器の違いを見せつけられた気がして、宇津呂は強い反発を覚えた。

「智謀に溢れた御坊なら、もう気付いておろう」

波佐谷に便宜を図ってくれぬなら、ここに墓参させる意味もない。玄任が驚き慌て、意気消沈する姿を、一度でよいから見たいと思った。

宇津呂は余裕の笑みを作りながら、言葉を足してゆく。

「この墓の下にはの。戦で死んだ無縁仏が眠っておるだけじゃ。杉浦任之助などという人間は、端からおらぬ。確かお玄と申したかの、お主の母親の話も、すべて出任せよ」

怪訝そうな顔で、かすかに体を慄かせる玄任の様子を見て、宇津呂は優越を感じた。

玄任が生まれたらしい三十五年前に、加賀一向一揆が戦をした事実も記録もない。頼照が作った両親の話は、史実と平仄が合わぬ。玄任なら気付いているはずだ。己が事なのに、なぜ真実を探ろうとせぬのだ。

「真のわが両親について、何かご存知か」

やはり玄任でも気になるらしい。同じ人間としての弱さに安堵を覚えると同時に、一抹の寂しさを感じた。宇津呂は残念そうにかぶりを振ってみせた。

「いや、阿弥陀如来しか知るまいて。が、ともかく御坊が慕っておる両親は、しがない凡僧が貧しい頭で作り上げた幻に過ぎんのだ」

「阿弥陀、如来が……」

玄任には何の話か分かるまいが、真相は誰も知らぬ乱世の闇の中だ。

再び粗末な墓石を見やる玄任の大きな背が、丸みを帯びて、どこか寂しげに見えた。

初めて玄任をやり込めた気がしたのに、どこか空しく、後味が悪いのはなぜだ。ふだんなら勝ち誇って、放笑でもしたはずだった。

反りが合わず、好きでもない男だが、今では加賀が頼るべき味方だからか……。

「宇津呂殿、上杉との同盟の件で、折り入ってお話がござる」

向き直った玄任の顔はいつもと変わりなかった。

縁もゆかりもないと知っても、この男は加賀一向一揆を守る気らしい。

すでに夏蟬たちは死に絶えて、松岡寺の境内に聞こえるのは、滾々と湧き出す泉の音だけだった。

第二部　優曇華

第六願　越前一向一揆

――天正二年（一五七四年）二月、摂津国・大坂本願寺

一

総本山の広い境内を白雪が染め上げても、それを輝かせる光は空になかった。

仏敵上杉謙信との同盟に向け、下間頼照は大きな手応えを感じていた。

謙信の祖父以来、約七十年にわたる因縁ゆえに、北陸の一向宗門徒たちは、長らく上杉を当然に仏敵とみなしてきた。だが杉浦玄任が訴える通り、加賀一向一揆が織田信長の侵攻を防いで生き延びるには、謙信の力に頼るほか道はなかった。半年前にも朝日山城で戦をしたばかりの宿敵だが、それでも頼照は、和平の道筋を一心不乱に切り開こうとする玄任の手助けをしてきた。

そんな時、玄任から届いた急ぎの文は、全く新たな道を示していた。

――越前にもう一つ、民の国を作る――

眩暈を覚えるほど巨大な企ての前に、頼照は身震いした。

受けて立つのでなく、本願寺から織田を攻め、民の国の版図を広げる。さもなくば、

いずれ必ず滅ぼされよう。他に加賀生存の手立てはないと、玄任は説く。

越前は今、混乱の極みに達していた。昨夏の朝倉家滅亡から半年もせぬうち、織田に降った朝倉旧臣間で激しい内紛が起こったためである。

信長が越前守護代に任じた桂田長俊は、朝倉家を真っ先に裏切った男で、もともと人望がない上に、国を治める器もなく、越前はたちまち混乱した。そこに登場したのが、桂田と同じく寝返り組の富田長繁だった。武勇に秀でた若き富田は桂田への不満を煽り、民を扇動して挙兵、一乗谷炎上後に政庁の置かれた北ノ庄で桂田を討ち、一族を鏖殺した。さらには旧重臣の魚住景固とその一族を謀殺し、越前一国を支配しようとした。

かかる狂犬の如き若者の暴走に、越前は震撼した。信長は羽柴秀吉を越前へ遣わし、弟を人質に差し出してきた富田の桂田討伐を追認した。だが、朝倉の旧臣らは大いに不満を抱き、富田に服従などしていない。

今こそ好機だ。大混乱の越前へ、加賀一向一揆軍が攻め入って制する。

本願寺は昨年暮れに信長と和睦したが、ただの休戦協定だ。総本山に再び挙兵を決断させ、越前出兵を承認させる。

（じゃが、仁王の策は本当に、成るのか……）

幸い謙信は先月、関東出陣令を出していた。今なら、北の守りを気にせず、南下できる。謙信の出兵を受けて急遽、玄任が来坂すると報せが来た。

頼照は不出来の師ながら、多くの青侍や番衆の面倒を見てきた。出世など頭の片隅にもなかったが、玄任と運命の邂逅をし、弟子に頼まれるまま動くうち、戦の経験もないただの学僧が、分不相応に法橋にまでなった。ひとりの生真面目な沙門として、末世を精一杯生きてきただけだ。武芸もさっぱりできぬし、仏の道を極めたわけでもない。そんな自分が、玄任の求めに応じられるのか……。

「御師、杉浦壱岐法橋がお着きになりました」

小坊主に知らされ、頼照はよいしょと腰を上げた。

対面の場を阿弥陀堂としたのは、今朝から降り出した雪を見て、玄任との奇しき縁を思い出したからだ。

回廊を渡り、堂宇に足を踏み入れると、白の僧服をまとった逞しい巨人が威儀を正して待っていた。如来像の見守る御前で、向かい合って座る。

「暮れに、和睦したばかりじゃのにな」

「信長は己にとって都合のよい時に破棄し、攻めて参りまする。いずれ破られる和なら、当方より好機を捉えて破るが上策。総本山におかれては、河内の遊佐信教殿と四国衆を巻き込んで、摂津中島城を攻められませ。長島を守るためでもござる」

昨秋、伊勢国の長島一向一揆は織田の大軍を撃退したが、遠からず信長は十万を超える大軍勢で三度目の侵攻を企てると見られていた。総本山を動かすために、大坂の一向一揆軍が取るべき軍略まで、玄任は考案してくれる。今では刑部卿も重宝する軍事の知恵袋だ。

「大坂も簡単でないが、七里は恐ろしい曲者じゃ。宇津呂も足を引っ張りかねん。上杉との同盟もすぐには成らぬ。仮に越前を制しても、かの地には他宗門が多い。民の国として一つにまとめるなぞ、無理ではないか」

夢物語だと難ずる頼照に、玄任がいつもの穏やかな口調で応じてきた。

「できぬ理由でなく、本願寺と民の国を守るために、何が必要かをお考えくだされ。万人が無理と言おうと、一向専心あらば、成し遂げられましょう」

この男は、皆が諦める不可能事を次々と実現してきた。加越和与を成立させ、信長包囲網を構築し、謙信を朝日山城で撃退した。

長らく頼照は、上から命じられ、下から頼まれて生きてきた。

あれはできる、これは無理だろうと、できる限り正確な見通しを立て、上にも下にも親身になって伝え、動いてきた。それは誠実ではあっても、自分なりの信念や理想のための行動ではなかった。法橋となった今も、相変わらずだ。

「ますます強大となる仏敵から本願寺を守るには、自らも強くなり、強き者と結ぶほかござらぬ。近ごろは宇津呂殿も、私の話に耳を傾けてくれまする」

百年続いた名家が滅亡し、織田家に蹂躙された後、旧臣たちが相争い、焦土と化した越前で、民は新しい力と秩序を欲している。民のために、真の民の国を作りたいと、玄任は珍しく熱弁をふるった。

頼照は少しく心を動かされて、弟子を見た。

眉間の鉄砲疵が目立つ引き締まった精悍な表情だが、戦に明け暮れる武将の物腰とは違う。むしろ柔和で、実に良い沙門の佇まいをしていた。師の蓮応もこんな顔つきだったろうか。皮肉な話だが、総本山で日がな勤行に精を出す僧たちよりも、玄任のほうがはるかに高潔な僧侶らしく思えた。

「拙僧は戦の素人じゃが、織田に対し、勝算はあると申すのじゃな？」

「必ず勝利してみせましょう。懸念はむしろ、越前を制した後の守りでござる」

朝倉、本願寺間の同盟と縁組で活躍した一向宗門徒の八杉木兵衛とも密に連絡を取り合いながら、玄任は越前の他宗門を味方に付けつつあるという。

「本願寺が、三度目の信長包囲網を作るのでござる」

玄任は越前を制した後の策も考えていた。上杉と結び、加賀と越前の二ヵ国に合わせ、能登、越中の一向宗門徒たちと共に、北から大勢力で織田領へ攻め下る。さらに大坂、長島でも攻めに転じて仏敵信長を倒し、仏法を守り抜く壮大な構想だった。急がねば、半年もせぬうちに長島一向一揆が滅ぼされる、とも説いた。

「鏑木に加賀の北を守らせ、あたう限りの軍勢で越前を攻めまする」

上杉はまだ味方でなく、加賀も一枚岩ではない。この期に及んでも、複雑な利害を持つ者たちがなお保身を図り、足を引っ張り合っている。むろん玄任も弁えていた。

「されば加賀をまとめるため、七里頼周を法橋とし、越前攻めの総大将に任ぜられませ」

加賀勢を動かすには七里の力が要る。七里を最初から取り込むわけだ。法橋の件は北近江出兵に際して思案済みで、大きな障害はあるまい。だが――

「過日、七里が大坂に参った時、また怪しげな動きをしおってな。今は、あまり下手（したて）に出るわけにもいかぬのじゃ」

七里の裏切りで政争に敗れ、鳴りを潜めていた宮内卿家の下間融慶と縒（よ）りを戻したらしく、七里は二人で親しげに話す様子さえ、見せびらかしていた。今回の賭（か）けに負ければ、刑部卿の顔が潰（つぶ）れよう。再び融慶と七里が手を組み直せば、総本山は分裂して戦どころではなくなる。

もともと刑部卿は、七里を利用しているだけで、信用していない。七里が織田に通じているとの噂の真偽も測りかねていた。七里に力を持たせ過ぎれば、万一の場合、本願寺は確実に加賀を失い、総本山さえ危うくなる。

「合わせて伝えられませ。速やかに応じぬときは破門する、と」

頼照はあっと声を上げそうになった。

僧位を与えるだけなら見くびられようが、同時に恫喝（どうかつ）して体面を保つわけか。本願寺において「破門」に勝る強烈な言葉はない。出兵は加賀一向一揆の衆議により決定されるが、筆頭坊官として提案し、加賀をまとめよとの厳命だ。

玄任がまっすぐ頼照を見つめていた。

「そして勝利の暁には、御師が守護代として、新しき民の国へ入られますよう」

頼照は慄（おのの）いた。

かくも巨大な企ての表舞台に立てというのか。考えるだけで身も竦む苦難の道だ。失敗すれば、むろん命取りとなろう。

大いに躊躇した。怖いからというより、器でないからだ。

「拙僧は今年こそ、隠居したかったのじゃがな」

弟子は師の泣き言を聞き流して、続けた。

「民の国とは、親が子を捨てずに済む国でござる。支配する者のためでなく、皆が皆のために守り、皆で幸せに暮らす国でござる」

真面目だけが取り柄の凡僧が、大事を担えるのか。

「されど加賀と違うて、越前では信ずる神仏も異なる。いかにして民をまとめるのじゃな?」

「時を掛けて談合いたしまする。皆、末世に救いを求めておるのです。親鸞聖人は他宗門を排されなんだはず。誰が何を信じてもよい国を作りましょう」

権謀術数を巡らす俗僧ばかりの今の総本山が果たして、そのような民の国を認めるだろうか。

(いや、できぬ理由から考えまい)

「救いなき末法の世に、まことさような奇跡の国を作れようかの?」

問われた玄任は大きく頷いてから、阿弥陀にも似たほのかな微笑を口元に浮かべた。

「三千年に一度とはいえ、優曇華も花開くのです」

霊瑞華とも呼ばれる奇跡の花は、三千年に一度のみ咲くと伝わる。『大般若経』は「如来に会うて妙法を聞くを得るは、希有なること優曇華の如し」と記している。仏に遭いがたいことの譬えとして、しばしば用いられる花だ。

玄任はさらに途方もなく巨大な夢を説いた。

もしも日ノ本全土に民の国を作りえたなら、乱世は終わる。民が自分のことを自分で決める政が、津々浦々へ行き渡るのだ。優曇華が花開く時、金輪聖帝が姿を現す。四天下を統一し、正法をもって世を治める。人の世は救われるのだ。

頼照は心を震わせながら、瞑目して思案した。

杉浦玄任と共に挑むなら、本当に奇跡を起こせるのではないか。かつて加賀に奇跡の国は作られ、なお存続している。人の手により、作られたのだ。

織田から奪い取って作る新しき国は、まさしく虎児だ。頼照以外に、誰も虎穴に入ろうとはすまい。人生で一度くらい、不可能事に挑むのも良いやも知れぬ。生真面目に馬齢を重ねた人生の最後で、ひとつくらい大きな夢を追い求めても、ばちは当たるまい。

「優曇華を、咲かせてみるか」

大事を何も果たしてこなかった「涅槃仏」の学僧が、乱世に立ち上がるわけだ。

「かたじけのう存じまする」

玄任は毫も己のために動いてはいない。無私が今回も顕如の心を動かすだろう。

二人を黙って見守る如来像を見上げた。あの赤子が、これほどの男になろうとは……。

「のう、仁王。すべて済んだら、鏑木と三人で雁鍋を食わんか」

ずいぶん昔、玄任がまだ「大仏」だったころ、刑部卿家から賜った雁を食材に、師弟三人で鍋を囲んで突いた。そのまま朝まで、大坂の一向酒を飲み明かしたものだ。

黙ってこくりと頷く玄任も、その時には昔の笑みを浮かべるだろうか。

二

大きな岩風呂に浸かりながら、宇津呂は天から降りしきる雪を眺めていた。金沢御堂から南東へ約三里、山中の温泉を好む御堂衆や旗本衆は少なくない。

宇津呂は雪見の湯に浸かる贅沢が好きだ。雪が積もると見るや、わざわざ出かける日まであった。子が生まれてからは、何度も親子でこの湯を楽しんだ。藤六郎は頭も冴えず臆病で、出来の悪い息子だが、気は優しい。素直すぎて、父ほどのずる賢さがないから、幼少から将来を危ぶんでいた。

（わしは金に汚い。戦にも出ん。その代わり、藤六郎や皆をしっかりと守ってやる。父上とは違う生き方をすると決めたんじゃ……）

厳格な父と一緒に湯に浸かったことは、一度もない。

父の宇津呂備前は、ただただ加賀一向一揆のために粉骨砕身する旗本だった。加賀は当時〈大小一揆〉ないし〈享禄の錯乱〉と呼ばれる内紛の最中にあって、父は加賀を飛び回り、波佐谷の郷にいる家族など全く顧みなかった。妻が病床にある時も戻らず、看取りさえしなかった。そんな父を見ながら、宇津呂は育った。

加賀がついに大きな危機を乗り越えた後、父は過労が祟り、宇津呂が番衆として大坂にいた間に、何の富貴も楽しまぬまま呆気なく逝った。旗本を継いだ時、宇津呂は決して父のようにはならぬと誓った。他の国と違い、加賀では民のために、国があるのだ。民が国のために命を捧げるなど、馬鹿げている。

これまで宇津呂は政を私し、国を食い物にしてきた。加賀一向一揆は、宇津呂のためにあり、その逆ではなかった。国が家族から父を奪い、殺したのだ。復讐とも言えた。勘違いする者もいるが、宇津呂には加賀を支配する気なぞ、端からない。この国をどうしたいという理想もない。できるだけ物事を変えず、筆頭坊官に文句を並べ、その結果、保身と利得が図れるなら、それでよかった。

人間の政には、必ず不満が生ずる。不満を煽り立てて支持を得、何事にも反対していれば、民の国では妥協が得られ、後は誰かが何とかしてくれた。宇津呂が生まれた時から国はあり、放っておいても国はあるものだと、ずっと思っていた。

（だがこのままでは、本当に国が滅ぶのではないか……）

もともと宇津呂は、玄任による信長包囲網の策を内心歓迎し、武田信玄なるとてつもなく強い大将が、信長を打ち倒してくれると、根拠もなく思い込んでいた。昨年、信玄死去の噂が流れても、すぐには信じなかったが、どうやら本当に死んでしまったらしい。

その証拠に、信長を止められる者は誰もなく、織田領はひたすら膨張を続け、南北の国境すぐ近くまで、強大な仏敵が迫ってきた。素直に考えれば、恐ろしい話だった。

最近考えが変わり始めたのは、玄任に説かれた南郡の旗本や惣代が次々と現れ、加賀の危機を宇津呂に訴えたからだ。以前は聞き流してきたが、改めて玄任の話を吟味すると、背筋が寒くなってきた。事態はいたって深刻だ。

まつ毛に白い物が掛かった。見上げると、雪が激しくなっている。

宇津呂が好きな岩風呂は、湯涌の谷のずっと奥、小さな湖を望める丘の麓にあった。これほど降れば、わざわざ来る者はいない。湯涌温泉を独り占めできそうだ。誰かと湯に浸かるのは嫌いでないが、追従者以外で、近寄ってくる人間はまずいなかった。

こうして湯の中で寛いでいると、末世に生まれた不運も忘れて、宇津呂は幸せな気分に浸れたものだが、今は違う。柄にもなく、国の行く末が不安でならなかった。

「旗本様。杉浦壱岐法橋殿がお越しになり、湯をご一緒したいと仰せにございまするが」

湯殿のある板塀の向こうから、家人が尋ねてきた。

驚嘆に近い感情を覚えた。この悪天にも、あの男は国を守ろうと駆けずり回っている。

「なかなかによい雪見ができると、返答いたせ」

まもなく降雪の中を現れたのは、戦う僧侶の強靱頑健な裸身だった。あちこちに戦傷の痕を刻む堂々たる体つきは、まさしく〈本願寺の仁王〉の異名に相応しい。

軽い挨拶の後、玄任は湯へ入り、戸室石の凹みに大きな背を預けた。

「ご苦労な話じゃな。この風雪を冒して、かような所までわしを説きに参ったとは」

「事は一刻を争い申す。越前が麻のごとく乱れる今のうちに事を運ばねば、信長は長島を滅ぼし、越前を立て直して、秋にも加賀へ攻め込んで参りましょう」

玄任は岩風呂の中で背筋を正していた。

この男は駆け引きがない。正論だけをぶつけてくる。

「お力をお借りできませぬか。民の国を守るためでござる」

「加州大将は、何と言うておる？」

七里はどこまで加賀を守る気があるのか。いざとなれば、七里は加賀を捨てて大坂へ戻ればいい。玄任も同じ立場のはずだが、二人の行動はまるで違った。

「この場で今、宇津呂殿の了を得られたなら、今宵のうちに筆頭坊官を説き伏せてみせましょう」

呆れた。この大雪の中を、御堂へとんぼ返りするのか。

宇津呂は湯煙と降雪の向こうで返事を待つ男の顔を見つめた。

鉄砲疵のせいで眉間の大黒子はもうないが、〈阿弥陀の子〉はこれほど立派な将に育ったわけか。

思い返せば、この逞しい巨漢は、いつも民の国のために動いていた。保身と私利を図る理不尽な反対に遭い、どれだけ誹謗中傷されても誰も責めず、ただ正論のみを訴え、人々に説いた。かねて外敵の強大化に警鐘を鳴らし、宿敵との同盟さえ厭わず、八面六臂で戦い続けてきた。

加賀最大の危機に宇津呂ができるせいぜいは、この稀有の坊官を支援するくらいだ。

「承知した。加賀一向一揆の命運、御坊に委ねる。わしが説かずとも、南二郡の旗本たちは御坊に従うであろう。越前を攻めよ。加賀を、織田から守ってくれ」

三

まるで人間どもを見放したように、太陽はこの十日ほど、越前の空へ一度も姿を現さなかった。

七里頼周は輿から降りると、節だらけの樫の杖を右手で突きながら、大きな山門をくぐった。

禅寺の七堂伽藍には、小雪がちらついている。

杉浦玄任は、越前に多くの寺領と末寺を持つ龍沢寺を陣所に選んだ。

今は仏殿におわします、と門番が案内に立った。

越前攻めの総大将は七里頼周とされた。玄任は刑部卿から名指しで出兵の命を出させ、あえて七里を自分の上に押し立てて出馬を求めたわけだ。破門までちらつかせて牽制するとは刑部卿もなかなかやるが、ひとまず法橋の僧位を得られるなら、安い買い物だった。

本願寺と激しく対立した朝倉家は、最勝寺など例外はあれ、長らく一向宗を禁圧してきた。それでも一部の門徒たちは、密かに信仰を守りながら生き抜いた。一向宗が正式に解禁されたのは加越和与が成立した七年前であり、門徒の数はまだ少ないが、加賀一向一揆軍は、宗門を問わず、越前の民から諸手を挙げて歓迎された。

二万の加賀勢は、予め玄任の策で通じていた他宗門の一揆勢を糾合しながら南下し、瞬く間に五万の大軍勢へと膨れ上がった。

敵は〈越前の狂犬〉こと、富田長繁である。

玄任は一揆軍の数と勢いを以て、富田家臣の増井甚内助を方山真光寺で、同じく毛屋猪介を北ノ庄土佐守館で討ち滅ぼした。他方、七里は北ノ庄を大軍で制圧したものの、帆山河原の地で寡兵の富田勢に敗北を喫して兵を退いた。やむなく玄任に救援を求めたところ、翌々日にはもう、富田の首実検を済ませたと報せが届いたのである。

龍沢寺の広い境内では、門徒たちが別れて休みを取っていた。陣がどこか和気藹々としているのは、率いる将の人柄のゆえか。

人は七里を恐れて、従う。従わせるのだ。

対して玄任の場合、人は慕って、従うらしい。

杖音を立てながら仏殿に入ると、玄任は大鉄砲のカラクリを解体し、手入れをしている最中だった。

「狐につままれたような心地じゃな。御坊、いかにして狂犬の首を取った？」

ている。

玄任は軽い挨拶だけで「御免」と作業へ戻り、地板に取り付けた火鋏の動きを確かめ
「人を裏切る者は、人の裏切りをむやみに恐れるもの。されば、大将より報せを受け、すぐに手を打ち申した」

戦場となっていた浅水の南には、同じ朝倉旧臣ながら、旗幟を鮮明にせぬまま戦場で様子見を続ける安居景健らの軍勢があった。玄任は仁王隊の真之助という鉄砲上手たちに命じ、夕刻、安居が布陣する長泉寺山砦の方角から、富田勢の背後に向かって鉄砲を撃ち込ませた。富田は安居が敵方に回ったと誤信し、直ちに反転して砦を攻めた。が、疲れと寡兵のため、苦戦した。

「外に対して害をなす者は、内に対しても等しく害をなすもの。富田の家臣に声を掛けたところ、首を持って参ったのでござる」

富田の破滅的な戦と生き方に従いて行けなくなったのだろう、小林吉隆なる家臣が裏切って富田を殺し、玄任のもとへ首を持参したという。

「御坊も坊主のくせに人が悪い。八熱地獄へ落ちるぞ」

「『大般涅槃経』に曰く、諸々の衆生は、皆これ、如来の子なり。私とて、仏性を有しており申す」

七里は鼻を鳴らした。本当に一切皆成仏なら、七里のごとき悪人まで、無事に極楽往生できる。世知辛い世にそんなうまい話があるものか。七里によって不幸のどん底へ突

き落とされた者たちが化けて出よう。

「して、この後は何とする？」

かねて七里は政争を得意としてきた。戦は玄任に任せたほうがよさそうだ。

「金津城の溝江を攻める前に、背後を襲われぬよう、白山豊原寺を降らせまする」

同寺には、豊原三千坊と称されるほどの僧兵がいた。

「溝江を討った後、残るは府中の安居景健と、大野の土橋信鏡か」

「安居は降るかと。されば、大野攻めが山場となり申そう」

土橋は一門衆でありながら、信長に義景の首を献上した裏切り者として、悪名を被っている。織田の援軍が来る前に、一揆の大軍をもって速やかに侵攻すれば、大野を制圧できると、玄任は言い切った。

「真の敵は、この戦に勝って国を作りし後、越前を奪い返しにくる信長でござる」

表情を硬くする玄任の鉄砲疵を見ながら、七里は内心で嗤った。

いや、違う。目の前にいる七里頼周こそが、お前を滅ぼす敵なのだ。

四

杉浦玄任は金津総持寺の高台に敷かれた本陣にあって、南を流れる竹田川の向こう、一揆軍五万の人海に浮かぶ平城を眺めていた。

一揆軍は織田方の諸将や敵対する高田派、三門徒派など他宗門の勢力を次々と撃破し、白山豊原寺をも降して、金津城を包囲した。朝倉旧臣で織田家に降伏した溝江景逸の居城である。城兵は一千にも満たぬであろう。約二十年前、朝倉宗滴による加賀侵攻では、一揆軍を大いに打ち破った勇将の命運も、ここに尽きようとしていた。

一揆軍の総大将、七里頼周が杖を突いて現れ、床几に腰を下ろした。

「弱いのう。同じ人間がかくも弱くなるものか」

七里は杖の持ち手を弄びながら、ひび割れた声で嗤った。

宗滴在りし日には無敵のごとく思えた仏敵も、時代が移り変わって、哀れなほど惰弱だった。

「溝江主従とて、主家を滅ぼした織田に忠誠を尽くす義理はござるまい。この後を見据えれば、一手を指揮する将も要り申す。私自ら城へ入り、和議を整えて参りたく存じまする」

かねて玄任は溝江に降伏を打診し、膳立てをしてきた。七里の命を受けた御堂衆がこの日和議に臨んだが、所領の安堵を巡って話がまとまらなかったという。

「溝江討つべし！」

本覚寺寿英が二十年近く前、溝江に朋輩を討たれたと、恨みつらみを並べ出した。

「加賀衆には溝江に対し、根強い遺恨もあるゆえ、陣に加えては厄介じゃ。始末しておけば、後腐れも少ない」

口を開こうとする玄任を、七里が手で制した。

「この後、いつ誰が裏切るか知れぬ。総大将は愚僧じゃ。従ってもらおう」

七里が割れ声で付け足した時、慌ただしく現れた者がいる。

十七歳になったわが子、杉浦又五郎だ。

数日前、豊原寺攻めの折り、八杉木兵衛と共に玄任の軍に合流し、間諜として活躍を始めていた。木兵衛と鏑木から聞いてはいたが、すっかり逞しくなったわが子の姿を見て、玄任は安堵した。もっとも、うまく時が作れず、まだろくに話もできていなかった。

若者の潑剌とした声がする。

「安居景健殿より、同心するとのお返事がございました。兵二千、竹田川の川べりに布陣を許されたしと」

安居は信長に降伏して許され、姓を改めた朝倉家の一門衆だが、越前で起こった内紛で行き場を失っていた。今後の形勢如何では離反しかねないが、朝倉旧臣の武士たちをまとめるには、ひとまず味方に付けるほうがよいと考え、又五郎を遣わしていた。

七里は眼だけで玄任に合図してから、又五郎に向かって頷いた。

「ご苦労。布陣を終え次第、今宵の総攻めの前に顔を出すよう伝えよ」

「はっ」と、きびきびした動きで、又五郎が帷幄を出てゆく。戦にあって、間諜は重要な役割を果たす。武技に優れ、機転も利く又五郎のような者こそ相応しかった。

入れ替わりに入ってきた木兵衛は、数人を伴っている。

「大将、お約束通り、同心する一揆の旗頭を連れて参りましたぞ。こちらが坂井郡本庄の宗玄殿、その隣が、吉田郡志比の林兵衛殿、最後に丹生郡天下村の川端殿でござる。皆、越前を加賀のごとき〈百姓の持ちたる国〉にしたいと希うており申す」

一揆軍の帷幄には、同心を名乗り出る寺社、土豪、商人たちが、引きも切らず押し掛けていた。新しく始まる時代に乗り遅れまいと、出向間近の船へ乗り込むように慌ただしい。

「加えて、称名寺恵慶殿が門徒五千を率いて参られましたぞ。もうじきお見えになりましょう」

木兵衛の言葉に、座が一斉にどよめいた。

越前で天台宗平泉寺に次ぐ勢力を誇る称名寺は、浄土真宗高田派である。同じ親鸞聖人を開祖と仰ぎながら、本願寺派とは異なる道を歩み、敵対してきた過去があった。だが高田派は、他宗門よりも教義が近く、本来なら手を繋ぎやすいはずだった。

玄任は侵攻に先立ち、越前の大坊主たちと密かに面会した。同心する見返り、寺領の安堵や財施の多寡、やり方などを根掘り葉掘り尋ねてくる者ばかりだったが、恵慶は違った。用心深い男で、玄任との面会も拒み、態度も明らかにしなかった。それでも玄任の書状は読み込んでいる様子で、木兵衛を通じ、玄任の言う「民の国」とは何か、と問うてきた。

越前で民の国を作るには、真宗高田派との融和が不可欠であり、恵慶の同心には極めて大きな意義があった。

ほどなくして帷幄に現れた僧将は、薄い藍染めの色衣の下に鎖帷子を着込んでいた。

「恵慶と申しまする。これより、わが称名寺は一向一揆軍に同心仕る」

「大儀、よう決意なされた」

七里に堂々と相対した後、髪に白いものの交じった男が値踏みするような目で、玄任を見た。

恵慶はあたかも学頭のごとき風貌で、冷気さえ覚える鋭い知性を額に宿していた。異様に大きな額に並行して走る三本の皺は、歳月を掛けてはっきりと刻み込まれ、三つめの眼で玄任の一挙手一投足を凝視している気さえした。

称名寺恵慶の同心で、越前攻めの大勢は決した。

加賀一向一揆に猛烈な追い風が吹き荒れているのを、玄任は肌で感じていた。

(間違いない。民の国を、越前にも作れる)

「この戦、勝ったのう」

七里は杖を支えに立ち上がると、居並ぶ諸将に向かって、割れ声で告げた。

「総攻めに先立ち、まもなく十万に届かんとする大軍勢の鯨波、城内の者たちにぶつけてやれ」

やがて、天まで届く一揆軍の鬨の声が、越前の野に轟き渡った。

五

金津城攻めに大勝した一揆軍は、いったん豊原寺に本陣を敷いた。

井勝川沿いに広がる真言宗の坊舎は、「三千坊」が誇張であるにせよ、延々と山の中腹まで続く。森は新芽で鮮やかに色づき、心地よい初夏の風が吹いていた。

杉浦又五郎は川べりに立って水面を見た。小さな流れが岩にぶつかり、泡立っている。

（俺は一手の将にもなれぬ、ただの物見か……）

腹の中では屈辱に苛立ち、歯嚙みしていた。

再会する前は、あれだけ父を憎もうと決めていたのに、いざ七年ぶりに会うと、玄任の偉大な姿を見せつけられ、圧倒された。

杉浦玄任は居並ぶ諸将から一目置かれ、威風辺りを払う武将でありながら、同時に、高僧にも似た穏やかさと達観したような風格を身にまとっていた。

父を誇りに思ってしまう自分が腹立たしかったが、心配は無用だった。その後玄任から受けた冷たい仕打ちのおかげで、又五郎はすっかり自分を取り戻していた。

又五郎は戦の経験こそないが、例えば朝倉家なら、武将の嫡男として数百の手勢を率いていたはずだ。この七年、又五郎は越前で武技を練り、軍学も修めてきた。富田勢源道場の俊秀とされた剣の腕前だってある。だがすべて、宝の持ち腐れではないか。

考えてみれば、弥陀の前で人は平等だと言い切る玄任が、わが子だからという理由で、又五郎を特別扱いするはずもなかった。現実には一部の者が政を牛耳ってはいても、加賀の建前では、家柄も血筋も、富貴も生業も関わりなく、平等だ。ゆえに実績がない又五郎も、ただの一門徒として扱われる。金津城では、寡兵の敵を大軍で嬲り殺すだけの戦に気が進まず、又五郎は遠巻きに城を眺めているだけで、何の手柄も立てなかった。

雑兵ゆえに、将である父に会うことさえ、ままならぬ。ようやく再会できたのも、金津城攻めに先立つ豊原寺攻略の際に、八杉木兵衛と共に挨拶へ行った時だった。玄任は又五郎に柔らかい笑顔こそ見せたが、短く声を掛けただけだった。

――大きゅうなったな、又五郎。見違えたぞ。この戦が終われば、ゆるりと話そう。

ほんの数瞬目を合わせただけで、玄任はもう次に控えていた寺の院主から挨拶され、同心の申し出を受けていた。

猫も杓子も、越前に生まれいずる国で栄達を図るべく、玄任を始めとする加賀の将たちに取り入ろうと必死だった。玄任もわが子どころではないのだろう。

やはり父が憎らしい。それでも明日、また玄任から親しく声を掛けられれば、又五郎は微かな喜びを感じてしまうのではないか。そんな自分が、悔しい。

（ちっ。俺は結局、あの父親に性懲りもなく惚れかけている自分に、腹を立てているわけか……）

よそよそしく流れ続ける川面を睨みつけた。

生を享けた三河の地は幼すぎて記憶にないが、物心づいた長島も、時おり滞在した大坂も、川ばかりだった。人質として暮らした阿波賀でも、すぐそばに川が流れていた。そのせいか、どこへ行っても自然、川を探して、眺める癖がついた。

「又五郎さん、よね……」

後ろで若い女の声がした。

振り返ると、地味な筒袖の小袖に前掛け姿の娘がいた。光かりを帯びた厚い上唇に、幼き日の面影が残っている。

「……お澄、なのか？」

ホッとした様子で頷く幼馴染みは、すっかり大人びていた。十六歳になったはずだ。

「きっと川を眺めていると思ったから。ゴリはここにもいるの？」

そういえば昔、浅野川でゴリを一緒に捕まえた。越前に来てからは、あの不細工な顔を確かめたこともない。川を眺めても、別のことばかり考えていた。

甘酸っぱい想いが、溺れてしまいそうなほど胸に込み上げてくる。

お澄は泣き出しそうな顔をしていた。微笑みかけると、いきなり抱きついてきた。

柔らかい女の体に戸惑いながら、そっと抱き締める。

「どうしても又五郎さんに会いたくて。山内組に頼んで、入れてもらったの」

腕の中で、懐かしい娘が肩を震わせていた。

「なぜ、泣くんだ？」

「寂しくて、たまらなかったから……」

お澄は又五郎の腕の中で泣き崩れていた。事情は分からぬが、不思議と持て余しはしなかった。落ち着いてから、気が向いた時に話せばいい。

そうだ、又五郎の心の中が曇りっ放しだったのも、ずっと孤独だったからだ。

「二人なら、もう寂しくはない」

お澄と再会しただけで、又五郎の前に新たな世界が一気に開けてゆく気がした。

六

焼け落ちて間もない永平寺(えいへいじ)の跡には、焦げた匂いがまだ辺りに満ちているが、早くも死臭が混じり始めていた。末世の臭いだ。

称名寺恵慶は崩れた山門までゆっくりと足を運んだ。

一人の巨漢が廃墟(はいきょ)に向かって合掌し、頭を垂れている。

今回の兵乱にあって、曹洞宗(そうとうしゅう)大本山の永平寺は中立の立場を取ろうとした。だが、それを許すほど乱世は甘くなく、焼き討ちに遭って北ノ庄へ寺基を移したという。新たな国では宗門を問わず、民が国を治めるそうだが、幸先(さいさき)の良くない不吉な出来事だった。

「そろそろ、軍議の刻限じゃが」

恵慶が声を掛けると、玄任は頷き返してきた。並んで、九頭竜川沿いの仮本陣へ向かう。仁王の渾名に相応しく、玄任は中背の恵慶より頭ひとつ大きかった。

一揆軍の数と勢いはとどまる所を知らなかった。河原を埋め尽くす人いきれのせいで、初夏の心地よい川風も感じられぬほどだ。

十万を超えて膨れ上がった大軍勢は、越前各地を席巻し、朝倉旧臣や他宗門徒たちも加えながら、抵抗する織田方の勢力を撃破していった。残る最大の敵は大野にあった。朝倉家で権勢をふるい、最後には主君を裏切って自害させた朝倉景鏡、改め土橋信鏡と天台宗の平泉寺である。

七里から大野平定を任された玄任は、約二万の一揆軍を授けられて東進したが、途中、九頭竜川河畔で進軍を止めていた。功名に逸る諸将からは不満の声も上がっている。

「杉浦殿、なぜ兵を進めぬ？　土橋の亥山城は城と言うても、煌びやかなただの居館じゃ。平泉寺とて、この大軍で攻めれば、ひとたまりもないはず。諸将が不平を漏らしておるぞ」

「民の国を作る戦で流す血は、あたう限り少なくしたい」

殺し合うだけが戦ではない。言葉で降らせれば、新たに生まれる怨恨も少なくて済む、と玄任は続けた。

誇り高き土橋は、朝倉義景の従兄にあたる名門の将であり、百姓たちの軍勢に頭を下げるくらいなら、迷わず戦死を選ぶに違いなかった。戦は不可避だが、せめて平泉寺を切り離し、天台宗門徒たちを救おうと試みているわけだ。

「よい齢をして、青坊主が申すような綺麗事を」

真宗高田派こそ、宗祖親鸞の教義をまっすぐに受け継いだ正統である。

恵慶は若き日、一向宗門徒たちが聖僧と仰ぐ蓮如を超えようと励んだ。朝倉家が支配する越前にも、真宗のもとで民が治める加賀のような国を作りたいと、大望を抱きさえした。そのためには、称名寺が本願寺のごとく強大であらねばならなかった。

一向宗を敵視する朝倉家の俗世の力も時に利用しながら、着実に門徒たちを増やし、力を蓄えてきた。称名寺が越前第二の規模と勢いを持つに至ったのは、恵慶がこの三十年余、時には金や力を使い、あるいは他宗門を陥れ、したたかに権謀術数を駆使してきたからだ。そんな恵慶を、門徒たちはやり手の大坊主だと賞賛したが、蓮如のようには崇めなかった。齢を重ね、かつての夢物語の無謀も悟った。結局また一人、腹黒坊主が増えただけの話だ。

「国をまとめるには、天台宗を残さぬほうがよいのではないか」

称名寺が一揆軍に加わったのは、最大勢力の平泉寺を滅ぼし、取って代わるためだ。天台宗は最も激しく本願寺派と対立してきた宗門であり、蓮如の時代、一向宗の興隆を危ぶんだ延暦寺の僧兵が大谷を焼き討ちした〈寛正の法難〉は有名である。玄任も当然に滅ぼすものと、恵慶は思い込んでいた。

「信仰の形こそ違え、天台宗門徒もまた、越前の民。諸門徒の力を合わせ、織田の再侵攻を防ぐが最善の策でござる」

高田派が強大になりすぎれば、専横を生む。玄任は本願寺のほか、平泉寺と称名寺、さらには真言宗の豊原寺も鼎立させつつ、力の均衡を図りたいわけか。

「だめじゃ、仁王。やはり平泉寺は降伏に応じなんだ」

慌ただしく現れた木兵衛の報せに、玄任が小さく頷いた。

「やむを得ぬ。一揆軍が勢いを失わぬうちに恵慶殿の仰せに従おう。次善の策は、全き勝利だ」

無理と分かれば、変わり身が早い。優柔不断の将ではないようだ。

「仏門に帰依した者が戦に明け暮れるとは、まさに末世じゃな」

「仁王も、不動明王も武器を取る。されば、衆生も戦わねばなるまい。が、出陣まで、今しばらくお待ちあれ」

「これ以上、何を待つというのじゃ？」

恵慶が怪訝そうに尋ねてきた時、又五郎が戻った。

「土橋勢が亥山城を発し、平泉寺の僧兵と共に、村岡山城を包囲した由！」

又五郎の描いた絵地図を見ると、村岡山城は永平寺から東へ四里ほどだ。

「陣にある各将に伝えよ。これより全軍で進撃する。戦場に着いた隊から、直ちに打ちかかれ。軍勢を南へ展開し、決して敵を亥山城へ戻すなと」

形勢の不利を悟った土橋は、逆転の足掛かりを摑むため、一揆方の手に落ちた村岡山城を攻め落とす肚だ。正しい戦略だろうが、いかな名将でも十倍以上の兵力差は覆しようもない。織田領へ落ち延びさせては、後が厄介だ。

「又五郎、お前は本覚寺の陣に加わり、平泉寺攻めを先導せよ」

平泉寺を攻めれば、土橋たちは村岡山城から兵を返す。撤退する敵の退路を塞ぎつつ、大軍で襲えば、大勝しうると玄任は説いた。

命を受けた又五郎が頷いて、前を辞した。

なるほど玄任は諸将に文句を言われながら、平泉寺の降伏だけでなく、土橋が城を出る時を待っていたわけか。いざ敵が動かば、全軍で一挙に襲いかかる。青坊主どころか、本願寺の仁王の渾名も伊達ではないらしい。

「拙僧は、御坊に従いて参ろう。じゃが、本願寺は他宗門より、自らを省みたほうがよかろうな。中でも、本覚寺の寿英はすこぶる評判が悪い」

本覚寺は七年前の加越和与で、加賀の小松に本拠を残しつつ、越前復帰を許された。府中に近い和田の地に堂塔を建てて以来、寿英は強引に門徒を争奪し、各地で軋轢を起こしていた。不穏な火種だが、まずは眼前の確実な勝利を摑み取るべきだろう。

やがて山間に響く喊声と共に、一揆勢二万が街道を驀進し始めた。

制圧したばかりの亥山城は、実力者の土橋信鏡が一乗谷の朝倉館を模して築いた豪勢な居館であった。常御殿には、新しく大野郡司となる杉浦玄任以下、一揆軍の主立った将たちが集い、祝勝の酒盛りで賑わっていた。十日ほど前に、顕如が呼応して大坂で兵を挙げており、信長に越前を攻める余裕は当面ない。

称名寺恵慶は、時勢と人を見る目に自信があった。ゆえに、乱世で乗るべき勝ち馬を間違えたことはない。

たとえ不正義がまかり通ろうとも、寺と門徒たちを守るためなら、信仰を曲げもした。人は救いを求めて宗教にすがる。信仰のために滅ぶなど、本末転倒ではないか。

朝倉家滅亡の折は、織田に寝返った朝倉景鏡が勝利すると見て与したが、今度は杉浦玄任に味方した。先年、三国の地に分立した黒目の称名寺に声を掛けて、その門徒たちも手勢に加え、勝利に貢献した。中立を装って様子見などしていたら、永平寺のように焼き討ちに遭ったろう。

恵慶が昨夏、八杉木兵衛に頼まれて杉浦又五郎を匿ったのも、むろん考えずくだ。惰弱な桂田長俊が守護代になると聞き、越前の混乱を確信したものの、その先までは読めなかった。今後の展開次第で、又五郎を駒として使えると考えた。追い詰められる前に、本願寺の将の息子を引っ捕らえたとして、織田に首を献上する手もあった。

だがさて、この大広間にいる連中で、玄任らの新しい国づくりに役立つ者が幾人いるか。本覚寺の寿英しかり、ほとんどの者が疑心暗鬼に心を焦がしながら、保身と私利私欲を図らんと、今この場にいるはずだった。

新郡司に取り入る者たちの行列がわずかの間、途切れたのを見計らって、恵慶は瓶子を片手に立ち上がった。

「実にお見事な戦ぶりじゃったな、仁王殿」

「あの見事な寺を焼いた坊主として、私は歴史に汚名を残すであろう」

見事な緑の苔むす平泉寺境内が、八百年余の歴史と共に炎に包まれてゆく姿を眺めながら、玄任は大鉄砲を手に立ち尽くしていた。本意ではなかったろう。

「豊原酒は、平安の世から僧房で呑まれて参った美酒じゃ。越州一の酒の力で、戦の憂さを晴らされるがよい」

恵慶が労いながら盃に酒を注ごうとすると、玄任は「不調法ゆえ」と柔らかく断ってきた。

腹が立つほどくそ真面目な男だ。将兵たちに勝利の美酒を味わわせながら、自らは一滴も酒を口にしていない。

昨夕、玄任の指図で本覚寺門徒たちが平泉寺を急襲すると、案の定、土橋と天台宗門徒の軍勢は平泉寺へ兵を返した。そこへ玄任と恵慶らが率いる一揆軍が押し出す。亥山城への退路を切り開こうと、土橋の武士たちは命がけで猛反撃に出たが、そこに立ち塞がった将が玄任だった。最前線に立ち、珍しく馬上で大身槍を振るい、右腕に矢疵、左足に鉄砲疵を負っても、何食わぬ顔で指揮を執り続けた。

まもなく投入された仁王隊による一斉射撃が、別格の火力で戦局を決定づけた。退路に群がる一揆軍を見て、亥山城への撤退を諦めた土橋は平泉寺に籠ったが、玄任は怒れる仁王の如く、全軍で容赦なく攻め立てた。結果、平泉寺は全山を焼失、土橋も戦死しのである。

た。玄任は主を失い、がら空きとなった大野盆地へ侵攻し、亥山城を無血開城させたのである。

玄任は負ったばかりの戦疵など、全く気に懸けていない様子だった。

「約束通りの国づくりを進めて、次の難しい戦に勝たねば、こたび命を落とした者たちが浮かばれまい」

味方に戦死者はほとんど出ていない。死んだ敵方の者たちを含めての慨嘆であろう。

大広間の片隅で、にわかに怒鳴り合う声が聞こえ始めた。

玄任は大野攻めの総大将として、宗門を問わず大坊主たちを労い、国づくりに向けて力を合わせるよう求めた。だが、早速同じ本願寺派の専修寺と円宮寺の大坊主が何やら口論を始めている。

「一向宗も含め、世には八万四千の法門がある。この先が思いやられるな」

玄任はあくまで柔らかい笑みを浮かべながら、静かに応じた。

「生まれつき、人は違う。体つきも、考えも、生きようも、信仰も、それぞれ異なっている。越前の民の国は、色々な宗門が集まって作る。異学異見異執だと、違いを探し出していがみ合うのでなく、常に一致できる所を探していけば、一つの国としてまとまるはずだ」

人間は己の欲望に任せて生きる。仏門に帰依したはずの沙門でさえ、保身と私利私欲に生きる者たちばかりだ。

玄任は立ち上がろうとしたが、よろめいて一旦膝を突いた。

左腿に巻かれた血止めの包帯が、赤く滲んでいる。

「御坊は、越前と縁もゆかりもないはず。なぜ、ここまでやる？」

「わが、本願のため」

「御坊にとって、本願とは？」

普通の坊主の言葉なら、恵慶は歯牙にも掛けず、聞き流しただろう。

「民の国を守る。民が自分たちで政をする、奇跡の国を」

玄任は文の中で、民の国とは「親が子を捨てない国」だとも書いていた。孤児の恵慶には響く言葉だった。この男は四十近くまで生きて、夢をまだ失っていないらしい。

片手片足で立ち上がろうとする玄任の姿を見ながら、恵慶は心の底で、ずっと忘れていた青坊主の頃の夢が首をもたげてくるのを感じた。

青臭いと言われようと、この男となら、もう一度夢を見てもよい気がした。

玄任は北の上杉から加賀を守り抜き、南の越前から織田を駆逐した。加賀一向一揆による越前攻めがかくも速やかに成就したのは、幸運もあるが、偶然ではない。諸寺諸勢力が曲がりなりにも一つになれる下地を、玄任が木兵衛たちと共に予め周到に作り上げていたからだ。

越前攻めに先立ち、恵慶の下には木兵衛を通じ、玄任から真摯な文が何度も届いた。他の諸寺も同じだと聞く。宗門の違いを正確に解した上で、人間の救済を願う仏法の根本に立ち返り、民の国を作らんとする玄任の理想には、海千山千を自負する恵慶でさえ、心を揺り動かされた。実際、加賀一向一揆軍が南下するや、玄任を起点とする熱狂は、宗門を超えて越前を席巻し、たちまち一揆軍を膨れ上がらせた。

だが、難しいのはこの先だ。

「加賀には色々な輩がおるようじゃな。己が栄達のために金を使うて政を捻じ曲げる者、保身のみを図る者、あるいは国を売る者」

「民の国に欠点は幾つもある。だがそれでも、誰かに支配される国よりはよい」

「本当に、越前にも作れるのか？」

「時は掛かり申す。されど時さえ得れば、この越前にも必ず、新しい民の国を作れるはずでござる」

外来の本願寺と加賀衆が、いかにして越前の民をまとめてゆくのか。

阿弥陀如来による救いを願う坊主の端くれとして、恵慶も精一杯の手助けはしよう。夢に向かって、共に歩もう。だが夢は本来、見ることはできても、摑めはせぬものだ。夢が潰えるなら、途中までだ。

大坊主どもが摑みかからんばかりに怒鳴り合っている。

足を引きずりながら仲裁へ向かう玄任の背は、渾名に違わず、仁王のように逞しいが、どこか緩やかで、まるで大仏のように見えた。

第七願　民の国

――天正二年（一五七四年）九月、越前国・大野

一

越前に民の国が作られて約半年、大野の山々は色づき始めていた。

盆地の各所にある豊かな湧水が、陽光を浴びて眩しいほどに輝いている。

杉浦又五郎が掌の上でピチピチ跳ねる糸魚を水路へ戻してやると、お澄が「元気でね」と小魚に言葉を掛けた。

「わたしたちが作ったこの水路、本願清水って呼ばれているのよ。嬉しいね」

加賀一向一揆軍のうち、杉浦玄任に従って大野へ来た門徒たちは、来る戦に備えた射撃鍛錬のほか野良仕事も手伝ったが、玄任の指図で一つの大仕事を成し遂げた。

町中の水路作りである。

周囲より一段掘り下げた水場は、飲み水と生活に使う水を民に届け、無用の水争いを避ける狙いもあった。玄任はいずれさらに広く郷じゅうに水路を巡らせ、より豊かな郷にしたいと皆に語っていた。

土橋が治めていた大野の民にとって、加賀衆はいわば外からの闖入者であり、当初は敬遠された。だが、他国のために汗を流し続ける門徒たちの姿を見て、手伝おうとする者、握り飯を差し入れる者などが現れ、あちこちに生まれた小さな和が少しずつ繋がり、広がろうとしていた。

「仁王さまは、皆が集える場を作りたいって仰ったけど、うまく行ったみたい」

水場があると、人は自然に集まるものだ。長い水路の向こうでは、煌めく水面に飛び込んで、元気に水しぶきを立てる子らがいた。水源に近い小さな池では、井戸端会議のように、老若男女が集まって世間話をしている。

作りかけの国に難問は山積みだが、玄任が治める大野には、民の国が確かに息づいていた。

「木兵衛さんたら、糸魚をそのまま食べちゃうのよ」

糸魚は塩焼きで食べるが、嫌いだと言う子供がいたらしく、好き嫌いはいかんと、目の前で生きたまま食べてみせたらしい。

声を立ててお澄は笑う。明るく振る舞おうとするほど、その姿が痛々しく思えた。

お澄は又五郎に救いを求めて、越前へ出てきた。

玄任が指揮した尻垂坂の戦いで、父の篤蔵が戦死すると、母のお信は悲嘆のあまり気が触れてしまったらしい。一人でぶつぶつ妙なことを口走るようになり、犬や猫は信心が足りないと、毒を使って殺し始めた。お澄が誰なのか分からない時さえあり、薬屋も畳んで、暮らしに困るようになった。お信はある時、お澄と心中しようと、飯に毒まで盛った。幸い途中で異味に気付いて吐き出したが、お澄は怖くて堪らなくなった。窮状を見かねた鏑木が金沢の自分の屋敷にお信を引き取ったが、今回お澄は鏑木の口利きで、逃げるように山内組に加わった。

お澄は恨み言を一切口にしないが、篤蔵の死は越中攻めの総大将であった玄任の責めだ。お澄に申し訳なく思うと同時に、玄任への怒りを覚えた。

澄んだ秋空の下、こうして二人並んで水際にいると、幸せだった幼い頃を思い出す。

だがもう、子供ではない。自分たちの力で生きねばならぬ。

「仁王さまは今朝がた、戻っていらしたんでしょう？」

広い居館の中で、又五郎は顔も合わせていなかった。

「早速、待ち受けていた者たちに捕まっている」

民の国として輝いているのは、玄任が郡司を務める大野くらいだった。その大野も、戦の生傷をまだ癒せてはいない。織田方の間諜の仕業もあるが、他郡では本願寺派と他宗門、朝倉旧臣たちが複雑怪奇に対立し、民の不満も日々高まって、自壊の様相を呈し始めていた。

玄任が大野を不在にしがちなのは、越前守護代として赴任してきた下間頼照と共に、国の崩壊を食い止めるべく各地を飛び回っているためだ。

（このままでは、父上の民の国は四分五裂してゆく）

四月に顕如が大坂で挙兵し、五月には甲斐の武田勝頼が遠江に出兵してきたため、信長は対処に追われて、越前へ軍勢を送れないでいた。だが先日、信長がついに長島一向一揆を壊滅させ、一向宗門徒を「根切り」にしたとの凶報が越前まで伝わってきた。又五郎が幼時を過ごした長島に、願証寺はもうないと思うと、やるせなかった。

越前では、次は自分たちの番だと、皆が恐怖に慄いていた。

玄任は妻子を守れなかったが、又五郎はお澄を守ってみせる。

（そのためには、いかにすべきか……）

「又五郎。ちょいと仁王に話があるんじゃ。悪いが付き合ってくれんか」

ひょっこり現れ、渋顔で話し掛けてきたのは、八杉木兵衛だった。後ろには暗い顔をした若い母親がいて、幼い息子を伴っている。

「それがしがお伴したところで、何が変わるわけでもござらぬが」

嫡男の又五郎なら口利きができると思い込む者もいたが、それは玄任の人となりを何も知らぬからだ。玄任の態度は、相手が誰であろうと、全く変わらない。

「末野村の立神清右衛門殿の妻子でな」

先の戦乱で、一向宗門徒の清右衛門が村人たちに理不尽に殺害されたため、正当な裁許を求めたいとの切なる訴えであった。

「お待ちあれ、木兵衛殿。それでは、ますます話がこじれるのではござらぬか」

末野村は丹生郡にあるため、七里が裁くべき筋合いだが、大野の善政が評判となり、遠方から玄任を頼って訴えに来る者が後を絶たなかった。

先だっても、府中の一向宗門徒であった板谷（いたや）父子が誤って討伐された一件で、遺（のこ）された身内が府中郡司の七里に訴え出たものの相手にされず、大野まで泣きついて来た。「民の国で無法は正されねばならぬ」と玄任は七里に伝え、説いたが何もしない。府中の政に横槍は入れられぬと、正式に総本山を通して対処を願い出たから、七里は激怒した。小さな訴えでも、無法の訴えがあれば、玄任は邪険にせず、駆けずり回って解決を試みた。戦で利き腕を痛めたせいで、文も左手で時間を掛けて書くので、毎日ほとんど眠っていないだろう。剃髪（ていはつ）がうまくできないため、頭に剃刀（かみそり）も当てておらず、剛（こわ）い髪や髭（ひげ）が生え揃ってきた。

「大坊主たちは頼照様を与（くみ）し易しと見て、蔑（ないがし）ろにしておる。されば今、越前で頼りうるは仁王のみじゃ」

木兵衛も七里に対して、深い恨みを抱いていた。

先の戦乱で木兵衛率いる河合庄の門徒たちは、一揆軍に降ろうとしない黒坂与七（くろさかよしち）兄弟を討った。木兵衛が甥（おい）に首を持参させ、戦功を報告させたところ、七里は総大将たる自分の下知によらず討ち取ったのは、「公」でなく「私」で人を殺したものだと断罪し、甥をその場で処刑したのである。誰もが相手を敵とみなして勝手に殺せば、秩序は成り立たない。ゆえに七里は見せしめとして過酷な措置をとったわけだ。七里らしいやり方だが、せめて申し開きをさせ、事情を吟味してからでも遅くはなかった。

煌びやかな輿が街道をやってきて、本願清水の前で止まった。

でっぷり太った中年の坊主が輿を降り、しゃがみ込むと、両手で水を掬って飲んだ。

又五郎も知っている。本覚寺の寿英だ。

悪名高い生臭坊主は、肥えた犬のように頬を垂らしていた。小指の先ほどもない小粒の目は好色そうに川べりに佇むお澄を見ていたが、又五郎には一瞥しただけで、輿へ乗り込んだ。

寿英が亥山城へ向かう輿に揺られ出すと、木兵衛が聞こえよがしに吐き捨てた。

「糞坊主が好きなものは、一に金、二に女。風上にも置けぬ下郎じゃ」

同じ本願寺派ながら、かねて玄任が寿英の無法を指弾しているため、駆け引きに来たのだろう。玄任には金も権威も脅しも通用しないが、泣きつくつもりか。

「大坊主どもは、下僕のごとく民に荷を持たせ、召し使うておる。この春わしらは、何のために命を懸けたんじゃ？」

「されど、わが父に何を訴えたところで――」

「仁王さえ立てば、いま一度この国を奪い返せる。本覚寺始め、邪な大坊主どもを討つんじゃ」

又五郎は息を呑んで、ひょろ長い木兵衛を見た。

本覚寺は木兵衛の盟友である志比の林兵衛が盆の念仏参りに北ノ庄へ来たところを、喧嘩に事寄せて殺害していた。越前のあちこちで、争いの火は絶えない。

木兵衛は細長い目で、じろりと亥山城を見やった。

「こんな国は、ぜんぜん民の国じゃねぇやい。このままじゃ、死んだ連中に顔向けができん」

玄任が作った民の国は、出来上がった瞬間から、すでに崩れ始めていた。

二

下間頼照は朱柱の目立つ大きな阿弥陀堂を見上げた。秋の日は早くも傾き始め、柔らかな光が黒々とした甍(いらか)を照らし出している。

本願寺を中心に、新たな民の国が北陸に誕生して半年余り、実りの秋が来ても、米産地の越前が不作だったのは、ひとえに戦乱のせいだった。

戦後、越前守護代として大坂本願寺から派遣された頼照が、白山豊原寺に政庁を置いたのは、この寺を降伏させた玄任が勧めたからだ。地の利に加え、あえて真言宗の寺院をそのまま政の中心とすることで、新しい国が本願寺の私領ではなく、異なる信仰を持つ門徒たちを受け入れる意思があることを示す狙いだ。府中郡司となった七里から離れて、摩擦を避ける意味合いもあった。

頼照の心が落ち着かぬのは、これから七里と剣呑(けんのん)なやり取りをせねばならぬからだ。七里は頼照に従うべき府中郡司であると同時に、強力な援軍たる加賀一向一揆軍の総大将でもあった。

阿弥陀堂へ入ると、沈香の匂いが残っていた。案内してくれた和尚によれば、先祖回向の道場として使っているらしい。

頼照は他宗門の阿弥陀如来像を見上げながら、自分に言い聞かせる。

(ここが正念場じゃ。皆で力を合わせて、この試練さえ乗り越えられれば……)

背後で人の声がし、輿が降ろされた。

七里が杖を突きながら階段を上る音が聞こえてきた。

「この阿弥陀堂には相当、金を掛けておるな」

頼照は昔からこの男が苦手だった。

家臣団の辺縁から出世した点が似通ってはいても、頼照と七里は水と油だ。

四十年余り前、七里は青侍として山科本願寺の戦いで手柄を立て、当時の本願寺で実権を握っていた下間頼秀に見出された。ところが七里は後に掌を返して頼秀の失脚に加担し、その後は先代法主証如の懐刀となり、刑部卿派で活躍した。

頼照のもとへ突然現れ、仏法につき熱心に尋ねてきたため、丁寧に教えた時期もある。頭の回転の良さに舌を巻いたが、当時は字も満足に読めず、教養の欠落に呆れたものだ。その後長らく姿を見せず、再会した時は足を引きずり、杖を突くようになっていた。いったん宮内卿派に与したものの、現刑部卿に一本釣りされ、再び寝返った。その後は七里の政略が奏功し、刑部卿派の全盛が続いてきたが、毀誉褒貶の激しい七里には、腹の底で何を考えているか知れぬ恐ろしさがあった。頼照の師蓮応や先の刑部卿を暗殺したことも、最近知った。先だっては証如の急死に関わりがあるとさえ仄めかしていた。頼照とさして齢も変わらぬはずだが、その出自はかねて謎に包まれている。

「どうも府中では、年貢がうまく集まらんでな」

七里は他人事のような口振りで切り出すと、書き付けを差し出してきた。

一読した頼照は唖然として、七里を見返した。

「お待ちあれ。府中は一番の米所じゃ。これでは半分どころか、三分の一にもなるまい」

国づくりには、金が必要だった。戦乱からの復興のみならず、信長の侵攻を前に本願寺が中心となって兵装を急ぎ整え、城砦を堅固とするためだ。ゆえに越前の諸勢力は爾後、年貢を「志」として本願寺と折半すべきものとされた。

この取り決めにあたり、玄任が果たした役割は大きかった。戦傷を抱え、杖を突きながら各地を巡り、釈尊の根本の教えにまで遡って宗門の垣根を越え、共に民の国を作るために力を貸してほしいと丁寧に膝を詰めて説いた。民の国は皆の力で作る。強いるのでなく、納得を得ながら政を進めてゆく。時は掛かろうとも、話し合いの中でこそ信を築けるのだと、玄任は語っていた。むろん頼照も各地へ足を運んだ。大坊主たちや朝倉旧臣たちが一堂に会し、皆が協力を約したはずだった。

だが――

二人の思惑通りに、事は運ばなかった。

玄任の大野からは約定通りの年貢が送られてきたが、越前全体では、本来の年貢の半分にも届かなかった。寿英のようなずる賢い大坊主たちは、頼照には門徒数を少なく届け出て、払う年貢を減らし、そのぶん私腹を肥やした。さらに他宗の寺から門徒を奪い、実入りを増やそうとした。同じ本願寺派でも、一族寺院が総本山の直参門徒を獲得しようとして、末寺との間で門徒の取り合いをしていた。頼照と玄任は仲裁のために奔走したが、きりがなかった。

「先だっても、南条の三尾河内で指出を徴した。改めて厳しく取り立てるが、愚僧とて、手は尽くしておるのじゃ」

七里は村人の従前の年貢高を綿密に調べ上げたうえ、苛烈な取り立ても厭わなかったため、悪評が立っていた。その割には、豊原寺に届けられる米が少ない。「志」と称して賄賂を渡せば年貢が減免され、正直者が馬鹿を見るとの強い不満も、頼照に寄せられていた。

「皆で、今の苦境を乗り越えねばならぬ。くれぐれも平等にお願い申す」

「力を用いれば早いが、民に対しては言葉しか使うてはならんと、御坊と玄任が喧しいゆえ、時が掛かる。それより小耳に挟んだのじゃが、北ノ庄に御堂を建てる話はどうなっておる？」

七里のとぼけ顔を睨んだ。さすがに耳が早い。

金沢御堂に匹敵する大伽藍を、越前の中心に建立する。本願寺の信仰の砦とするだけでなく、他宗門に対して一向宗の優位を誇示し、門徒の獲得に繋げる狙いがあった。

「総本山の御意向は、きちんと弁えておる」

密かに諮った玄任は、建立に強く反対した。

曰く、民の国では、人間がより良き救いを求め、自らの意思で信仰を選ぶ。皆の年貢で本願寺のみが大伽藍を建てるのは誤りだ。今は建物よりも、民の暮らしと、この地を守る備えにこそ、人手と金を回すべきだ。吉崎御坊が朝倉宗滴によって焼き尽くされた後も、信仰は残り、広がったように、伽藍が信仰を作るわけではない。まさしく弟子の言う通りだった。

「御坊も、ご苦労な話じゃのう」

七里は探るように頼照を見ながら、他人事のように笑った。

本来は年貢の出し渋り、門徒の取り合いや御堂の建立などしている場合ではなかった。総本山の意向を踏まえ、北ノ庄の縄張りの思案など、見かけばかりゆるゆると準備は進めるが、まもなく戦だ。その最中に作れとは言うまいから、玄任と話し、来年以降に折を見て着手だけはしようと決めていた。

もっとも七里相手には、おくびにも出さぬ。刑部卿に讒言されて、総本山との間で要らざる軋轢を生じかねなかった。

「ところで今日はひとつ、御坊に献策に参ったのじゃ」

七里は大顎を突き出しながら、獅子頭に含み笑いを浮かべた。

「来年にも、織田が攻めて参ろう。越前を守るには、一つにならねばならん」

百も承知だ。そのために、頼照と玄任は日々苦闘してきた。

「いと容易く、しかも確実な妙手がある。聞きたいか？」

「ご教授願おう」

「次に豊原寺で面々が一堂に会する時、一向宗以外の者を皆殺しにせよ。ついでに寿英も始末するがよい。何なら、愚僧が差配してやる」

頼照は呆気に取られて、七里のギラつく目を見た。

同じ浄土真宗でも面従腹背している高田派、三門徒派はもちろん、豊原寺の院主や朝倉旧臣らを抹殺するという。さもなくば、いざ戦になった時に敵へ寝返るであろうと、七里は言い切った。

「邪魔者はこの世から消すに限る。わが本願寺は、そうやって強大となったのだ」

人の命など屁とも思っておらぬ。何と恐ろしい男か。

「称名寺恵慶殿を始め、力を貸してくれる寺も少なくない。話せば、分かり合える」

気を静めてから頼照が応じると、七里は面倒くさそうに嘲笑した。

「笑止。同じ一向宗の間でさえ、いがみ合うておるのじゃぞ。何をやるにも衆議を通しておっては、時が掛かりすぎる。織田との戦に間に合わん」

長年支配されてきた越前の門徒たちは、皆で物事を決める習わしを持たなかった。慣れぬ衆議は時ばかり食って、何事も決まらぬまま推移してゆく。だが、最初からすべて上手く行く国などなかろう。新しき国は、異なる信仰を持つ者たちの殺戮の上に築くべきではない。

「拙僧と玄任は、御坊と全く逆の考えだ。国の命運を懸けた織田との戦が迫っておるからこそ、小さな違いを乗り越えて、民の国は一つになれる。絶対の危地に見える今こそが、まさしく好機。異なる宗門の者たちが集い、話し合うて国を動かしてゆけば、越前は少しずつ真の民の国へと近づいてゆく」

「ほう。さような国を、刑部卿はお望みなのか？」

七里の割れ声は、威迫を含んで聞こえた。

総本山は、越前を本願寺の新たな領国と捉えていた。だが、加賀と異なり、越前の民は一向宗だけでなく、様々な信仰を持っている。頼照と玄任はすべての宗派が話し合いで政を行う、真の民の国を作らんとしていた。

「親鸞聖人、蓮如上人の望まれし国じゃと、拙僧らは確信しておる。されば、英邁なる顕如様なら、必ずやお分かり下さるはず」

「なるほどの。愚僧は加賀を預かる身ゆえ、これ以上口は挟まぬ。じゃが、しかと言うたぞ。わが策を入れねば、この新しき国は早晩滅びるであろう」

話は終わったとばかりに、七里は傍らの杖へ手を伸ばした。

「御坊の治める国なれば、好きにすればよいが、昔、学問を教えてもろうた恩義もあるでな。このまま国が滅びゆくのを、座視しておれなんだだけよ」

七里が去った後も、頼照は忘れられた仏像のように座っていた。頼照と玄任は決して間違っていない。だが人の世で、正しき道が勝利するとは限らなかった。

三

若狭(わかさ)との国境近く、鉢伏城(はちぶせじょう)本丸の露台から真っ青な海を見ていると、すっかり秋の色に染まった山上まで、潮の匂いが漂ってくる気さえした。

「よき眺めじゃわい。もしも戦死するなら、俺はこんな城がよいのう」

縁起でもないことを。杉浦又五郎の隣で、鏑木頼信は童のように燥(はしゃ)いでいたかと思うと、ごろりと寝転がって、今度は「おお、よき蒼天(そうてん)じゃ。どっちを見ておればよいか、迷うわい」と空を褒めていた。その隣に座る。

鏑木は数日前、ふらりと大野へやってきた。新しき民の国をいかに守るか、玄任と談合しに来たそうだが、呼ばれたわけでもなく、玄任は他郡の揉(も)め事で仲裁を頼まれて不在だった。仁王隊の真之助から、玄任の指図で南の境目の城を増強すると聞くや、検分に行くと言い出し、「お前も付き合え」と又五郎を半ば無理やり連れ出したのである。

早朝に出て昼頃、この詰め城に着いた。

「お前を追いかけて越前までやってくるほどの娘じゃ。お澄は絶対によい嫁になる。俺は赤ん坊の頃からあの娘の面倒を見ておるゆえ、父親代わりよ。幸せにしねぇと承知せんぞ、色男！」

又五郎の背を、鏑木が乱暴に叩く。

「もう勘弁してくだされ」

道すがら、鏑木に何度も二人の仲を冷やかされたが、又五郎はまた赤面した。

「して、仁王とは、仲ようやっておるのか？」

緩んでいた頬が、引き攣るのが分かった。

「疎遠でござる。滅多に会えませぬゆえ」

「拗ねるな、色男。越前も加賀も、本願寺までも、あの男を頼りにしておる。体が一つでは足らんわい。あいつは皆のものよ。お前だけのものじゃねえ」

鏑木は縦に長く万歳をして、大きな声を出しながら伸びをしている。子煩悩な鏑木はたいてい松任城にいて、妻子や身内と馬鹿話をしているらしかった。

「親の有難みはな。子を持つまで分からねぇんだ。俺もそうだった」

独りうんうん頷きながら、鏑木は続ける。

「親はいつだって、子の味方よ。その気持ちを伝えるのが、恐ろしく下手くそな親もおる。俺なんてガキの頃は殴られてばかりだったが、親父が死んでから、全部俺を思ってくれた拳骨だと分かったんだ」

鏑木が語るのは、すべて世の普通の親の話で、玄任とは違う。裏表のない鏑木と話すと、かえって感じるのだ。玄任は鏑木ほどにわが子を思ってなどいない。鏑木は善人だが、親子の間を取り持つつもりなら、適切な仲人ではなかった。

又五郎が押し黙っていると、拳骨で背を小突かれた。

「たった十歳で異郷へ人質にやられたってのに、こんなに逞しくなったんじゃ。お前はまこと立派に生きておる。だから仁王は、わが子を誇りに思いこそすれ、面倒を見てやることなんか、別にねぇんだよ」

だが、もし正当に評価しているなら、戦で又五郎に一手を率いさせるべきではないか。気休めとは知りつつも、鏑木と接していると少し元気が出てくるのは、玄任とは対照的な、ちゃらんぽらんさのせいだろう。

「三河一向一揆にいたある門徒の話によると、それがしは杉浦玄任の実の子ではないとか。父上が子を見捨てる理由が分かって、気がせいせいいたしました」

鏑木は愉快そうに笑い出した。

「さような嘘話に惑わされておるとはの。人間の感情の半分は僻みやっかみだ。玄任は仁王のごとく強い。下間の出でもないくせに、本願寺で法橋にまでなりおった。つまらぬ者が悔し紛れに根も葉もない噂を流しておるだけよ。仁王が織田に寝返ったという流言まで聞いたぞ。世には火のない所に煙を立てる輩がおるでな」

「なぜ、三河門徒の話が嘘だと？」

「昔、金沢でも耳にしたが、俺はその手の話が嫌いではない。せっかく俺がお前たちの家へ遊びに行ったのに、玄任が何やら急ぎの用で出て行ってしもうた時があってな。お前が鼾を掻いている隣で、真純殿から、仁王との馴れ初めを根掘り葉掘り聞き出したんじゃ」

初陣で大敗して総本山を放逐され、どん底を彷徨っていた玄任は、三河の末寺で苦行難行に明け暮れていた。そんな若き僧の姿を見ていた門徒の娘が真純だった。強く心惹かれながら、「御仏に仕え、生涯妻帯はせぬ」という玄任を見守っていた。ある日、過酷な荒行のせいで昏倒した玄任を介抱したのがきっかけで、親しくなった。例の話を尋ねると、野盗などいなかったと笑い出した。

「真純殿は俺に、素晴らしい夫と子がいて、自分ほど幸せな女はいないと言うておった。顔だちこそ母親似じゃが、お前の顔の輪郭は仁王そっくりではないか」

不器用な鏑木が嘘を吐くとも思えない。少し救われた気がした。

「いい話を聞かせてやろう。仁王は謹慎の間、俺の城の一室に住んでおったんじゃ」

松任城にいた一年近くの間に、玄任の部屋には膨大な書類の山が幾つも出来ていた。重要な文書もあるため家人に任せず、鏑木も部屋の片付けを手伝った。その時うっかり紙束の山を崩してしまったのだが、その中に特別に取り分けて縛ってある紙束があった。その束だけは手垢が付いて、ボロボロになっていた。

「悪気はなかったが、気になってつい中身を見てしもうた。すべて、お前からの文であったわ。成長につれて、わが子の字も変わる。仁王は何度も何度も読み返しておったんじゃろうな」

知らなかった。なぜか急に恥ずかしくなって、青空を見上げた。

嘘のように、心が晴れてゆく。

これだけ嬉しいのは、自分が今でも玄任を敬っているからか。玄任の子だと確かめられたからか。

「お前たちの仲が今ひとつじゃと、木兵衛が心配しておったもんでな」

鏑木は二人の仲を取り持つために、はるばるやって来たわけだ。

「なあ、又五郎よ。人生は色々あるが、誰かを恨むより、胸を張って生きるほうが、絶対にいい。実は玄任に教えてもらったんじゃ。以前は俺も、仏敵を恨んでおったがな」

鏑木は半身を起こし、又五郎の肩に手を回してきた。

「ひとつ俺の頼みを聞いてくれんか。今は無理かも知れんが、一度でよい。父親と一緒に湯にでも浸かりながら、じっくり話をしろ。互いの行き違いが解けて、きっと分かり合える」

又五郎が黙って頷くと、鏑木は嬉しそうに、また音を立てて背を叩いた。

「鏑木様、見つけて参りましたぞ」

両手で酒樽を抱えてきたのは真之助である。鉢伏山からの眺めがあまりに素晴らしく、鏑木が酒盛りをしたいと言い出したため、真之助は峠に古くから建つ木ノ芽城の倉なら、あるやも知れぬと探しに出たのである。

「でかしたぞ、真之助！　織田に勝つ前祝いじゃ！」

鏑木の荒々しい労いに、玄任を慕う色黒の若者が白い歯を見せて笑った。

真之助は玄任の一番弟子に当たる鉄砲手で、又五郎とも長島以来の付き合いがあり、兄貴分と言えた。もっとも、又五郎から父を取り上げようとする煙たい幼馴染みでもあった。人質になって越前に来てからは、ずっと疎遠になっていた。

「織田軍は必ずあの木ノ芽峠を通るはずでござる」

真之助に促されて、又五郎は眼下の峠を見やった。玄任は木ノ芽城と鉢伏城を増強し、さらにその間に観音丸城（かんのんまるじょう）と名付ける城を築くという。

遠からず又五郎もお澄も仁王隊に加わって、この要塞（ようさい）群で戦い、そして死ぬのだろう。

鏑木に勧められるまま、又五郎は土器（かわらけ）に注がれた酒を一気に干した。子供の頃、鏑木に半ば無理やり飲まされた時は不味（まず）くて吐き出したものだが、今は美味（うま）いと思った。

四

下間頼照は乗馬が苦手である。警固の侍僧たちを連れ、おとなしい馬の背にゆっくりと揺られながら、冬ざれの田んぼを行き過ぎるうち、遠く亥山城が見えてきた。

山間にある水の郷、大野へ近づくにつれ、どこからか水の音が聞こえてくる。

ふだんは玄任が豊原寺へ足を運ぶが、ここへ出向いて来ると、頼照は心がホッとした。

秋口に来た時は、銃声が低山に当たって木霊していたが、今日は静かだ。

仁王隊の者たちは玄任の命を受け、手分けして越前各地へ出向き、望む者に鉄砲の撃ち方を教えていた。共に織田という強大な敵に備える中で、宗門を超えた絆を築き、国づくりに役立てる試みでもあった。

亥山城を素通りして、少しばかり先へ向かう。そこには、民の国を感じられる好きな場所があった。

本願清水の前には、僧服の巨人が立っていた。玄任の出迎えだ。

美味い水を飲み、笑顔溢れる民の姿に目を喜ばせてから、二人並んで亥山城へ入った。

中庭に面した数寄屋で向かい合う。

近ごろの国づくりについて報告し合い、当面の段取りを確かめてゆく。

悩み事は積み重なるばかりだが、諦めずに一つひとつ対処し、希望を見出してゆくのが、玄任のやり方だった。

「信長めは、大坂も根切りにせんと息巻いておるそうな。されば当分の間、鉄砲弾薬についても、総本山からの融通は望み薄じゃろう」

摂津河内の一向宗門徒たちは、長島攻めの最中も信長方と戦っており、疲弊していた。

越前に力を貸す余裕はない。

「鉄砲の鍛錬も、今は見合わせており申す。かくなる上は私が金沢へ参り、旗本の面々に説いて参りまする」

頼みは加賀だが、鏑木からの文によると、金沢御堂では越前の支援をするか、するならいかほどとし、どの組が何をどれだけ負担するかを延々と論じ合っているらしい。

「このままじゃと、われらに勝ち目はあるまいの」

「加賀からの援軍を得て、越前を一丸となしうれば、門徒たちは優に十万を超えるはず。一揆軍の数と勢いさえ取り戻せれば、信長を打ち払えましょう」

玄任は傍らに置いていた絵地図を開いた。信長は南から侵攻してくる。

「嶺北と嶺南を分けるこれらの山城を、堅固とせねばなりませぬ」

すでに玄任は図上の木ノ芽城、鉢伏城、杉津砦などに朱で印を付けていた。夫役や城番の負担は生じるが、自分たちの国を守るためだ。

「広く十五歳から六十歳までの門徒たちから、力を借りまする」

「今の世には、御堂よりもまず、城砦が要るわけか」

寂しげに頷く玄任に、頼照はぽそりと付け足した。

「やはり民の国は、優曇華じゃな」

加賀では花開き、枯れかけているが、越前では半開きの蕾のままで終わるやも知れぬ。

「大輪の優曇華を咲かせましょうぞ、御師」

見つめ合った。玄任は阿弥陀の微笑を口元に浮かべている。奇しき縁の師弟だ。

あの赤子が仏敵と戦い、北陸に巨大な仏土を作り上げようとは。

新しき国を作らんと夢を見た者として、頼照は命を捨てて掛かっているが、実際、何度か襲われていた。織田の手先か、あるいはただの脅しやも知れぬが、いつ殺されてもおかしくはない。

ならばやはり今、玄任に真実を明かしておくべきだろう。

「仁王よ。済まぬが、拙僧は長らく嘘を吐いておった。汝の生まれの話じゃ」

逞しい巨体をわずかに慄かせながら、玄任が頼照を見返してきた。

「拙僧はある雪の夜、まだ粗末だった総本山の本堂で、汝に出会った。阿弥陀如来像の膝に抱かれた血塗れの赤子とな。汝の母親らしき女は何者かによって殺められていた。父のほうは、本願寺の青侍やも知れん」

実は当時、気になる動きをする一人の青侍がいたが、頼照はあえて見てみぬふりをした。真実を探ろうともしなかった。法主と本願寺の体面を守るためには、事件を闇に葬り去る必要があった。そのほうが赤子にとっても幸せだと、自分に言い聞かせてもいた。

頼照は懐に入れていた灰色の御守袋を、玄任の前へ差し出した。

「中を検めてみよ。赤子の汝が握っておった虎眼石じゃ」

玄任はじっと御守袋を見つめていた。生地には本願寺の寺紋である〈八藤紋〉が刺繡されている。やがて大きな手が伸び、袋を逆さにすると、掌上に金褐色の丸石が転がり落ちてきた。

「中糸を通す穴が三つ空いておるゆえ、念珠の親玉じゃろう。汝の母が握らせたのやも知れん。一向宗では珍しいが、キリクが彫られておる。汝が持っておるべきじゃと思うてな」

「何ゆえ、今、これを？」

作り話の両親につき要らざる疑念を抱かせ、弟子の心を乱しはすまいと考え、ずっと渡しそびれていた。

「杉浦玄任は阿弥陀の申し子、本願寺の仁王じゃ。されど汝も、いま少し己のことを考えてもよかろうと思うてな。又五郎の話よ」

玄任が国事に奔走し、息子とほとんど会う暇もないと、木兵衛から聞いていた。

「お心遣い痛み入りまする」

いつもの微笑みだけで応じた後、玄任は軽く両手を突いた。

「真宗寺（しんしゅうじ）、専修寺、西光寺（さいこうじ）、照護寺（しょうごじ）の院主たちとの面会の刻限にございますれば、これにて。御師はゆるりとなされませ」

これだけ難題が山積みなのだ。わが子との語らいなどできるはずもないか。

それでも玄任は、掌の虎眼石を御守袋にそっと戻し、黒革の胴乱の中へ入れた。

中庭に咲く水仙が、冬の風に揺られている。

五

年も明け、亥山城の主殿からは、今にも雪の降り出しそうな曇り空が見えた。

「何ゆえ木兵衛殿が殺されねばなりませぬ？　こんな馬鹿げた国を、父上は作りたかったのですか？」

杉浦又五郎が詰め寄ると、玄任は硬い表情のまま黙した。

鏑木から諭されたように、又五郎も玄任と話したいと考えた。だがこの間、玄任は東奔西走して亥山城におらず、戻っても面会を求める者たちが行列をなし、会えもしなかった。

金沢御堂へ支援の要請に出向いていた玄任が大野へ戻り、今日ようやく捕まえたのだが、玄任が不在の間に、事件は起こった。

又五郎は怒りをそのまま父にぶつける。

「力でなく言葉でという父上の愚かしい言葉を真に受けて、木兵衛殿は丸腰で、宗玄殿と川端殿の暴発を止めに行ったのでござる。同道したそれがしは仔細をよう知っており申す」

横暴の限りを尽くす本覚寺の寿英を討つべしと、木兵衛は再三進言したのに、玄任は「民の国で暴力は使えぬ」と応じなかった。

木兵衛は、月の十七日に集まりを持つ一向宗門徒たちの〈十七講〉に属していた。講の門徒たちは、寿英こそ諸悪の根源なりと叫び、一揆を起こそうとした。だが内通者があり、本覚寺の門徒たちが先手を打って攻め寄せてきた。腕に覚えのある又五郎は返り討ちにしようとしたが、「杉浦玄任の子が本覚寺の僧兵を斬ってはならぬ。必ずわしが止めてみせる」と木兵衛が必死で諭したため、涙を呑んでその場を逃れた。結果、本覚寺門徒は宗玄ら講の惣代だけでなく、間に入って暴発を止めようとした木兵衛をも、討ち果たしたのである。

「一揆内一揆の件は、金沢で報せを受けた。むろん寿英の無法は赦さぬ。だが今、内輪で戦を起こせば、信長の思う壺だ」

宗玄らによる一揆を煽ったのは、長島から逃げてきたと称する門徒で、事件の後に姿をくらましていた。織田方の間諜による攪乱らしい。

「されど、力に対し、力を以てせねば、やられ放題でござる」

「十七講衆の件は見過ごせぬ一大事ゆえ、守護代と府中郡司にしかと申し入れた。さらには総本山へ奏上して、ご裁断を仰ぐ」

玄任よりも、木兵衛のほうがよほど又五郎の面倒を見てくれた。父代わりとさえ言えた。

「父上は大事な時に、金沢御堂なんぞで何をしておられたのですか？　愚かな加賀は結局、越前を見捨てるに決まっております」

「同じ民の国として、力を合わせて守らねばならぬと、皆が気付き始めている」

又五郎は父に、ありったけの冷笑を返した。

「とうてい間に合いますまい。私の眼には、金沢御堂の焼け跡がはっきりと見えまするな。保身に汲々とし、私利私欲に塗れる者たちの国を守るために、父上は、母上を死なせた」

煮え滾る怒りを込めて、又五郎は畳みかける。

「父上が作られた新しき国では、些細な信仰の違いで、宗門に分かれていがみ合い、同じ一向宗門徒でさえ殺し合っている。民が逃散するような国が民の国だなどと、笑止」

大野にはいないが、七里による苛烈な悪政に、府中から逃げ出す百姓が出ていた。

「さような国を、なぜ守らねばなりませぬ？」

「民の国だからだ。民が自分で政をする、奇跡の国だからだ」

「加賀でも、越前でも、目の前に迫る危機を見ようともせぬ。否定する者さえいる。かように愚かな民の国を守るために、死ぬおつもりか⁈」

吠え猛る又五郎に、玄任は腹が立つほど穏やかな表情で頷いて見せた。

「父上は民の国のために、妻と子を捨てられた」

又五郎は荒々しく立ち上がった。

「それがしはさような真似を決してせぬ。父上とは全く違った生き方をいたしまする」

今、守りたいのはお澄だけだ。そのためなら、こんな国など滅んでもいい。

「民の国では、己が信ずる生き方をすればよい」

予想した通りの言葉に、無性に腹が立った。背を向ける。

結局、話ができなかった。ほとんど自分が怒りをぶつけてばかりだった。

「父上とお会いすることは、もうございますまい」

玄任の仕打ちに一矢報いる捨て台詞を吐いたつもりだった。

が、不覚にも声を詰まらせたのは、怒りよりも悲しみのほうが勝ったせいか。

きっと分かり合えると信じてきたが、鏑木との約束を果たせず、済まないと思った。

足音荒く座敷を辞して、亥山城を駆け出ると、灰空が小さな雪のかけらを落とし始めていた。

六

七里頼周は府中奉行所の一室から梅雨空を見やった。

眺めがどこか古里の近江に似ているのは、同じ米所だからか。黒い雨雲を嫌いでないのも、幼き日に世話してくれた老夫婦が、恵みの雨を喜んでいたせいだろう。

侍僧が玄任の来訪を知らせてきたが、意外に思った。

越前一向一揆を取り巻く情勢は急激に悪化している。信長は今、東の武田と決戦の最中だ。これに勝利すれば、次の矛先はいよいよ北へ向く。玄任は信長を迎え撃つべく、木ノ芽城や杉津砦の普請に精を出し、多忙を極めているはずだった。

廊下の床板が軋む音がした。本願寺の仁王は足の戦傷も癒えて、杖から解放されたらしい。

雨粒を落とし続ける暗天から、眼前に現れた大男へ目を移すと、挨拶もそこそこに力強い低音がした。

「こたびの法主の御書には、十七講衆の件を糾弾すべしと明記してござる」

本覚寺寿英による八杉木兵衛ら討伐の一件については、玄任から執拗な追及を受けた。この件は何ヶ月も棚晒しにしていたが、まさかここまでやるとは思わなかった。宇津呂によると、金沢御堂で木兵衛の死を聞いた玄任は、珍しく取り乱したという。

——十七講衆の事は、追って御糾明を遂げられ、仰付けらるべく候由……。

刑部卿を飛び越して、法主顕如の直筆による糾明の要請であった。

本願寺の坊官にとって、これほど重い文書はない。顕如の玄任に対する信頼を示す文書でもあった。七里でなければ、震え上がっていよう。

「愚僧も貧乏くじを引いたわい。本覚寺が大野にあれば、話は早かったにのう」

寿英が悪事を重ねる和田の地は、府中郡にあった。玄任は筋目を通す男だけに、府中郡司たる七里の政に横槍は入れず、わざわざ守護代や総本山に働きかけ、大事にしたわけだ。

「ただでさえ、越前はあちこちで揉めておる。口から先に生まれたようなあの生臭坊主を敵に回せば、一向宗がさらに割れるぞ。せっかく作った民の国が四分五裂しても構わんのか？」

越前一向一揆にあって本覚寺は最大の勢力であり、いかに悪名高くとも、討てはしない。寿英もそれを見越して傍若無人に振る舞うわけだ。寿英からは相当な志が府中の奉行所へ届けられていた。七里が寿英の如き取るに足りぬ小悪党をのさばらせておいたのは、後日、越前失政の責めの一端を寿英に負わせるためでもあった。

「敵味方の話でなく、寿英に無法ありや否やを明らかにするだけでござる」

「無法に決まっておろうが。下手に追い詰めれば、あの阿呆は織田に付くぞ。愚僧なら、回りくどい真似をせずに、寿英を討つがの」

「民の国では詮議の上、裁かねばなりませぬ」

寿英は賄賂を贈りつつ、のらりくらり逃げ回っていて、裁断はいつになるか知れぬ。

玄任は戦にならぬ限り、決して人の命を奪わなかった。だが越前の外は乱世だ。とうてい通用するはずもない。

「甘いのう。このままで、民の国を守れるのか？」

玄任が奥歯を噛み締めるように硬い表情をした。

守れまい。いや、戦うことさえできぬだろう。

頼照と玄任はこの一年で越前をまとめ切れなかった。織田の分断工作もあるが、越前の民が誰かに支配されることに慣れていたからだ。いざ支配を免れると、多くの民は我欲に走って、たちまち秩序が失われた。「力でなく言葉で」という綺麗事が無法と悪徳を生み、正直な民を絶望させた。政に長年携わり、七里はつくづく悟っていた。民は愚かだ、と。今や越前の民は、民が治める国でなく、むしろ強力な支配者を求めている。いざ信長が侵攻してきた時、ほとんどの民は新たな支配を歓迎するだろう。失敗した民の国など、誰も守ろうとすまい。

越前陥落の責めは、守護代たる頼照が負う。七里は援軍として政に関わっただけだ。

後は、越前に介入した加賀一向一揆として、いかに手仕舞いをするかだけの問題だった。

小坊主が現れて、一通の文を七里に差し出してきた。

ひと目見ただけで、七里は声を出して唸(うな)った。

「武田が大負けしたぞ。最後の望みも潰えたな。寿英如きに拘(かかず)っておる場合ではあるまいて」

玄任が顔を強張(こわば)らせていた。織田・徳川の連合軍は、三河の設楽原(したらがはら)で武田軍を完膚なきまでに打ち破ったという。もう、信長を止めるものは何もない。

次の標的はまさしく、この越前だ。

七

七里頼周という食えぬ本願寺の坊官が奥深い折立(おりたて)の称名寺を訪ねてきたのは、命短き夏蟬たちがこれを最後と鳴き始めた頃だった。

天台宗の平泉寺が焼失して後、恵慶は越前最大の勢力を誇る称名寺の院主となった。

「商人は目ざとい。三国湊(みくにみなと)も、織田方に回りおったわい」

初耳だった。廻船(かいせん)問屋の森田(もりた)三郎左衛門(さぶろうざえもん)が、能登から来る船の入港を拒んだという。

この間、玄任が能登一向一揆からの支援を取り付け、兵糧弾薬を運ばせていたが、越前側はすでに切り崩されているわけだ。

「愚僧が見るに、越前の大坊主の中でも、御坊は一番の切れ者よ」

割れ声を聞き流しつつ阿弥陀堂へ通すと、七里は大きな顎を突き出しながら尋ねてきた。

「壊れかけた梨の箱がある。御坊は腐った梨と共に朽ち果てるか、それとも新しき箱に入るか。いずれを選ぶおつもりかな？」

分かりきった譬えだが、恵慶はまず人を疑ってかかる。この似非坊主はおよそ信ずるに足りぬ。今は保身に努め、手の内を晒すべきではなかった。

「拙僧は昨年の春、杉浦玄任に賭けると決め申した」

織田方からは、内応を打診する使者が日蓮宗門徒や真宗三門徒へ頻繁に遣わされている。むろん、称名寺にもやってきた。

「この一年と数ヶ月で、相当事情は変わったがの」

「刹那無常は仏法の根本真理。沙門が生滅変化に囚われるべきではござるまい」

「学なき坊主に小難しい物言いを。ともかく越前一向一揆に勝ち目はない。頼みの綱の謙信が動く気配もないからの」

玄任の進言を受け、顕如は先月、上杉謙信に救いを求める書状を送った。今月は越前一向一揆からも救援を求めたが、謙信は動かなかった。信長も、当代随一の絵師狩野永徳の筆による『洛中洛外図』なる屏風を贈るなどして、謙信を自陣営に引き止めようと躍起になっていた。

獅子頭をじっと睨んでいると、七里が低音で続けた。

「先日聞いた金沢御堂の様子では、加賀からの援軍も間に合わぬな」

玄任は過日、加賀一向一揆に対し、五万の援軍を求めていた。鏑木頼信なる盟友に南越前の要衝を守らせると、越前諸将には説いていた。

「加州大将たる御坊が動かせばよろしいのではないか」

「民の国の政は難しい。何事にも必ず反対して、邪魔する奴がおるでのう」

やけに自信たっぷりで余裕綽々だが、まさか七里が止めているのか。

無内容な言葉のやりとりを続けながら、恵慶は七里の肚を探ろうとした。

下間頼照は真面目ひと筋の僧侶で、容易に手玉に取れる。杉浦玄任も、正道を歩む男で裏表がない。だが、七里の思惑だけは、恵慶にも読めなかった。

「さてと、談論風発、うっかり長居してしもうたが、夏蟬たちとこの国と、いずれの寿命が長いか見物じゃわい」

化かし合いの後、七里は傍らの節くれだった杖に手を伸ばした。

「御坊とて、高田派門徒たちを織田の根切りに遭わせるつもりはなかろう」

黙したままの恵慶をじろりと見ながら、七里は続ける。

「愚僧は信長公にお味方するが、手を下さずとも越前は潰れる。機会あらば、公にお伝えくださらんか。相応の処遇を下さるなら、加賀を献上してもよいと。御坊の手柄にできようぞ」

恵慶は別に驚かなかった。

織田の勝利が確実な越前で今寝返るよりも、加賀を売り渡すほうが高く売れよう。だが七里は、本願寺でも相当の実力を持つ法橋だ。恵慶を嵌める罠だとしても、不思議はなかった。

「戯れ言が過ぎましょうな、加州の大将」

「御坊の存念はようわかった。よしなに頼むぞ」

何やら笑いながら、煙に巻いて七里が去ると、恵慶は額に滲み出た汗を拭いた。見送りも忘れていた。恵慶は結局、最後までしらを切り通したが、どこまで通用したか。

やがて隣の部屋の障子が開き、杉浦又五郎が入ってきた。七里を警戒し、念のために警固を頼んであった。

「恵慶様、加州大将は鎌を掛けてきたのでしょうか」

又五郎は半年近く前、お澄という娘と共に称名寺へ逃れてきた。夫婦になると誓い合った娘を守るために父を見限り、生き延びたいと頼み込んできた。思案の末、又五郎には寺の警固を、お澄には寺務をさせていた。越前に人の理想郷を作ろうと悪戦苦闘しながら、わが子にも見捨てられた玄任を不憫に思った。

称名寺はぎりぎりまで玄任に付き合う気だったが、もう限界だ。恵慶には門徒たちを守る責めがある。佐々木盛綱改め法善坊光実による開基以来、三百年以上続く折立称名寺を守り抜いてきたのだ。玄任の美しくも儚き夢と共に滅びる気はなかった。

「あの似非坊主の真意は知れぬが、越前一向一揆の滅亡は誰の目にも明らかじゃ。民の国となりえたのは結局、大野のみであった」

玄任は寝返りの懸念される安居景健、堀江景忠ら朝倉旧臣や諸寺の大坊主を繋ぎとめようと、越前を飛び回っていた。だが、頼照と玄任の苦闘も虚しく、織田軍の侵攻を待たずして、越前一向一揆は自壊を始めている。

「民の国など、腐った菴摩羅（マンゴー）に過ぎませぬ。命を懸けて守る値打ちなどないと、父もまもなく悟るでしょう」

ぼそりとした又五郎の言葉に棘は無かった。顔には恨み憎しみでなく、むしろ内憂外患の国を背負い、孤軍奮闘する父への哀れみがある気がした。

「又五郎殿。織田家に使いをする気はないか？」

民の国が滅んだ後の越前で、称名寺は生き抜かねばならぬ。

恵慶ともあろう者が、離反を求める信長の使者に対し、逡巡して返事を留保したのは、玄任が作ろうとする民の国に、強い愛着を感じていたからだ。畏友が花開かせようとする理想郷をひと目見たいと願ったからだ。

だが、これ以上返答を引き延ばせば、称名寺が危うくなる。

もう、未練はない。人間は救いようもなく愚かな生き物だ。玄任が夢見る民の国など、まだ幾百年も早かったに違いない。花の蕾がいつも開くとは限らぬのだ。

第八願　法　難

――天正三年（一五七五年）八月、越前国・大野

一

夏の終わりの激しい日射しが地を焼いても、大野のあちこちで湧く清水はめげずに涼気を届けてくれる。蟬たちは日の傾きに気付かぬらしく、まだ賑やかに合唱していた。

杉浦玄任は濁りのない本願清水の冷水を口に含んだ。

水路の中を行き過ぎる糸魚（イトヨ）の群れが見えた。

しばしば人間も群れを成すが、やることはずいぶん違う。これから越前で始まるのは、殺し合いだ。

信長はすでに大和・山城国衆（やましろのくにしゅう）に動員をかけ、近日のうちに敦賀（つるが）へ出陣すると伝わっていた。綺羅星のごとき百戦錬磨の将兵たちを率い、越前へ大挙押し寄せてくる。織田軍は今のところ三万余と見られていた。

対する一揆軍は、まだ戦の備えができていなかった。

下間頼照が諸寺を通じて陣触れを出しても、兵が集まらぬ。越前一向宗は本覚寺が三

千、専修寺が二千で、各地の門徒を加えても、二万に遠く届かなかった。他宗門は未(いま)だ動かない。

　昨春の越前侵攻時には軽く十万を超えた大軍勢が、掻き消すようにいなくなった。かつて吹き荒れた一揆の嵐は今、無風である。いや、逆風か。

「やはりこちらにおいででしたか、仁王様」

中背の若者は真之助だ。玄任が不在でも、仁王隊をしっかり束ねてくれる。長島願証寺にいた頃、行き場を失っていた孤児の一人で、これまでずっと仁王隊を支えてくれた。

　苦り切った色黒の顔で、真之助が続ける。

「ご懸念の通り、高田派の専福寺(せんぷくじ)と国人の野尻(のじり)が寝返りました」

亥山城への着到が遅れていたが、織田方に与すると旗幟を鮮明にし、守りを固め始めたという。

　敗色濃厚な一揆軍に加わる者たちは数えるほどだった。まだしも政がうまく行った大野でも、もとは織田に寝返った土橋領で、かつ、天台宗の本拠であったため、一年余り前に侵攻してきた一揆軍にわざわざ味方する理由は乏しかった。玄任の政を支持して一向衆に改宗した者たちや、木兵衛の遺言で玄任に味方する河合庄の門徒たちが、取る物も取り敢(あ)えず駆け付けてくれたが、惨めなほどの兵力だった。

「なぜ大野にいる加賀衆が、仁王隊だけなのでございますか？」

「府中に集めてから、戦場へ向かう手筈(てはず)だ」

加賀から来た門徒たちの多くは、越前の混乱に嫌気が差し、また、口減らしの意味もあって、昨年のうちに帰国していた。それでも一万近くは残っていたが、大半は加州大将たる七里の指揮下にあり、亥山城には、玄任直属の仁王隊がいるだけだった。

「敵は南から来るのです。大将は何を考えておいでなのか」

七里は今、自らが傷付かぬよう、冷静に様子見をしているのだろう。今後の推移如何では、戦場に姿を見せぬ恐れさえあった。

「加賀から援軍が来れば、状況は変わる」

希望はまだ、失われていない。

玄任の求め通りなら、鏑木の率いる松任組を始め、総勢五万の一向一揆軍が南下してくる。目の前の大軍を見れば、越前の一向宗門徒たちが立ち上がり、味方する他宗門も出る。緒戦に勝利すれば、流れを変えられよう。もう一度あの烈風を越前に巻き起こすのだ。鏑木はとうに金沢を発ったはずだが、まだ国境にも到着していなかった。

「本覚寺、専修寺も門徒が集まらぬようですが、予定通り合流次第、出立する他ありますまい」

織田勢は木ノ芽と杉津の峠のいずれか、または双方を通って越前へ侵攻してくるはずだ。玄任らは木ノ芽城を、元朝倉家臣の堀江景忠らが杉津砦を固める手筈となっていた。

味方の態勢が整うのを、敵は待ってくれない。

「出陣までしばしの間だが、皆を休ませてくれ。こたびは、これまでで最も厳しい戦いとなろう。済まぬな」

「何を仰せですか。民の国では、嫌ならいつでも仁王隊をやめればよいのです」

真之助は、加賀で恋仲になった門徒の娘と夫婦になり、数年前に子も生まれていた。名付け親になってくれと頼まれたから、玄任も腕に抱いた。

「皆、最後まで仁王様に従いてゆくと決めた者たちでござる。戦を前に、他はどんどん門徒が抜けて行きますが、わが隊のみは増えておりまする。昨日もまた幾人か、是非加わりたいと願い出て参りました。われら、極楽往生に悔いはありませぬ」

民の国を生きる者たちは、自らの意思で生死を決める。その決断に憐憫や同情を抱くのは、驕慢と言うべきか。

玄任は煌めく水面に目を細めながら、ゆらりと立ち上がった。

「一年余りで成し得たことはささやかであったが、たとえ民の国が敗れても、この後、大野を治める者が、民のためにこの水路をさらに整えてくれるなら、ありがたい」

長島と同様、もし信長に支配されれば、一向宗門徒は生存さえ許されず、根切りとされよう。それでもこの大野の地には、信仰こそ違え、同じ時代を生きる衆生が住まうはずだ。阿弥陀如来は、その者たちをも等しくお救いくださる。

本願清水の脇に立つ木の根元で、夏蟬たちが屍を晒していた。

二

下間頼照は燧城本丸の露台にあって、遠く異郷を流れる川を眺めていた。

山間を埋める緑田の中を、二つの川が大きくうねりながら、絶え間なく合流し続けている。

川は大小幾つもの支流を集め、何度も合わさり、やがて大河となって海へ注ぐ。人間もかくあって欲しいものだが、越前では実現できなかった。

これから、織田との戦が始まる。

頼照は生まれてこの方、まともに戦をした経験がなかった。玄任の指図に従うのみだ。

源平争乱以来、幾度か戦場となってきたこの燧城は、かつて「北陸道第一の城郭なり」と謳われたらしい。東西に長い大きめの城だが、集まった兵は一向宗門徒のみで、数も三千に満たなかった。おまけに半刻ほど前よりも、さらに数が減っているだろうか。

鏑木の援軍が遅れているが、もうすぐ府中から来る七里と合流し、前線へ送り出す段取りだった。

燧城から南へ三里も行かぬ東西二つの峠で、杉浦、堀江の二将が織田軍を食い止める。

頼照はここで吉報を待つが、もし負ければこの城へ落ち延びてくる将兵を迎え入れ、共に戦う。

越前一向一揆軍の総大将は、あくまで頼照だ。

本願寺を含め、あらゆる権力に対する不満は、頼照に向けられた。各地へ出向いて説いても、理解は得られなかった。石を投げつけられもした。いま少し時があったならと慚愧に堪えぬが、政で民に希望を与えられなかった者の責めという他あるまい。

すっかり自信をなくして絶望する頼照に、弟子の玄任は言い切った。

――人は、人により支配されるべきではない。仏の前であらゆる人間は平等だ。ただこの一点において、民の国は絶対の真理である、と。

与えられた境涯の中で、人はもがき苦しむ。自ら何かを選び取って人生を切り開くより、誰かに支配されて生きるほうが楽なのかも知れない。だがそれで、人は本当の救いを得られるのか。

師よりもはるかに大きくなった弟子の夢に、頼照は殉じる。

大坂を出る時から、覚悟はできていた。

たとえ敗れても、間違ってはいなかったのだと確信しながら、頼照は往生するつもりだった。

城壁からこっそり抜け出してゆく二人の門徒の姿が見えた。

昨年、越前へ来た時、各地で頼照を出迎えてくれた民は、宗門に関わりなく十万を優に超えていた。だが今、その姿はどこにもなかった。

それでも本願寺の仁王が生きてある限り、まだ諦める必要はないのだ。

三

深山を吹き抜ける風は荒い。今にも雨が降り出しそうな曇天だった。

杉浦玄任は手探りで腰の胴乱を開けた。中へ指を入れ、御守袋ごしに虎眼石に彫られたキリクを確かめる。妙な癖が付いたものだ。

未明、五千余の一揆軍は山また山の木ノ芽峠に到着し、峠の城へ入った。

とっくに夜も明けたのに蟬たちの鳴き声が聞こえないのは、すでに山上では死に絶えたのか、今から人間が作り出すこの世の地獄を見たくないのか。

源平争乱の時代に築かれた木ノ芽城は、峠を挟んで東西の尾根上に城砦を構える。西側は玄任が今回の戦に備えて作り直した砦だ。峠道を左右から挟み込んで、越前への侵攻を阻む。

玄任は東の曲輪から、峠道を見下ろしていた。

戦に慣れぬ門徒たちに、仁王隊の者たちを少数交えて組を作り、配置も終えてあった。

「府中の加州大将は、なぜ来んのじゃ？」

本覚寺寿英が突き出た腹を抱え、息を切らせながらやってきた。西の曲輪が持ち場だが、大戦を前に、居ても立ってもいられぬらしい。

七里は約束の刻限に現れなかった。加賀からの援軍が間に合わなかったのか。

「越前の一向宗門徒どもは何のつもりじゃ？　そりゃ皆、わしを嫌いじゃろうが、われらが負ければ、織田軍が雪崩（なだ）れ込んで、長島のように根切りにされるんじゃぞ」

織田兵は、敵対した門徒たちを片っ端から斬り捨ててゆく。玄任は間近に迫る危機を各地で訴え続けた。だが、民の多くは信じようとしなかった。最悪の未来から目を背けただけだった。

「のう、杉浦殿。かように少ない兵で、本当に戦うのか？」

詰め寄ってくる寿英を見て、木兵衛を討った大坊主と同陣する因縁を思った。

「戦い方は、先だって打ち合わせた通り、変更の要はござらぬ」

木ノ芽峠で織田軍を迎え撃つ一揆軍は本覚寺の三千、専修寺の二千のほか、真宗寺、専修寺、西光寺、照護寺その他二千ほどで、仁王隊四百と合わせて八千にも満たなかった。

「もちろん、わしらは勝てるんじゃろな？」

青くなって念を押してくる寿英に、玄任は黙って頷き返す。

軍神の上杉謙信さえ撃退した朝日山城の戦いを、再現する。

木ノ芽峠は古来、北陸道の難所として知られる山中の狭い峠道であり、守りやすい。

左右の城砦を背として、森の中に槍衾（やりぶすま）で人の壁を作る。その壁の背後から、仁王隊が狙撃（そげき）してゆくのだ。

「じゃが、敵は大軍ぞ。城などすぐに落とされよう」

木ノ芽城の西には二つの山城があった。観音丸城と詰城の鉢伏城である。織田軍の半数一万五千が木ノ芽峠を進軍してくるとして、山中の森と三段構えの城砦を用い、七千余の門徒たちが徹底抗戦を展開する。仁王隊は真之助以下、玄任と共に戦ってきた手練れに、決死の覚悟で志願してきた門徒たちだ。敵に無視できぬ被害を与えられよう。

――織田軍が木ノ芽川を北上！　新保に入りました！

ついに現れた。今のままで勝利は難しいが、遅れている鏑木の援軍が来るまで持ち堪えられれば、まだ勝敗は分からない。一度でも越前から撃退できれば、もう一度、一揆の嵐を起こせぬか。それが無理でも、せめて望む者たちを加賀へ逃がす条件で和議を結べぬものか。それが今、玄任になしうる精一杯だった。

「本覚寺勢も、お頼み申す」

玄任が促すと、「お、おう」と頷く寿英の肥えた色白の頰に、雨粒がポツリと落ちてきた。

四

七里が馬に乗るのは久方ぶりだった。木ノ芽峠へ向かうと宣言して府中奉行所を発した後、あえてゆるりと進軍し、途中、日野川の辺で兵を休めていた。

府中に集めていた一万ほどの加賀衆は日に日に減って、数千になった。実際頼りにしうる数は、千にも満たぬであろう。玄任の策が発動する前に、一揆軍は自壊していた。

「称名寺、動きませぬ！」

やはり恵慶は民の国を見限り、信長に通じていた。七里とて、動かぬと知りながら催促の使者を送り、兵を止める口実にしていただけだ。鏑木の援軍も間に合わない。七里が妨害したからだ。

——さてと、いつ、いかにして加賀へ退くか……。

勝ち目のない戦に出て死ぬ気なぞ、毛頭ない。加賀撤退の機が熟するのを、七里は待っていた。

越前での流言飛語も、兵を止める良い口実になった。

三国湊の廻船問屋が加賀一向一揆の客将、堀江景忠と二度ほど接触している。もともと堀江は、一向宗門徒でもなく朝倉家の勇将だったが、玄任の流言により謀反を疑われて追放され、能登へ落ち延びた経緯があった。男気のある人柄で能登衆に慕われ、越前攻めでは、知己の坪坂を通じて加賀に助力を申し出てきた。かつての主家を滅ぼした織田家に報復したいと訴える堀江に、坪坂は胸を打たれたという。だが堀江は、加賀への恨みも忘れていなかったようだ。七里に面従腹背しながら、報復の時を待っていたに違いなかった。

（堀江を推挙したのは、坪坂じゃ）

堀江の寝返りは、越前から兵を退くのに十分な理由だ。作戦通り木ノ芽峠へ向かうふりはするが、動きがあり次第、直ちに撤退を開始する。

すでに玄任は木ノ芽城へ入り、織田軍の侵攻に備えているはずだった。七里の不着に疑念を抱いていようが、もう生きては戻れまい。

「申し上げます！　杉津砦の堀江勢が寝返りました！」

悲鳴のような侍僧の声を聞いて、七里は心中ほくそ笑んだ。

この様子では、安居景健も寝返るだろう。敗北必至の一向一揆に味方して死ぬ馬鹿はいない。

織田軍三万余の侵攻に合わせ、堀江と安居、称名寺を始めとする高田派が一斉に寝返り、元々敵対していた三門徒派が蜂起する。その数は優に五万を超えよう。百戦錬磨の織田将兵に加え、一揆の数と勢いは敵に移ったのだ。

もう、戦にさえ、なりはすまい。

一人でも多くの門徒を生還させるために、七里は兵を返す。勝ち目のない他国の戦で命を捨てさせず、加賀を守る次の戦に備えるためだ。誰も七里を非難できまい。

七里は懐の中へ手を入れ、袱紗に包んだ双輪念珠をそっと撫でた。

信仰なぞではない。亡妻の薊を思い出す形見だ。この四十年近く、戦場でも肌身離さず持ち歩いてきた。七里が強運に恵まれているのは、阿弥陀如来のおかげなぞでは決してない。薊が見守ってくれているからだ。

（薊よ、こたびもわしは生き延びるぞ）

侍僧の助けを借りて、鞍に跨る。七里が手綱を強めに引くと、馬が高く嘶いた。

五

「……西方過十万億仏土　有世界　名曰極楽　其土有仏　号阿弥陀……」

低音で阿弥陀経を唱えながら玄任が引き金を引くと、織田兵がまた一人、悲鳴を上げて倒れた。

玄任は砦を出て、自らも最前線で銃を取っていた。

木ノ芽峠で激烈な戦闘が始まってから一刻ほどになる。

強い風雨でも、樹冠と鉄砲の雨覆いのおかげで、仁王隊の力はさして減殺されていなかった。玄任の作戦はひとまず奏功していた。

ほどなく銃声が止んだ。仁王隊は無駄玉を撃たない。

「織田軍が峠の下へ撤退しました」

「大儀。まだ先は長い。しばし兵を休ませ、交代で腹拵えをさせよ」

真之助が畏まって去ると、玄任は西の曲輪へ上がった。

玄任の姿を見るなり、寿英が高揚した笑顔で駆け寄ってきた。

「織田も存外、弱いのう。この調子なら、勝てるのではないか」

本覚寺門徒三千は仁王隊と五十組を成して、山中に槍衾を作った。木ノ芽城増築の際には、仁王隊を当たらせつつ、峠付近の地形に慣れさせたおかげもあって、緒戦は有利に展開できた。

だが、敵も地形と玄任の戦い方に慣れてきた。おまけに敵の主力が木ノ芽峠に来たらしく、優に二万を超える敵相手に、いつまでも通用する戦い方ではなかった。

次の防戦の後は、観音丸城まで退いて戦うべきか……。

玄任が思案していると、使僧が慌ただしく現れた。燧城にいる頼照からだ。

「杉津峠の堀江景忠が離反！　府中へ北上を始めたとの由！　若林長門殿が戦死、加賀衆は……」

雪崩を打って潰走し、府中郡司の七里も加賀を目指して落ち延びた。称名寺の恵慶も、安居景健も織田方へ回ったという。考えうる最悪の展開だった。

玄任は瞼を閉じて、思案した。

（今なしうる次善の策は、何か……）

杉津峠の防衛は重要だが、簡単でない。鏑木が間に合えば任せたが、守れる将がいるとすれば、堀江だけだった。共に砦を守る若林長門と円宮寺の院主には「堀江に怪しい動きあらば、迷わず討て」と密かに指図しておいたが、堀江のほうが一枚上手だったらしい。事ここに至り、今さら本願寺に味方する勢力はなく、様子見だった者たちが次々と離反してゆく。越前はもう敵だらけだ。

「前にも後ろにも敵か。わしらは、皆に見捨てられたんじゃ」

寿英がその場に情けなくへたり込んだ。

「いや、阿弥陀如来からは、見捨てられていない」

「御坊は馬鹿か？　阿弥陀なんぞに何ほどの力がある？　左様なものを信じて、長島では門徒たちが根切りにされたんじゃぞ」

言葉を投げ捨てるように、寿英が毒を吐いた。

「今ここで、私たちにしかできぬことをしたい。御坊も手を貸してくだされ」

「わしらに何ができる？　空を見よ。雨がますます強くなった。じきに御坊自慢の鉄砲も使えんようになる。何をやっても、絶対に負けよ」

ほとんど泣きべそを掻きながら、肥満体が頭を抱えていた。

「その通りだ。だがまだ、よき負け方はできる。この後、一向宗門徒が織田兵に捕まれば、根切りとされよう。門徒たちを加賀へ逃すために、時を稼ぎたい。この地で、織田軍を数瞬でも長く、食い止めるのだ」

半泣きの寿英に、玄任は西に連なる山城を指で示した。

「この木ノ芽城に観音丸城、そして鉢伏城。いずれも堅固ではないが、それ相応の抵抗はできる」

「……わしらは、逃げんのか？」

寿英は言葉を飲み込むと、眩しそうな目をして玄任を見上げた。

「私たちが戦えば、足止めをしている間に一人多く、衆生が命を拾える。私たちが退けば、人が人を殺め、一人多く、衆生が地獄へ落ちる。進まば往生極楽、退かば無間地獄。今こそ、最後の戦いの時だ」

木ノ芽峠の下方で、鳥が慌ただしく飛び立った。織田軍が動き始めたようだ。

「仁王様、敵が再び攻め上がって参ります。新手かと」

真之助の報せに、玄任は砦の板壁にもたせかけていた大鉄砲を取った。

「いま一度、森の中に兵を展開させよ。敵を追い落としたら、すぐに木ノ芽城を捨て、次は観音丸城へ上がるのだ」

たとえ勝敗が定まろうとも、最後の戦いはまだ、終わっていない。

六

燧城の露台からは、絶望の戦場がよく見えた。北面に続々と到着する軍勢は敵ばかりだった。今は遠巻きにしているが、そろそろ総攻めに入るのだろう。

どれだけ立派な肩書を賜ろうと、下間頼照はただの学僧だが、総大将には違いない。こんな老い首でも、多少は値打ちがあるわけだ。

城は北陸街道から少し東へ入った低山にあった。先刻、寝返った堀江景忠が府中を目指し、燧城など捨て置いて進撃して行ったが、指を咥えて見ているしかなかった。

包囲陣の中には目立つ僧服も見えた。あの薄い藍染めの色衣は、称名寺の恵慶か。民の国を守ろうと門徒たちを駆り立てる坊主より、乱世の理に素直に従って門徒たちを守り抜く恵慶のような坊主のほうが、正しかったのだろうか。

藤島超勝寺と荒川興行寺の門徒たちが守りを固めてくれている。頼照は見守るだけだ。

せめて玄任が落ち延びてくる城くらいは、残しておきたかった。

大坂から付き従っている侍僧が、呆然とした様子でふらりとやってきた。

「杉浦壱岐法橋、鉢伏城にて、戦死なさった由……」

頼照は覚えず天を仰いだ。

民の国は、他ならぬ民から見放され、たった一年と数ヶ月で瓦解した。眼前に迫る危機を多くの者が見ようとせず、あるいは諦めて保身に走った。

いざ敵が現れても、民は武器を取って立ち上がらなかった。

後は、責めを負うだけだ。

頼照は懐から出した黒檀の念珠を親指にかけ、先に逝った弟子のために南無阿弥陀仏を唱えた。どのみち、頼照もじきに往生するのだろうが。

疲れた青白い顔で、別の侍僧が尋ねてきた。

「敵中に、高田専福寺の門徒たちが見えます。人質は何となさいまするか？」

昨年の加賀一向一揆による越前侵攻の際、高田派の専福寺は本覚寺と戦って敗れ、信徒を人質に出して降った。本願寺に義理を尽くして滅ぶ理由など毫もなく、信長の侵攻に先立ち、内応の勧誘に飛びついたのだろう。

「殺生するなかれ。逃がしてやるがよい」

親鸞も報復など是とはすまい。本願寺は敗れたのだ。

玄任亡き今、籠城するつもりもなかった。

「敵が総攻めに入る前に、搦め手から海路、加賀へ落ち延びられませ。陸路はもう、無理でございます」

味方が次々に敵と化し、越前は敵ばかりだ。とても逃げ切れるとも思えぬが、頼照は自決の仕方も知らぬ。その時が来れば、進んで極楽往生するだけの話だ。

いや、もし玄任がこの城にいたなら、最後まで決して諦めまい。万一生き延びられたときは、今度こそ隠居して、この戦で失われた命を弔いながら、余生を過ごすとしよう。

あの雪夜、本堂の阿弥陀像に抱かれる赤子に出会った時から決まっていた定めであろうか。

末世に仏法を信じた学僧が、人生の最後に大きな、大きな夢を見ようとした。

涅槃仏のまま往生するより、ずっとよかったはずだ。

敗れはしたが、悔いはない。

七

鉢伏山の頂に築かれた詰城からは、敦賀の町も、夕日に輝く海も望みえた。嵐のような雨風が去り、すべての汚れが洗い流されたように、大地と海と空が煌めいている。

真之助は鉄砲を手に、土居を乗り越えた。

砦の奥へ入ると、胸に包帯を巻いた玄任が起き上がり、銃の手入れをしていた。

「仁王様、お怪我のほうは如何にございまするか？」

木ノ芽城で戦っている途中、寿英が姿をくらまし、本覚寺の門徒たちは総崩れになった。やむなく玄任は観音丸城まで退いて籠城戦に入った。やがて大軍の猛攻に耐え切れなくなると、生き残る門徒たちと鉢伏城へ上がった。数こそ少ないが、橋立真宗寺、大町専修寺、西光寺、照護寺ら玄任を慕う院主や門徒たちが付き従い、最後の激戦を繰り広げてきた。

先刻、玄任が胸に鉄砲玉を食らって倒れた。敵には戦死したと思われたらしいが、玄任は再び陣頭に立とうとしていた。その強靱さは、不死身なのかと思うくらいだ。

「私はまだ戦える。敵は？」

城の東に作った三条の堀も突破されたが、猛烈な抵抗に、織田軍は一旦、鉄砲の射程圏から逃れ、城を遠巻きにしていた。

「敵は総攻めに先立ち、腹拵えでもしておる様子」

すでに織田軍は鉢伏城を捨て置き、越前へ侵入し始めていた。それでもこの地で抵抗を続ければ、織田兵をわずかなりとも引き付けて足止めできると、玄任は戦闘の続行を命じていた。最後の一兵となるまで、だ。

「海でも見ながら、私たちも腹に少し入れるか。まもなく往生する身でも、腹は減るものだな」

寂しげに笑う玄任が草餅を差し出してきた。多人数での籠城を予定していた鉢伏城には、兵糧だけは食べ切れぬほどある。

玄任は大鉄砲を杖代わりにして立ち上がると、露台へ出た。真之助も従う。

「良き夕暮れだ。感謝せねばな」

二十余年の生涯で見る最後の夕日が、海面を赤く染めていた。

「初めてお会いした時のことを覚えておられますか？」

「もちろんだ」

真之助は玄任が長島にいた頃、盗みを生業にしている悪ガキだった。

願証寺に隙だらけの大男の坊主がいて、カモにしているつもりが、三度目に盗んだ巾着の中に、阿弥陀如来の下手くそな絵が入っているのを見て、わざと盗ませているのだと気付いた。

ある日、願証寺の境内の一角を覗くと、親のない子供たちを集めて、草餅を作っている大男の姿があった。子供たちを羨ましい、と思った。

木の幹に隠れていた真之助を見つけた玄任は、阿弥陀を思わせる微笑を浮かべていた。

――子供が盗みをするのは、大人のせいだ。お前は何も悪くない。子供に物を盗ませる世の中のほうが悪いのだ。

あの時、玄任が食べさせてくれた草餅の味を、今も忘れることはない。

以来ずっと、真之助は玄任のそばにいた。

本願寺の仁王は戦に明け暮れ、人を何人も殺めてきた。沙門にはあるまじき殺生尽くしの生涯だった。だが、ただの一滴たりとて、玄任が私のために流した血のないことを、真之助は知っていた。総本山の誰も認めまいが、真之助に言わせれば、杉浦玄任こそが本物の高僧だ。

釈尊の晩年、生国のシャーキャ部族は、隣国コーサラの毘瑠璃王の大軍に攻め込まれて、滅亡した。釈尊もまた、嫌というほど乱世の地獄を見た。敵の侵略に、仏教はいかに対すべきなのか。真之助はきちんと仏法を学んでいないが、玄任が繰り返し読んでいた『大薩遮尼乾子所説経』は、民を守るためなら、不殺生の破戒も許されると説いていた。だが、それで割り切れる話ではあるまい。常に戦場を共にした真之助は、玄任の懊悩を誰よりもよく知っている。

「又五郎殿は、如何しておりましょうか」

「己が信ずる道を歩んでいるのなら、それでよい」

真之助は、又五郎からの文を愛おしそうに読み返す玄任の姿を何度も見た。私事ゆえといつも後回しだが、玄任は常にわが子を思っていた。

その又五郎が玄任を見限ったことが口惜しくてならなかった。真之助は偉大な父を持つ又五郎に嫉妬したものだが、今思えば、ずっと玄任と一緒にいられた真之助のほうが恵まれていたのやも知れぬ。

「両親を知らぬ私も、仁王様のおかげで幸せな人生を送れました。ですが、ただ一つ心残りがございまする」

玄任は夕日を浴びながら、願証寺の昔と変わらぬ優しい微笑を口元に湛えていた。

「今の私に何かしてやれれば、よいのだがな」

真之助は気恥ずかしくなって、視線を落とした。

だが、もうすぐ極楽往生するのだ。迷わず、告げた。

「もちろんお出来になります。一度でいい、私はあなた様を、父上とお呼びしとうございました……」

目から涙がこぼれ出てきた。

もうすぐ妻子と別れて命を終える自分の身が哀れなのか。こんな時代に生まれた運命が悲しいのか。乱世にかくも立派な高僧と巡り会え、そばにいられた幸せが嬉しくて、切ないからか。

玄任が逞しい腕で、真之助をがしりと抱き締めてくれた。

「父上……」

真之助は父の腕の中で、声を上げて泣いた。

八

嵐が去り、澄み渡った夕空の下、まだ荒い波音が耳に心地よい。

鏑木頼信は高揚していた。

安宅を過ぎてから、浜辺の松林で小休止に入った。日暮れまでに国境まで進軍できぬものか。

織田方の間諜が加賀に潜り込んでいるらしく、謙信が北陸動員令を発したなどと度重なる流言に惑わされ、金沢御堂で足止めを食らっていた。

歯噛みしながらやきもきしていたが、今日未明、鏑木を総大将とする加賀一向一揆軍は、ようやく金沢を発した。

各地で軍勢を集めながら南下した軍勢は、約二万である。北の守りも残すために兵は少なめだが、その中心はむろん松任組だった。加賀で練兵しながら、鏑木は出陣の時を待ち侘びていたのだ。

今ごろ越前一向一揆軍は、杉浦玄任の策で各地の要害に籠り、織田軍を迎え撃っているはずだった。昨年の越前攻めで、加賀一向一揆軍は大いに歓迎され、民の軍勢が十万を超えて膨れ上がったと聞く。今回は苦戦する見込みだが、援軍さえ来れば、一揆軍に再び追い風が吹くと、玄任は断言していた。

「皆の衆、そろそろ出立じゃ！」

次は蓮如上人の聖地、吉崎御坊跡で士気を高めてから、越前を南下する腹積もりだ。状況が許せば、夜間の行軍もありうる。

鏑木が馬の口に轡（くつわ）を銜（は）ませた時、遠く街道を南からやってくる騎馬の一団があった。

やがて先頭に姿を現した濃紫の僧服の将を見て、鏑木は少なからぬ胸騒ぎを覚えた。越前で戦っているはずの七里頼周ではないか。なぜもう、加賀に戻ってきたのだ。

七里は門徒たちに助けられながら、滝の汗を流す馬から下りた。

「何じゃ、大将？」

獅子頭にふてぶてしい笑みさえ浮かべながら、七里は他人事のように鏑木に応じた。

「大負けじゃ。じきに織田が加賀へも攻め込んで参ろう」

「まさかもう、戦は終わった、と……？」

問い返しながら言葉を失う鏑木に、七里は何食わぬ顔で答えた。

「正しくは戦が出来なんだと、言うべきじゃろな」

下間頼照を総大将とする一揆軍に、次々と裏切りが出た。いや、それ以前に、門徒たちが集まらず、戦う前から自壊していた。七里は加賀衆を生還させるべく落ち延びてきたという。

「されど、仁王と御師は、まだ戦っておるのじゃろう？」

七里は顔色ひとつ変えず、あっさりと告げた。

「杉浦玄任は鉢伏城で戦死。捕らえられた下間頼照は首を刎ねられたそうな」

鏑木は愕然として、涙も言葉も出なかった。

二人とも、もうこの世にいないのか……。

新しく作った民の国は魂を入れる前に、一年余で滅んだ。

七里は鏑木に半歩近づいて、声を潜めた。

「今はとにかく、加賀の守りを固めるのが先決じゃ」

大勝利で士気の高揚する織田軍が大挙侵攻してきた場合、今の加賀一向一揆には数も勢いも期待できぬ。杉浦玄任なしで、食い止められるのか。

七里は鏑木の肩に手を置きながら、耳元に顔を寄せてきた。

「加賀半国は諦めるしかあるまい」

突き放したような言い草に、鏑木は七里を睨みつけた。

一国が滅びの危機を迎えているのに、なぜ平然としていられるのだ。友と師が命を落とし、よりによってこんな男が生き残ったとは……。

呆然と立ち尽くす鏑木の頰を、夏の終わりの浜風がそっと撫でた。

第九願　聖　僧

——天正三年（一五七五年）九月、越前国・府中竜門寺城

一

ようやく日が傾いても、酷暑が居座ったまま越前から一向に去ろうとせぬのは、生き地獄には夏が一番よく似合うからか。

杉浦又五郎の眼前には、鮮血よりはるかに生臭い腐臭を放ちながら、無数の屍が横たわり、折り重なっていた。

顔面蒼白の称名寺門徒に軽く目配せし、呼吸を合わせる。

二人して、戸板に乗せた首のない骸を、せめて乱暴にならぬよう炎の中へ放り込む。

放る勢いと高さが、わずかに足りなかったらしい。老いて干からびた遺体が、燃え盛る骸の山からずり落ちてきた。捥がれて腐りかけた首の根元から、体液が漏れ出す。瘦せ枯れた小柄な体でも、鼻の曲がる腐臭に変わりはない。

又五郎は軽い骸を両腕で抱え上げると、改めて炎の中へそっと横たえた。

この老人は何も悪事を働いてなどいない。ただ、一向宗門徒だったというだけだ。

越前はもう、民の国ではなかった。皆、支配者に従わねばならぬ。

（信長はいったい、何人殺すつもりだ……）

織田軍は越前一向一揆に対し、全き勝利を収めた。

信長の命により、織田将兵は血眼になって、一向宗門徒たちを山野に狩った。生け捕りにした門徒たちは有無を言わさず、即座に首を刎ねられた。

切り離された首と、首のない遺骸の後始末は、生き残った越前の他宗門徒たちに委ねられた。恵慶たちは先に寺へ戻って行ったが、又五郎は数百の若い称名寺門徒たちと共に、府中竜門寺城に敷かれた織田軍本陣の外れにあり、夥しい数の骸を荼毘に付していた。小さすぎる子供たちの骸も、よく太った中年女と思しき骸も、ありとあらゆる骸を焼いた。

生前の父が恐れていた通りの地獄がやってきたのだ。

地獄から目を逸らしたくなって、又五郎は青い天を見上げた。

（越前は、普通の国になったのか……）

今後は支配者の意のままに、すべてが動く。

たった一人による命令で、人間たちは一向宗門徒を殺し尽くし、加賀へ進軍し、はたまた北ノ庄に城を築く。これまで信じた仏の道を捨てよと、宗門も変えさせられる。早速始まった北ノ庄城建設の普請場で、林員清なる武将が突然、腹を切らされた。以前に敵として戦った時、織田軍を苦しめたことを、信長がふと思い出したからだという。

加賀でも、越前でも、民の国はまるで違った。

何かをやろうとするたび、玄任は人々に語りかけ、時を掛けて説き、十二分に談合を重ねた。時には企てを断念し、あるいは、より多くの納得を得るために変更した。玄任が作ろうとした民の国には、無数に欠点があった。従わぬ不届き者もおり、あちこちで皆が不平不満を漏らし、混乱ばかりしていた――。

杉浦玄任はあの鉢伏城で籠城し、戦死した、とされている。

だがそれでも、又五郎は今、思うのだ。

(父上は敗れたが、正しかったのではないか……)

又五郎を含め多くの者が「できぬ、成らぬ」と絶望して去っても、ただひとり玄任だけは諦めなかった。ゴツゴツした岩だらけの荒れ地を這って進むように、民の国を作り、守ろうとし続けた。その姿を傍目で見ながら、又五郎は文句を垂れていただけだ。

玄任の巨体と優しげな微笑を思い浮かべると、胸が詰まった。

「次の、骸だ」

相方の称名寺門徒から、言葉少なに声を掛けられた。

又五郎はかすかに頷くと、また遺骸の山へ向かって歩き出した。

二

早くも色づき始めた足羽川源流沿いの並木を、一陣の柔らかな夕風が吹き過ぎた。山間に訪れてきた秋が、一年余で滅んだ民の国の挽歌を、音もなく奏でているのか。

折立の里に戻ると、恵慶は称名寺門徒たちを十分に労ってから、軍勢を解散した。

これまでは若い衆が音頭をとって、戦勝を祝う宴を境内で催してきたものだが、今回はせぬらしい。

武将なら大手柄に胸を張って凱旋しようが、恵慶は時代に戦を強いられているただの坊主だ。戦さえなければ、恵慶はひたむきに仏道修行に精を出してきたはずだった。若き日は宗祖親鸞の境地を目指したが、乱世を生き延びるだけで精一杯だった。真面目な僧侶なら、誰しも高僧に憧れるものだが、生涯でまだ魂を震わせるような高僧に出会えたことはない。そんな時代ではないのだろう。

樹齢二百年ばかりの檜が、山門の脇で恵慶を見下ろしている。

(これで、よかったのじゃ……)

恵慶は何も過ちを犯してなどいない。

末世は綱渡りだ。寺社も一歩間違えれば、滅ぼされる。例えば白山豊原寺は悲惨な末路を辿った。杉浦玄任に敗れて一揆軍に降伏し、後に織田軍が侵攻すると慌てて降ったが赦されず、全山を焼かれた。だが、称名寺は違う。

一向一揆が越前を席巻すると読んだ恵慶は、いち早く玄任に味方した。さらに、越前一向一揆が立ち行かず織田に滅ぼされると見て、密かに織田方に内応を約し、事なきを得た。恵慶は正しく立ち回って、由緒ある称名寺とその門徒たちを守り抜いた。

だがそれでも、一抹の寂しさに胸を締め付けられるのだ。

織田軍の侵攻が近づき、下間頼照から出陣の要請が来ても、恵慶は寺に集めた門徒たちを動かさなかった。やがて堀江の寝返りが伝わるや、頼照のいる燧城へ進撃し、包囲陣に加わった。安居も裏切り、他宗門はことごとく本願寺を見捨てた。越前の一向宗門徒たちでさえ、数えるほどしか集まらなかった。味方の相次ぐ離反を聞いて、数少ない兵までが逃げ出した。

いかなる名将が采配を振ろうとも、数も勢いもない一向一揆軍など、最初から織田軍の敵ではなかった。

頼照の首を挙げたのは称名寺門徒だった。

執拗な落ち武者狩りから逃れようと、燧城から落ち延びて湊へ向かう頼照を捕らえ、討ったのである。頼照は乞食を装い、破れ笠に褐衣を着て、古寺の阿弥陀堂に隠れていたらしい。

恵慶は戦旅の塵を落とすと、阿弥陀堂へ入った。

本尊を見上げながら自問自答する。

（わしとしたことが、何ゆえあんな真似をしたのか……）

嘘や無用の同情は、しばしば身を破滅させる。したたかに末世を生きてきたはずの恵慶が、自分らしからぬ真似をしでかした。

恵慶が帰寺の挨拶に織田軍本陣を訪れたとき、ちょうど信長は首実検をしていた。改めて功を労われ、寺領の安堵状を受け取った後、一人の将の首を検めるよう頼まれた。ある織田兵が「杉浦玄任の首を挙げた」と申し出てきたという。

恵慶は心の軋みを感じたが、何食わぬ顔で請けた。

玄任は織田の大軍を相手に、鉢伏城に籠って最後まで激烈な死闘を演じた。一旦戦死の誤報が流れた後も、再び戦場に現れて陣頭で指揮を執ったが、朝から始まった戦は結局、夕暮れの玄任の戦死をもって終わったと聞く。

最期は、本丸で指揮中に無数の銃弾を浴び、山の下へ転落してゆく姿が目撃されていた。仁王隊も全滅したが、玄任の遺骸らしきものは見つからず、深傷を負いながらも加賀へ落ち延びたとの噂まであった。

やがて小姓が差し出してきた首桶の蓋が開かれると、逞しい顔つきの大きな坊主頭が現れた。玄任は昨夏、利き手を負傷して以来、髪を伸ばしていたはずだった。その無惨な首級は、目や眉間に数発の弾丸を浴び、おまけに腐って崩れかけていた。

憤怒に歯を食いしばる形相を見て、玄任でないと分かった。死に臨み、あの男は決してこのような顔をすまい。

織田家主従が恵慶をじっと見つめていた。

玄任は本願寺最強の坊官だ。恵慶の言葉が今回の恩賞の沙汰(さた)を大きく左右する。

――時が経って傷んでおり、自信はございませぬが、この太い眉とぶ厚い唇は本願寺の仁王、杉浦玄任に似ておりまする。

嘘を吐いたのは、玄任の首と認めれば、追捕の手も緩もうと期待したからだった。腐りかけの首なら、見間違えもありうる。玄任が生きていたとしても、赦される過ちだと考えた。

石橋を叩いて渡る恵慶が、珍しく危ない橋を渡ったのは、なぜだ……。

海路は完全に封鎖され、織田兵による執拗な山狩りが連日続いていた。

信長は家臣たちに命じて、一向宗門徒を山野から徹底的にあぶり出し、老若男女関わりなく捕まえては処刑させている。すでに一万数千人を殺したと、信長から聞いた。

いち早く越前を脱出した七里頼周の逃げ足の速さは見事だが、玄任が越前南端の城を守り、寡兵で織田軍を迎え撃った時点で、最初から退路はなかったはずだ。木ノ芽峠から途中で逃げ出した本覚寺の寿英は、肥溜(こえだ)めに隠れているところを、味方の門徒に裏切られて捕まり、首を晒された。

まだ玄任が生きているなら、誰を頼るか。もしも恵慶が玄任なら……。

ううっと、鈍いうめき声が聞こえた。本尊の裏だ。

警戒しながら、阿弥陀像を安置した宮殿(くうでん)の後ろへ回り込むと、背中を後堂の木壁にもたせかけている巨体が見えた。右目には黒い眼帯をしており、きちんと手当がされている。戦で多くの門徒が出払っていた間、寺はお澄に任せ切っていた。

「御坊のおかげで、称名寺は大手柄をもう一つ、立てられそうじゃな」

恵慶が傍らに端坐(たんざ)すると、玄任がゆっくりと片目を開いた。

「阿弥陀如来の奇しき縁が、命を繋いでくれた」

案の定、お澄が世話をしていたらしい。

目のほか胸、腹、脚とあらゆる箇所を撃たれたが、自ら小刀で肉を切り裂き、銃弾を取り出したという。谷底へ落ちた後、深傷(ふかで)を負いながらも暗がりで追っ手を逃れ、山中を潜伏しつつ落ち延びてきた。本願寺派の所領へ赴けば、飛んで火に入る夏の虫だ。満身創痍(そうい)の仁王の頼れる地が越前にあるとするなら、称名寺くらいであったろう。

「そんな体で、なぜまだ生きようとする？」

戦場の木ノ芽峠から折立は十里もないが、これほどの深傷で辿り着くとは、奇跡に近い。やはり阿弥陀の加護なのか。

「人が生かされているのは、理由があるからだ」

玄任は肩で荒い息をしていた。受傷のせいで高熱を発しているらしい。

「もう、よいのではないか。御坊は十分すぎるほど戦った」

この男は妻子を犠牲にし、眠りも酒も楽しまず、ただ民の国を守るために苦闘し続けてきた。

玄任は苦しげに居住まいを正すと、恵慶に向かい頭を下げた。頭は伸び放題の総髪だ。

「わが生死は私事にすぎぬ。御坊に頼みがあって、参った」

「下間頼照の首を挙げた称名寺を、頼ると申すか？」

称名寺の寝返りを詫びる気はなかった。見果てぬ夢のために、敗者に殉じて命を粗末にすることが正しい道ではあるまい。玄任も承知だろう。

「然り。御坊の力で、一人でも多くの命を救って欲しいのだ」

大野郡の皿谷村ほか六カ村の一向宗門徒の惣代が、今後は称名寺など真宗高田派の寺役を務め、高田派門徒になると織田に誓えば、命だけは助かると玄任は懸命に訴えた。いずれの惣代もこれまで高田派に敵対してきたが、玄任の遺言だと伝えれば、改宗を受け入れるはずだという。

「わが名を出せば、専福寺や法光寺も力を貸してくれよう」

他郡でも同様に、門徒たちに改宗を進めるよう手配して欲しいと、玄任は懇願してきた。

この男はそれを頼むために、瀕死の体で山中を逃れ、追っ手を躱し、ここまで辿り着いたのか。己が助かるためではない。民の国を作らんとして夢破れた者の責めを果たすためだ。

「土産は渡す。死に損ないの身なれど、わが首を差し出せば、称名寺の手柄となろう」

恵慶は信長に偽首を「玄任の首」だと認めたばかりだ。

頼照と玄任、二将の首を差し出すなど、僧侶として出来すぎだ。妬み嫉みを買い、野心ありと無用の疑いを抱かれてはかなわぬ。他方、もし本願寺の仁王を匿ったと知られたなら、ただでは済むまい。

「門徒を増やすのは吝かでないが、御坊の身柄はすこぶる迷惑じゃな」

しばし見合った。

戦う仁王の目ではない。澄み切った隻眼をしていた。

このすべてを超越したように涼やかな眼を、どこかで見た覚えがある……。

はっと気付いて、恵慶は背筋が寒くなった。

御影に描かれた親鸞聖人の目だ。

玄任が乱世でやってきたことは、親鸞とはまるで違う。この坊官はいったい幾人の命を奪ったろうか。だが乱世に背を向け、武器も持たず、念仏を唱えるだけの坊主に、敬うべき高僧など、ただの一人もいなかった。民の国を守るために東奔西走し、戦場では大鉄砲を取って荒れ狂い、不殺生戒を破り続けたこの本願寺の仁王こそが、乱世の高僧だったのだ。

「のう、仁王殿。人間は愚かだ。人の世に、民の国はまだ、早すぎたのではないか」

「皆のことは、皆で決めるべきだ。有史以来、加賀一向一揆が生まれるまで、この当たり前の政が行われた国はなかった。だが、民による政こそ、絶対の真理に他ならぬ」

「なおも余命が与えられたなら、御坊はまだ戦うつもりか」

体じゅうの傷が痛むのであろう、かすかに呻きながら、聖僧はゆっくりと頷いた。

民の国を壊す支配者に、戦う聖僧を引き渡すのか。

――否、だ。

恵慶も若き日には夢を描いた。失っても、まだその記憶の残片くらいはある。

「称名寺が綱渡りをするなら、一つだけ条件がある」

玄任は残された目で、促すように恵慶を見た。

「動ける体になったら、御坊が拙僧と豊原酒を酌み交わすことだ」

怪訝そうに見返す玄任に、恵慶は笑って頷き返した。

「御坊に、良き夢を見せてもろうた礼よ。じゃが、称名寺も拙僧も、御坊のことはあずかり知らぬ。杉浦又五郎が勝手に匿っただけじゃ」

恵慶は立ち上がりながら、玄任の逞しい肩にそっと手を置いた。

「達者そうに見えて、拙僧は持病があってな。よき隠し湯が宿坊の裏手にある。傷を癒すがよい」

益にならぬと知りながら、恵慶がこれほど危ない橋を渡るのは、生涯で初めてか。

三

杉浦又五郎はまた激しく嘔吐した。胃袋の中身をすべて吐いて、今は黄色い胃液だけだ。毎日ろくに物が喉を通らぬから、飢え死にしそうなくらい空腹なのに、食欲はまるでなかった。

足羽川の水を両手で掬い、口と喉を何度も漱ぐ。

川面に映る又五郎は、何と情けない顔をしているのか。

体には傷ひとつないが、心は刀槍で何度も刺し貫かれたように、息も絶え絶えだ。

共に折立へ戻ってきた称名寺門徒たちも、同じだろう。戦死者こそ一人も出さなかったが、ただ一片の高揚もなく、皆、無言でそれぞれの帰路についた。

又五郎は称名寺の山門へ向かう前に、足羽川の辺で心身を清めようと考えた。同じ思いなのか、馴染みの門徒たちが川辺にいたが、声を掛け合うには心が荒み、疲れ過ぎていた。

（まさしく、この世の地獄だった……）

あの屍だらけの光景が瞼の裏に蘇るたび、又五郎は嘔吐してしまう。

結局、四万もの門徒たちの首が刎ねられた。殺されなかった門徒たちも、奴婢として連れ去られた。数え切れぬほどだ。

「おかえりなさい、又五郎さん」

振り返ると、愛しい娘が目を潤ませながら、又五郎を見ていた。

飛び込んできた柔らかな体を抱き締める。涙が込み上げてきた。

そうだ。又五郎には、お澄を守る責めがある。ただひとつ、その責めだけを背負い、果たしたい。それが、偉大な父とは違う、又五郎の生き方だ。

腕の中の柔らかな温もりに、限りない幸せを感じた。お澄が又五郎を見上げる。

「旅塵を落としたら、恵慶さまが阿弥陀堂にすぐ来て欲しいって」

お澄は想い人のただならぬ様子を察したらしく、支えるように又五郎に寄り添って歩いてくれた。

宿坊に着いて汚れた衣服を取り替えたが、それで壊れかけの心が治るわけもない。

魂が抜けたように頼りない足取りで、阿弥陀堂へ向かう。

すっかり色づいた秋の境内にそよぐ風が、又五郎の心の傷口にそっと手を当てるように、優しく慰めてくれる気がした。

阿弥陀堂へ入って如来像を見上げた。すべてを赦すような柔和な顔立ちに、大野で門徒たちと本願清水を作っていた時の玄任を思い出した。

「よう戻った、又五郎殿。ご苦労であった」

短く帰参の挨拶をしただけで恵慶は察したらしく、又五郎の肩に手を置いて労った。

「地獄を見て、すっかり大人になったようじゃな。人間は学ぶほど、より多くのものを赦せるようになる」

あの、禍々しいまでに醜怪で凶悪な人間の姿を見れば、大抵のことが些細に思えた。

「汝とお澄は、ひとまず高田派の門徒として届け出てある」

加賀の南二郡も瞬く間に制圧されて、織田領となった。これから加賀一向一揆は滅びへの道を歩むと、世人は見ている。越前で生きるためには、神仏を信じるにも方便が要った。

「ご厚情、痛み入りまする。末世では贅沢な願いなれど、お澄とふたり、静かに暮らせるなら、これに勝る幸せはございませぬ」

両手を突く又五郎に、恵慶が珍しく声を弾ませた。

「早速だが、汝に会わせたい御仁がいる」

お澄が手を貸しながら阿弥陀堂へ連れてきたのは、右腕を吊り、左に杖を突いて歩く巨漢だった。右目を眼帯で覆い、僧服に隠れてはいても、全身に戦傷を負っている様子が知れた。

しばし呆気に取られていたが、心中に大きな歓喜を感じながら、慌てて両手を突き直した。

「父上……何とぞお赦しくださりませ」

又五郎は父を見捨てた。裏切った。傍観し、冷笑するだけで、何もしなかった。

「民の国を生きる者は、己が信ずる道を歩めばよい」

負傷で剃髪を諦め、黒々とした髪も髭も、伸ばすがままに任せてある。加賀を出てから初めて、又五郎は孝行をしたいと強烈に思った。

「父上が命を懸けて作り、守ろうとなさったものが何なのか、それが失われてから、初めて分かった気がいたしまする」

「さようか。幸いこの世には、民の国がまだ残っている」

玄任の残された片目には生気があり、満身創痍の全身にも覇気が漲っていた。

又五郎はゴクリと生唾を飲んだ。

まさか、まだ戦うのか――。

「加賀一向一揆はすっかり腐敗し、堕落しておるではありませぬか。ゆえに越前に援軍も出しませんでした。さような国を守ると？」

「それでも加賀は、民の国だ。誰かに支配され、民が奴婢のごとく生きる国より、はるかによい」

「織田に勝てるはずがありませぬ」

「道はある。仮に敗れ、無惨に滅びようとも、民の国は真理だ。世は移ろい、いつの日か、誰かが再び民の国を作るであろう。だが、民の国は弱く、脆く、儚い。それでも民の国を守ろうとする後世の人々にとって、わが生涯の戦いは希望の灯となりうる」

そうだとしても、なぜそれを、玄任がせねばならぬのだ。

「仏敵に敗れ去った者たちの悲惨な末路を、それがしはこの目で何万人も見ました。父上、どうかおやめくだされ」

「私は阿弥陀の膝の上で生まれた。戦場にあっても、如来は私と共にあり、見守って下さる。ゆえに、敵の銃弾がわが身を貫こうとも、こうして私は生きている」

父の口元には、あの薄日の差す優しい曇り空のような微笑が浮かんでいた。

そうだ。玄任自らも民の国を生き、己が信ずる道を歩んできた。この世から民の国が滅び去るなら、殉ずるつもりなのだ。何人も止められはしない。

だが、杖を突き満足に歩けぬ体では、当分ここを動けまい。まだ、時はある。

穏やかな沈黙が佇む中、恵慶が口を挟んできた。

「待ち人も戻った。失われし民の国を偲びながら、今宵は豊原酒を酌み交わすとしようぞ。もちろん又五郎殿もな」

又五郎は、父と酒を飲んだことがない。

「湯浴みの後、院主さまの宿坊へお越しくださいませ。落ち鮎が獲れたと、何尾か寺へお届けがございました。夕餉の支度を整えておきます」

お澄の言葉に、玄任は嬉しそうな顔を見せた。

「昨日馳走になった平茸は、まだ残っておるか？」

「いいえ。でも、仁王さまがきっとそう仰ると思って、昼下がりに採って参りました」

ずっとお澄が玄任の世話をしてくれていたらしい。

「ありがたい。岩風呂で一緒に汗を流さぬか、又五郎」

子供のころ以来だろうか。どこか面映ゆく思いながら、又五郎は「はっ」と畏まった。

「親子水入らずの風呂の前に済まぬが、又五郎殿。ちと綱所へ来てくれんか」

恵慶はすでに立ち上がり、廊下へ向かっていた。

四

紅葉を奏でる折立の森は優しく静かに、傷付いた僧将を受け入れてくれた。湯に落ちて溺れそうな蟻を見つけると、玄任は片手で掬い、出で湯の外へそっと出してやった。

体は百孔千瘡だが、丁寧に手当てしてくれたお澄は、薬屋の娘だ。おかげで少しずつ傷は癒え、杖を突けば動けるようになった。左足はもう使い物にならぬらしいが、両手さえ満足に動かせるようになれば、まだ戦える。

樹間から空を見上げると、透明な青が梢のはるか向こうにあった。

岩風呂から立ち上る湯煙は人生のように儚く消えて、天までは辿り着けない。それでも現れては消えてゆく白い煙は、まるで戦場に散る一向宗門徒たちのようだ。

玄任は戦が嫌いだった。だが、若き日の初陣で惨憺たる敗北を喫し、大切な者を失った時、骨身に沁みて思い知らされた。

乱世で僧侶は強くあらねば、人も国も、信仰も守れぬのだ、と。

ゆえに玄任は、仏敵よりも強くあらんとし、やがて本願寺を守る盾に任ぜられ、その務めを果たしてきた。玄任にとって本願寺とは親鸞であり、蓮如だった。玄任は教行信証や御文を通じ、直接その教えを学んできた。

末法の世を生きる玄任が、ふたりの聖僧から与えられた使命はただ一つ、

――民の国を守ること――

だった。民の国を守るのに、理由は要らぬ。絶対の真理だからだ。

だがそのために、非力な玄任は敵味方の人間をどれだけ死なせてきたろうか。

仁王隊は鉢伏城で全滅した。若き真之助は最後に玄任の盾となり、銃弾の雨を浴びて散った。篤蔵も露と消えた尻垂坂で、あるいは各地の戦場で往生した門徒たちは数知れぬ。師の下間頼照もついに隠居しそびれたまま、玄任の企てに身を委ね、命を落とした。

――夥しき死は、何のためか。

歴史から受け継いだ民の国を、次の世へ引き継ぐためだ。

動く左手を頭の上にやった。生え揃ってきた髪は、変装にちょうどよい。

黄金色に染まった枯れ葉が一枚、秋の風に乗って岩湯へ舞い降りてきた。

これからする加賀での最後の戦もまた、苦難の道だ。一つでも過てば、ひと足先に往生した門徒たちのもとへ、玄任も旅立つことになるだろう。

人生の最後にわが子と再会できたのは、人間として、父として望外の幸せだ。

人間は煩悩を持つ身ではなく、煩悩で作られている身だ。人間は、私(わたくし)に囚われるから苦悩し、救いを得られぬ。ゆえに玄任は私を捨て去った。私を離れ、私を手放して生きようと努め、私を滅却すべく、常に私事を後回しにしてきた。

人質となった又五郎と文を交わすだけで、会わなかったのも、私事だからだ。ゆえに

所用で一乗谷に出入りする時、目と鼻の先の阿波賀に必ず視線を送って見守りはしても、又五郎を訪ねはしなかった。朝倉が織田に滅ぼされた時も、越前にいるわが子の無事を祈るだけだった。

それでも又五郎から届く文は、何度も読み返した。文面から窺い知れるわが子の成長ぶりは、苦難続きの人生を生きる玄任にとって、救いでもあった。たまに仕事で会う木兵衛が、問わずとも語ってくれる又五郎の話が楽しみでならなかった。

越前の新しき民の国づくりでは又五郎の理解を得られなかったが、鏑木が勧めていたように、いつの日かゆっくりと親子で湯に浸かり、酒でも酌み交わせればと夢見ていた。

玄任は両親をついに知らぬ。墓参も私事であり、後回しにしてきた。両親と出生の秘密も、私事ゆえ二の次だった。縁があれば知りうるだろうと考えてはいたが、幼時に頼照から聞かされた両親の話が偽りだと宇津呂に聞かされた時、珍しく心が乱れたのは、玄任がまだ私を脱し切れていなかったせいだろう。

だが、両親が誰であろうと、私事に過ぎまい。本願とは関わりのない話だ。

恵慶の捨て身の厚意のおかげで今日、思いもかけず願いが叶うらしい。

今日という日が与えられたそれだけで、玄任は至福を得た。思い残すことはない。

五

「父上、失礼致しまする」

岩風呂に浸かる巨漢の背に向かって又五郎が声を掛けると、玄任は嬉しそうな笑みを浮かべて振り返った。

初めて見る、いや、幼い頃に見た覚えのある懐かしい笑みだった。

「おう、来たか。この場所が心地よいぞ」

湯の中で動こうとした玄任が、鈍い呻き声と共に水しぶきを上げて倒れ込んだ。

慌てて岩風呂へ飛び込む。助け起こしながら、父の裸身を見て、息を吞んだ。

仁王の屈強な肉体には、いたるところに、まだ癒えぬ生々しい戦傷が十幾つもあった。生きていることが不思議なくらいだった。

「大丈夫でございますか？」

「済まぬ。左足がうまくないのを忘れていた。まだ慣れておらぬでな」

苦笑いする玄任と並んで、岩に背をもたせかける。

又五郎が恵慶に同行した綱所には、一向宗門徒の山狩りに精を出す織田家の将が待ち構えていた。父玄任の行方を知らぬか、心当たりはないかと、又五郎は厳しい詮議を受けた。「すでに本願寺の仁王は、信長公により首を検められたはず」と、恵慶は平然と応対していたが、相手は信じていない様子で、玄任を見つけ出して大手柄を立てようと躍起になっていた。

玄任は太い首筋と顔だけを湯から出し、頭を岩に持たせかけて夕暮れ色の秋空を見上げている。

「ありがたい。この世の極楽だな」

「いずれは、その極楽を出て行くおつもりでござるか」

玄任は幸せそうな顔のまま、無言で小さく頷いた。

「そのお体ではもう、これまでのようには戦えますまい」

玄任は湯の中から左の拳（こぶし）を出し、ゆっくりと閉じたり開いたりしている。左の前腕にも、治りかけの銃創があった。

「こたび上杉は動きませんでした。仏敵が一向宗に与するとは思えませぬ」

「味方はしなかったが、加賀を攻めもしなかった。謙信公に直接お会いし、腹を割ってお話ししてみたい。尻垂坂では惨敗したが、朝日山城ではお引き取り頂いた間柄だ。戦場では幾度か相見えている。私に会ってくださるはずだ」

又五郎は気付いた。加賀はまだ滅びはすまい。杉浦玄任が諦めるまでは。

「こうして父上と湯に浸かるのは、初めてでございますな」

「いや、お前が生まれた頃は、何度も一緒に入ったものだ」

玄任は懐かしむように、再び樹間の青空を見上げた。

「お前は早産で生まれたせいか、赤子のころは体が弱かった。薬師からは三つまで生きられまいと言われたが、私と真純は諦めなかった。ちょうど寺の近くにあった湯治場へ通ったのだ」

初めて聞く話だった。

「難産のために、真純はもう子を産めない体になった。私たちにとっては、お前が最初で最後の大切なわが子だった。ゆえに長島では、孤児たちを集めて育てることにした。お前に兄弟を作ってやりたかったからだ」

そうだったのか。だが、真之助を始め兄弟同然に育った孤児たちも、仁王隊に属して死に、あるいは長島で根切りにされた。玄任は子らに先立たれたわけか。

「夫婦になる時、真純は私に言ってくれた。世の中をお任せいたしますから、家の中はすべてお任せくださいと。再び本願寺の坊官となってからは、その言葉にずっと甘えていた」

玄任は湯の中で居住まいを正すと、又五郎に向かって頭を下げた。

「お前には、苦労を掛けた。済まなんだ」

黒々とした父の総髪に、白髪が数本交じっていた。

「おやめ下さりませ。父上を恨んだ時もございますが、今はただ、誇りに思うておりまする。それがしは父上のように強くは生きられませぬが、人から命ぜられるのでなく、己が意思で、進むべき道を選んで参りまする」

豊原寺や府中、北ノ庄で、越前の各所で、織田将兵たちは信長の命令に唯々諾々と従い、目を背けたくなる地獄絵図を作っていた。自ら望んでではない、命令だから殺めたのだと、自分の良心に言い訳をし、内心で信長を恨みながら、蛮行に手を染めているように、又五郎には見えた。

誰かに命ぜられ、強いられたなら、たとえ過ちでも、失敗しても、心の中で命じた者にその責任をなすりつけ、せめて自分に言い訳できる。対して、自らの意思で選択したなら、失敗はすべて自分の責任だ。辛すぎる乱世を生きてゆくには、支配されるほうがまだしも心が楽なのかも知れない。だが、他人の命令で失敗した自分の人生に、納得できるのか。

玄任は微笑みながら頷いた。如来の笑みだと、又五郎は思った。

今になって、父の心をすっかり分かった気がした。

玄任は本願を決して諦めぬ代わりに、わが子の将来や家族の幸せを手放した。玄任は私事を捨て去ったが、民の国を守ることで妻子を守ろうとした。それは、玄任以外の誰にもできなかったからだ。玄任は熟睡する又五郎の頭をいつも撫でていると、母は言っていた。それが家族にできる精一杯だったろう。

人が人として生き、真に幸せになるためには、自ら考え、選び取らねばならぬ。

ならば又五郎は諦めず、父を引き止めて、隠居させる道を選ぼう。今こそ、親孝行をしたい。織田兵の追及は心配だが、この深傷では当分、称名寺にとどまるしかない。まだ時はある。

　こうして毎日、湯に浸かりながら腹を割って話せば、説得できまいか。

「一乗谷にて、酔象様と木兵衛殿から酒の飲み方を教わりましたが、父上と飲むのは初めてで、何やら緊張いたしまする」

「実は、私もだ」

　玄任が応じ、二人は顔を見合わせて笑った。


　翌朝、呼び掛けるような鶫の鳴き声で、又五郎は目を覚ました。

　このひと月余り、毎晩必ず悪夢を見ていたのに、昨夜は見なかった。何と清々しい朝だろう。

　昨日は生き地獄から称名寺へ戻り、死んだはずの玄任と再会し、岩風呂に浸かりながら心行くまで語り合った。夜は恵慶とお澄も交えて豊原酒を痛飲し、たったひと晩でこれまでの幸せを全部取り戻したようなひとときを楽しんだ。

　心地よく酩酊しながら歓談するうち、玄任の子として生まれたことを改めて誇りに思い、大きな幸せを感じた。夜が深まると、溜まっていた疲れがどっと出て、強い眠気に襲われた。玄任と褥を並べて横になるや寝入って、泥のように眠ったらしい。

　隣に玄任の姿はなく、掻巻が丁寧に部屋の隅に畳んで置いてあった。

　まさかあの体で槍稽古もできまいが、体が鈍らぬよう動かしているのか。他の門徒たちの目が案じられた。

喉の渇きを覚えて宿坊を出、井戸端へ向かった。

ずいぶん眠ったらしく、太陽はすでに高く上がっている。

お澄の後ろ姿を見つけた。手洗いした僧衣や切袴（きりばかま）を竿（さお）に干していた。

「すっかり寝過ごしてしもうた。父上は？」

玄任は昨夜、又五郎とお澄が吉日を選んで祝言を挙げると聞き、相好を崩していた。どこにでもいる普通の父親のようだった。恵慶が「仁王殿も、孫を抱いてやらねばの」と口を挟み、若い二人は赤面したものだ。

「仁王さまが、起こしてはいけないって……」

振り返ったお澄の泣き出しそうな顔を見て、すぐに察した。

「もう、出立されたのだな？」

力なく頷くお澄を見て、又五郎の全身を悪寒が襲った。

信長は帰国したが、過酷な門徒狩りはまだ続いていた。越前は今、一向宗門徒、ましてやその将たる本願寺の坊官にとって、見渡すばかり敵だらけの地獄だ。海路も完全に封じられている。

「あのお体ではとても無理だ。追わねば」

慌てて宿坊へ戻り草鞋（わらじ）の紐（ひも）を結んで飛び出すと、山門の前で恵慶が足羽川の流れを見ていた。

「やめておけ、又五郎殿」

「父がみすみす命を落とすのを、黙って見ておれと？」

「今朝がたも、別の織田兵が一向宗門徒を匿っておらぬか検めに参った。ここも、もう危うい」

又五郎は唇を噛んだ。

玄任はこれ以上、称名寺に迷惑を掛けられぬと考えたのだ。

「時こそ足りなんだが、越前にあった一年余りで、仁王殿はまるであの蓮如のごとく他宗門徒たちの心を摑み始めておった。存外、無事に金沢まで辿り着けるやも知れぬぞ」

それでも無言で山門を出ようとする又五郎の肩に、恵慶が手を掛けた。

「汝に連れ戻せるのか？　あの比類なき聖僧は、本願寺の法主でも止められまい」

今度こそ孝行すると誓ったのだ。あの逞しい腕に孫を抱いて欲しいと思った。なのに、もう二度と会えぬというのか。

奥歯を強く嚙み締める。

「子として、親を止めねばなりませぬ」

「杉浦玄任は昨日、この世におけるすべての私事を終えた。親として、子に最後の別れを告げたのじゃ。仁王の本願の前では、親子の間柄も、劣後する私事に過ぎぬ」

玄任にとって、昨夜のひと時は、遺してゆくわが子に掛ける最後の思いやりだったわけか。

「ご免」それでも山門をくぐる又五郎の背に、落ち着いた声が投げられた。

「両親を知らぬ孤児にとって、血を分けた人間は子しかない。わが子ほど、愛おしいものはなかろう。拙僧も同じ身の上ゆえ、よう分かる」

にもかかわらず、玄任はわが子を手放したのか。何と苛烈な決断なのだ。

「汝は昨日、実によき孝行をした。息子が立派に育ち、よき伴侶を得て、自らの道を歩み出そうとしておるのだ。玄任殿はその姿を見て、大いなる喜びを感じたであろう。今日、寸分の未練もなく、最後の戦いへと赴いたはずじゃ。汝に、子としてできることはもう、何もない」

又五郎はその場にへたり込んだ。

ひと月ばかり生き地獄に暮らし、心身共に疲れ果てていた。生きているのが精一杯で、玄任と共に新たな戦場へ出向く力などなかった。又五郎はごく普通の人間だ。

背に温かい温もりを感じた。愛しい許嫁が労わるように、後ろから抱き締めてくれた。

「せめて、祈りましょう。又五郎さん」

そうだ。又五郎は乱世でお澄を守り抜く。それこそが自らの意思で選んだ道だ。

第十願　入　滅

——天正四年（一五七六年）二月、加賀国・金沢御堂

一

北陸加賀の金沢に、春はまだ当分お預けのようだった。厚く垂れ込めた曇天に太陽の姿はなく、足袋の下の敷板が凍るように冷たい。

阿弥陀堂へ向かう回廊を、七里頼周は思案しながらゆっくりと進んだ。

（本願寺の仁王が、生きておった）

加賀は生還した杉浦玄任の話題で持ちきりだった。

玄任は南越前の鉢伏城で全身に十数発の弾丸を浴びながら、戦場から落ち延びていた。越前一向一揆が滅亡した後、半年もの間、越前山中に潜伏して生き延びたという。織田軍の主力が別の戦地へ赴き北陸を引き払うと南加賀へ入り、警戒の緩んだ安宅の関で漁師の舟に乗せてもらい、昨夕、金沢大野湊へ戻ってきた。帰還の挨拶に玄任がまっすぐ御堂へやってくると、侍僧から報せを受けた七里は、すぐに会った。

玄任には「まずは体を癒し、ゆったり休めよ」と労い、侍僧に命じて七里の宿坊へ案

内させた。戦傷のために杖を突く後ろ姿を見送りながら、七里は強い焦燥を覚えた。

越前一向一揆の壊滅、下間頼照と杉浦玄任の戦死、さらには加賀南半国の失陥を受け、顕如は敗戦から二ヶ月後、信長との屈辱的な和睦に踏み切った。信長は完勝に満足し、一旦兵を休めるために引き上げただけで、織田軍による金沢御堂への侵攻、さらには総本山の陥落も、時間の問題だった。実際、信長が荒木村重と細川藤孝に大坂攻めの支度を命じたと伝わっている。

（大坂本願寺も、いつまでもつか……）

大坂には良い思い出がなかった。妻子を奪われたのも、足の自由を失ったのも、あの街だ。

七里は一向宗の信仰など持ち合わせていない。信長と事を構えた時から、鞍替えは考慮の内だった。かくも織田が強大となった以上、本願寺に拘る理由もなかった。やり方次第では、顕如とも肩を並べられよう。

数年前から七里は織田方の調略を受け、玉虫色の返事をしてきたが、越前の府中にあった際に内通の密約をした。その約に従い、抵抗もせず加賀へ撤兵してみせ、加賀半国を信長に献上した体にしてある。加賀で七里に従わぬ者を始末したうえで、最後は加賀一向一揆を織田に降伏させる。加賀を最もよく知り、治めうるのは七里であり、越前の二の舞を避ける意味でも、信長は重宝するはずだった。そのために七里は、加州を支配する大将であり続けねばならぬ。

これまで七里は、越前での惨敗の責めを死者に負わせて、批判を免れてきた。越前の失政は下間頼照の、敗戦は杉浦玄任の失態であり、七里は加賀からの援軍として二人を支援したに過ぎない。それでも加賀半国を失った責めを負い、筆頭坊官の座をあえて自ら辞した。

（仁王は、何をどこまで知っておるか……）

死人に口なしで万事収めたはずが、越前における邀撃（ようげき）作戦を立てた玄任は、七里の当時の動きを語りうる。逃亡中は他宗門徒たちに匿われていたらしいが、名を明かさぬのは、玄任が七里を信じておらず、協力した者たちに累が及ばぬようにするためだ。越前の事情に詳しい玄任なら、七里の内通に気付いてもおかしくはない。つまり玄任の生還は、七里にとって身の破滅に繋がる。もともと、玄任ほど七里の意に沿わぬ人間もいなかった。

（まさしく今が正念場じゃな、薊）

七里はふと立ち止まって、懐から袱紗を取り出した。開くと、紫檀の双輪念珠が現れた。濃い紫の縞（しま）模様は、まだ昔の輝きを放っている。

亡き妻と揃いで求めた念珠は、親玉に虎眼石を用い、梵字（ぼんじ）の[梵字]が彫ってある。阿弥陀如来を意味する〈キリク〉という文字だ。

「もし、大将さま。仁王さまがお戻りになったと聞きましたが、まことですか？」

再び歩き出すと、身分も弁えず、馴れ馴れしく加賀の支配者に話し掛けてきた中年の女がいる。

女門徒の眉間には、小さいがよく目立つ黒子があった。最近の若い坊主は広すぎる金沢御堂の清掃を嫌がるため、七里が御堂衆に差配させ、寺内町に住まう門徒たちに日々の清掃奉仕をさせていた。この端女も、その一人らしい。

「ひどいお怪我をなさっていると耳にしましたが、よく効く傷薬をお渡ししたいのです」

仮にも玄任は大本願寺の坊官であり、七里と同位の法橋だ。本人は会うだろうが、本来、下々の門徒が気軽に面会できる筋合いではない。

苦労のせいか、顔には翳りが張り付いているのに、女の瞳は怪しく煌めいていた。

このような下種な門徒たちからも、杉浦玄任は慕われている。扱いを間違えれば、大きな火種となりかねぬ。

七里が足も止めず、曖昧な頷きだけを返して行き過ぎると、女が余計な言葉を背に投げてきた。

「これで、加賀は救われますね。仁王さまは、蓮如上人の生まれ変わりですもの」

この端女だけではない。加賀一向一揆の民は、死んだはずの杉浦玄任の復活を寿ぎ、新たな加州大将として祭り上げるであろう。

玄任は昨日、加賀を守る方策として、かねての持論である上杉との同盟の完遂、松任城のさらなる強化、全滅した仁王隊の再結成を提案してきた。今の玄任なら旗本衆の心を摑み、本人にその意がなくとも、七里の座を奪いかねぬ。加賀を失えば、信長への手土産がなくなる。

七里は最初から杉浦玄任が気に食わなかった。

共に素性も知れぬ捨て子から青侍となって立身した男で、同じ匂いがするのに、全く違う生き方をしているからだ。玄任の無私な姿を見ていると、自分の生き方を真っ向から否定される気がした。そもそも七里は昔のある因縁から、「仁王」なるものが嫌いだった。言葉を聞くだけで虫酸が走る。

（いかにして、仁王の命を奪うか……）

七里はまず玄任の毒殺を考えた。だが意外にも、若い御堂衆の中に玄任に私淑する者が数人おり、指図もせぬのに名乗り出て、寝ずの番をしていた。生還してすぐの不審死は、七里の仕業と疑われかねぬ。

ひと晩まんじりともせず、七里は打つべき策を思案し、決めた。

むしろ玄任の生存をうまく活かして、正面から敗戦の責めを問う。

玄任は、頼照と共に大いなる企てに挑み、破れた。七里と加賀一向一揆は力を貸しただけだ。あの男は敗北につき一切の申し開きをすまい。すべてを己が責めとして受け入れる。杉浦玄任とはそういう男だ。七里には非がないことを、加賀にも、本願寺にも堂々と示すのだ。うまくやれば、信長への忠義の証も用意できよう。

本堂の奥書院へ入ると、下間頼純が待っていた。

新たに大坂から派遣されてきた若い僧侶で、七里に代わって筆頭坊官となった。まるで子供のように体の華奢（きゃしゃ）な若者で、いかにも線が細く、衆議の最中にも気に病みすぎて胃が痛むのか、よく腹痛（はらいた）を起こした。誰が付けたか「石地蔵」の渾名は言い得て妙だ。

「大将、杉浦殿が生きておったとか。加賀の未来にも、光が差して参りましたぞ。金沢御堂建立三十年の祝いと共に、生還を寿ぎますかな」

満面の笑みの若造を翻意させる手立ては、すでに思案済みだ。

七里は着座すると、節くれだった樫の杖をすぐ脇へ置いた。

世間知らずの頼純が初めて金沢へやってきた時、七里は開口一番、「気の毒に、御坊は貧乏くじを引かされたの」と同情してみせた。もはや加賀を守ることなぞ、誰にもできぬ。これから頼純がなすべきは、いかに無事に大坂へ戻るかだと諭した。加賀一向一揆の旗本それぞれの癖、しがらみに利害、こだわりから、境内の法塔の修復すべき箇所、甍の数、必要な金策の仕方まで、七里は事細かに諳（そら）んじて語り聞かせ、金沢御堂には解決不能な難題ばかりが、大伽藍の反り屋根よりもうずたかく積み上がっていると嘆いてみせた。

頭の回転は悪くない石地蔵は、すぐに事情を解し、最初から徹底して保身に入った。家柄だけで出世してきた頼純は苦労を知らず、楽な道ばかり歩いてきたらしい。織田に奪われた南二郡の旗本と門徒たちが逃げてくると、七里はいったん仮病を使い、従前の経緯を何も知らぬ頼純に任せきって、お手上げになるまで追い込んだ。半ば滅びかけた国で、二十歳過ぎの若い僧侶が、激しく利害のぶつかり合う金沢御堂を話し合いでまとめられるはずもない。頼純に泣き付かれると、七里はもったいぶった末に姿を現し、快刀乱麻、皆の落ち着きどころを整理して見せた。むろん所領を失った南二郡の宇津呂ら口喧しい連中に、根回しをした上で、だ。

頼純は以来、すっかり七里を頼るようになった。

七里の進言に従えば、物事は実際うまく運ぶ。頼純は何事も七里の意見を聞いて進めるから、皆、頼純ではなく、まず七里に伺いを立て、とりなしを頼むようになった。ゆえに七里は、筆頭坊官を退いた今もなお、衆議では後列に座しながら、あたかも後見役のように振る舞い、頼純もまた「大将」と呼んで七里を立てた。置き物のように座っている頼純を「石地蔵」と揶揄する口の悪い連中が出るわけだ。

「何とも気の毒に、御坊はまたもや貧乏くじを引かされたな。このままでは、杉浦玄任の引き立て役で終わるぞ」

七里がかぶりを振りながら同情するようにしんみり応じると、たちまち頼純の表情が曇り、白い顔に焦りの色が浮かんできた。

「何ゆえにござる？　杉浦殿に一向一揆軍を任せれば、加賀を守ってくれましょうに」

頼純は能吏であっても、滅びかけた国を立て直す力量もなければ、左様な難事に挑戦する気概もなかった。頼純の本願は「無事に大坂へ戻る」という一点に尽きていた。そもそも坊主どもが抱く本願なぞ、一から十まですべて欺瞞だが。

「御坊は戦が好きかな？」

若い頼純は大坂で多少戦を経験したようだが、見るべき手柄を立てたとは聞かない。

「滅相もござらん。拙僧は坊主なれば、戦など嫌いでござる」

「いや、戦好きで、人殺しの得意な坊主もおるぞ。それが、杉浦玄任よ。かの者に一向一揆軍を任せれば、仏敵謙信とまで結び、民の国を守るなぞと宣うて、またぞろ戦をやり出す。たちまち、戦に次ぐ戦となろう」

七里はこれまで玄任がどれだけ戦をしてきたか、そのための旗本の説得、総本山との駆け引き、兵糧と武器弾薬を調達する苦労などを思い付くまま挙げてみせた。ほとんど玄任が一人でやったことだが、そこは伏せて、さらに誇張してある。

「散々苦労させられるのは御坊じゃが、加賀半国でいかに足掻こうと、最初から勝敗は見えておる。御坊も金沢御堂と運命を共にする仕儀となりかねん。玄任は御坊にとって、疫病神じゃな」

頼純は身を乗り出し、神妙な顔で聞き入っている。

「玄任は愚僧の言うこともまるで聞かぬ。己の考えと違えば、旗本はもちろん、講にまで出向いて説き伏せようとする。話せば分かる話でも、必ず戦にしおるぞ。もし玄任が再び加賀の坊官となるなら、愚僧はこの際、身を引かせてもらう。もう良い齢じゃからのう」

慌てた頼純は顔じゅうに汗を掻き、明らかに取り乱した様子で尋ねてきた。

「拙僧はどうすれば良いのでござろう……」

自分か玄任か、いずれかを選べと迫れば、今の頼純は必ず七里を選ぶ。

七里は樫の杖に手を伸ばしながら、おもむろに応じた。

「縁もゆかりもなき加賀一向一揆と滅びるも、また一興じゃろて」

「ご無体な。ご免被り申す」

「誰がどんな政をやっても、もはやこの国の滅亡は避けられぬ。それは、加賀一向一揆が越前で無茶な戦を引き起こして敗れ、加賀半国を失ったためよ。御坊が本願寺で生き延びるには、他の誰かのせいで滅びを免れえぬのだと、総本山に向けてはっきりと示しておく以外にない。後のために今、布石を打っておかねば、御坊がすべてを背負って生害せねばならんぞ」

「さればすべて、杉浦玄任の責めじゃ、と……？」

石地蔵は真っ青になり、声を震わせた。

「然り。それを最も分かりやすく、世に遍く知らしめる妙手がある。御坊が望むなら、愚僧が手伝うてもよい」

頼純がゴクリと喉を鳴らして、すがるように七里を見た。

鏑木は必ず反対しようが、罠に嵌める。もしも洲崎や宇津呂が七里に従わぬなら、同様だ。

どこにも抜かりはない。

二

ここ数日、宇津呂慶西は日の光を見ていなかった。今日もずっと曇り空のまま、寺内町に晩冬の日が暮れてゆく。

本堂の奥書院で、宇津呂は七里に待ちぼうけを食わされていた。

さして腹が立たぬのは、珍しい朗報にほっとしているせいか。

杉浦玄任が瀕死の深傷を負いながらも生き延びて、加賀を守るために戻ってきたとの報せに、宇津呂も感銘を受けた。奇跡の生還は阿弥陀の加護に違いなかろう。

加賀は能美郡まで信長に奪われ、波佐谷城も落とされた。宇津呂は敗北を見据えて、予め金目の物を金沢の屋敷へ粗方移しておいたが、故郷を奪われるのは不快だった。一向一揆を食い物にしながら長年かけて溜め込んだ俗世の八不浄物（はちふじょうもつ）は、残りの人生で使い切れぬほどあるが。

ようやく廊下に杖の音が聞こえ、侍僧により襖（ふすま）が開かれると、ふてぶてしい獅子頭の悪僧がどっかりと座った。

「呼び立てて済まぬ。あの男の件で、汝と話があってな」

「仁王が生きておったとは驚きじゃ。今いずこにおる？」

「ひどく衰弱しておるでな。愚僧の宿坊で静養させてある」

「加賀も追い詰められたが、仁王に守りを任せれば、何とかしてくれそうじゃ」

利害を超えて歓迎し、今度こそ加賀一向一揆の命運を玄任に委ねるべきだ。

「そのことよ。越前、加賀における惨憺たる敗北の責めは、ひとえに無謀な戦を企てし杉浦玄任にある。石地蔵殿とも話したが、われらは厳しゅう臨まねばなるまい」

七里は一旦言葉を切ってから、あっさりと割れ声で続けた。

「明日、杉浦玄任に生害を申し付ける」

宇津呂は啞然として、大顎を突き出す七里を見た。

「な、何と！　待たれい。いくらなんでも、それは無体な話じゃ。玄任は加賀を守るために出陣したのではないか。総本山の命令もあった。金沢御堂も認めたんじゃぞ」

「ほう。汝はさように考えおるか」

七里のゆっくりとした問い返しに、宇津呂は強い恐れを感じた。

「わしだけではない。皆、反対するはずじゃ」

南二郡の旗本は門徒たちを連れて北へ逃れたが、いずれ失地を取り返すとの建前で、十六人の旗本衆の構成は変わっていない。とはいえ、土地を奪われた旗本の言に重きはなく、宇津呂も以前ほどの力を持っていなかった。

「心配無用じゃ。旗本たちのほとんどは明日、異議なしと口を揃える」

馬鹿な。玄任が加賀のために不惜身命（ふしゃくしんみょう）尽くしてきたことは、今や誰の目にも明らかではないか。

「これまでわしは、ずっと御坊と玄任の足を引っ張ってきた。じゃがこのままでは、国が滅ぶ。わしは加賀一向一揆を、本願寺の仁王に守ってもらいたいのじゃ」

宇津呂は亡国の瀬戸際でようやく悟った。

口先だけで国は守れぬ。汗を掻き、時には血も流さねば、守れはせぬのだ。今まで国が守られていたのは、玄任や仁王隊を始め、私を捨てて国を守り続けてきた門徒たちがいたからだ。

七里は獲物の雁でも見定めたような目で、宇津呂をギロリと見返してきた。

「南二郡を失いし今、かつての旗本たちに、加賀の政を担わせるのは誤りじゃと訴える声が絶えぬ。そろそろケリをつけるかの」

旗本から外すという露骨な脅しだ。……なるほど、腑に落ちた。

七里の越前撤兵には疑義があった。加賀の将が多数戦死して一向一揆軍は壊滅したのに、ひとり七里だけが戦に巻き込まれず、無傷で撤退に成功しえたのはなぜか。総本山から下問があれば、玄任は真実を語り、七里の身の破滅に繋がる。要するに、口封じだ。

しばし獅子頭と睨み合ってから、宇津呂は狐目の力をふっと抜いた。

「好きにするがよい。旗本の身分なぞ、今やあってなきに等しい」

宇津呂は加賀で甘い汁を吸ってきた。つまらぬ小悪党だったが、民の国に生まれ、育てられた。自分に国を守る力がないのなら、せめて力ある者を守り、支えるべきだ。妻子を全く顧みなかった亡父の真意が、今ごろになって分かった。大小一揆のあの時、加賀一向一揆は今と同じく滅びの危機にあった。宇津呂の父は妻子の生きる民の国を守り、残すために、私を捨ててひたすら奮闘していたのだ。

「どいつもこいつも、今さら加賀を憂うなぞと、にわかに宗旨替えしおって。さように殊勝な心がけの愚か者もおると見越して、いろいろ手は打ってある」

七里は小憎らしい片笑みを、大きな顔に浮かべた。

「清志郎なる間諜を捕らえた。これまで誰の指図で動いておったか、洗いざらい話しおってな。汝が加賀の政を酷く歪めておったと知れたぞ。例えば汝は昨年の戦でも、加賀からの援軍到着をあの手この手で遅らせたそうじゃな」

開いた口が塞がらなかった。あの時は、七里が清志郎に言伝てて、援軍を間に合わせぬよう指図してきたのだ。宇津呂は疑問に思ったが、玄任も作戦を変えて加賀の守りに専念すると聞き、言われた通り動いただけだった。

「他にも面白い昔話を聞いたぞ。例えば九年前、加越和与を妨げるべく、清志郎は汝の指図でならず者を金で雇い、杉浦玄任の妻を毒殺した」

宇津呂は全身で汗を掻いた。

「そ、それは違う。わしは人を殺してなぞおらん」

あの時は死んだと知った清志郎も慌てていた。

「下間頼純はその名の通り、純な坊主じゃ。愚僧でも石地蔵は止められん」

「……わしを、破滅させるつもりか」

「汝の返答次第じゃな」

余裕綽々で見返す七里に、宇津呂は唇を嚙んだ。

まさか清志郎が裏切るはずもあるまいが……。

「清志郎とは長い腐れ縁でな。もともと愚僧の指図で汝に近づいたのじゃ」

宇津呂はあっと声を上げて仰け反った。

清志郎は宇津呂の裏の事情をすべて知っている。七里と張り合っていたつもりが、その掌上で踊っていただけか。役者が違いすぎた。

話は終わったとでも言うように、七里は節くれだった樫の杖に手を伸ばした。

「清志郎も死罪とする。知り過ぎておるゆえな」

何と残忍な男か。玄任のごとき重職であれば衆議を通す必要があるが、御堂衆を支配する七里なら、敵との内通でもでっち上げて詮議すれば、死罪に持ち込めよう。裏切られていたと知っても、清志郎を哀れに思った。

「大将、加賀の政は、すべて御坊の望む通りになるじゃろう。されど本願寺は、自ら守り神を処断した後、どうやって加賀を守るのじゃ？」

七里は杖を手に立ち上がると、尊大に吐き捨てた。

「かくも腐敗、堕落した国と民に、守られる値打ちでもあるのか」

宇津呂は啞然として、獅子頭を見上げた。そうか。加賀一向一揆は七里にとって、異郷に過ぎぬ。守る気など、最初からなかったのだ。

「わしも役立たずの旗本じゃったが、御坊は腐り果てた坊官じゃ」

せめて面と向かって悪口を言うくらいが、宇津呂にできるせいぜいか。

（いや、まだ少しくらい、加賀のために手を打てるはずじゃ……）

石地蔵の頼純は七里の言いなりだが、まだ加賀にも腐っていない男がいる。鏑木頼信だ。洲崎景勝も頼りないが、北の筆頭旗本として多少の力はある。三人で力を合わせれば、処刑だけは避けられぬか。宇津呂とて、腐り切ってはいない。


その夜、宇津呂は自ら足を運び、寺内町の南にある鏑木の質素な屋敷を初めて訪ねた。額に黒子のある女に仏壇のある小部屋へ案内されると、鏑木が足音荒くやってきた。

話を聞くなり、鏑木は音を立てて歯軋りした。

「大顎の思うままになぞさせぬわ！　して仁王には、まだ会えんのか？」

鏑木は何度も会いに出向いたが、玄任の体調が優れぬと面会できなかったらしい。

「七里は誰にも会わせぬまま、明日、玄任の処断を決める腹じゃろう。情けない話じゃが、首根っこを摑まれておる旗本たちには、大顎に逆らう力がない」

今の加賀一向一揆に、人物は数えるほどしかいなかった。骨のある人間も昔はいたが、宇津呂が失脚させた。国が滅びるわけだ。

「されば、これより狸殿と談合し、河北郡の旗本たちにも、生害に反対させる。わしは、石川南二郡の旗本たちに説き、講の惣代にも御堂へ集まるよう声掛けをする。お主は、

「仁王を確実に救い、加賀一向一揆を守るには、腕ずくで奪い取るしかない。今宵にでも兵を集めねば、間に合わんぞ」

「他に何ができると申すのじゃ」

「性根の腐り果てた旗本たちを説くだけで、足るのか？」

郡の旗本と惣代に説くのじゃ」


宇津呂は息を呑んだ。挙兵か。そこまでは考えていなかった。洲崎も入れて何が最善の策か、図らねばなるまい。長い夜になりそうだった。

三

清志郎は捕縛されて、浅野川沿いの土牢にあった。重罪人が処刑を待つ牢だが、まさか自分がぶち込まれるとは思わなかった。

ごろりと寝転がって、低い天井を見上げる。

「南無阿弥陀仏」と、口に出して唱えてみた。

念仏さえ唱えれば、極楽往生できる。そんなうまい話があるものか。だが、もしも本当なら大損だから、唱えておいたまでだ。清志郎は昔から神仏を信じなかった。人生は諦めてしまえば、期待もしないぶん、それほど不幸せを感じないで生きていられる。

（今度こそ、年貢の納め時じゃろな……）

ろくでもない清志郎の人生は、近江の山賊〈仁王団〉で始まった。

山賊がどこぞの村から攫ってきた不器量な女が塒で産んだらしいが、父親が誰なのか、結局分からずじまいだった。物心付いた時には、母親はとっくに殺されていた。清志郎は体がひ弱だったために、裏方の雑用をよく言いつけられた。腕っ節も弱くて意気地なしだが、言い付けられると、たいていは如才なくこなすから、頭目から気に入られた。同じく幼少から仁王団にいた博兵衛、後の七里頼周は頼もしい兄貴分で、清志郎を実の弟のように可愛がってくれた。

博兵衛の裏切りで、仁王団が一網打尽にされて壊滅した時は、たまたま塒を出ていたおかげで難を免れた。実は清志郎が巻き添えを食わないように、博兵衛が外の用事を言い付けていたのだと、後で気付いた。

独り荒れ果てた京へ逃れた清志郎は、食うに困って人から物を盗んで生きた。カモにしたのは、本願寺の番衆たちだった。素朴な田舎の一向宗門徒たちは、なけなしの路銀を持って上番してくるが、少し優しくしてやると、信仰のせいか他人を信じやすく、隙だらけだった。酔い潰したり、喧嘩をさせている間に巾着袋を盗んだ後も、「可哀そうに」と金を貸したり親切にしてやるから、まさか清志郎の仕業とは思わず、なかなか足も付かなかった。

総本山の山科では良い仕事ができた。山科が焼き討ちされると、清志郎も大坂へ移った。寺内町で獲物を物色するうち、仁王団の頭目に再会した。驚いたことに悪運強く生き延び、本願寺の青侍として雇われたのだと話しながら、上等な一向酒を馳走してくれた。昔と変わらず羽振りが良いので訊ねてみると、からくりを明かしてくれた。

博兵衛が青侍として出世し、今では「七里頼周」と名乗り、下間家に重用されているという。

頭目は「昔の仲間が偉くなると、ありがたいのう」と愉快そうに笑っていた。

過去の悪行をたねに博兵衛をゆすっているらしい。

清志郎は七里とも再会したが、多忙らしく、ろくに話もできなかった。以来、清志郎は頭目と再び繋がりができ、小遣いをもらって、昔のように使い走りもするようになった。頭目は酒に悪酔いしながら、よく「博兵衛の奴め、やけに美人の女房を娶っておってな」と妬ましげに管を巻いていた。

七里が何やら密命を受けて大坂を長らく離れていた時、事件は起こった。

あの雪の夜、清志郎は頭目の言いつけで、本願寺南大門の近くに立ち、寒いなか見張りをしていた。阿弥陀堂のほうで誰かの悲鳴が聞こえた時は、背筋が寒くなった。

人殺しでもしたのかと、清志郎は怖くなって震えていたが、やがて渋い顔で境内から出てきた頭目と手下たちは「今夜のことは誰にも言うな」とだけ言い残し、そのまま大坂の町から姿を消した。翌日も清志郎は青くなっていたが、本願寺では昨夜何も起こらなかったかのように、朝の勤行が始まった。

半年ほど経ち、ついに盗みが分かって捕まっていたころ、仕事を終えて大坂へ戻ってきた七里が、半狂乱の体で清志郎の牢へ現れた。妻と赤子がいなくなったという。七里は頭目を疑っており、頭目が七里の妻に横恋慕していたと話すと、歯を折り砕かんばかりに憤激した。

半月ほどして、七里が杖を突きながら牢に再び現れた。妻子の命を奪った頭目たちを皆殺しにしたという。「加賀で一からやり直すが、手を貸すなら牢から出してやる」と誘われた。血の繋がりはないが、ただ一人の兄貴分だと信じて、清志郎は応じた。新天地の金沢では、七里に命ぜられるまま、宇津呂に近づいた。

やり手の旗本、宇津呂の腹心として動くふりをしながら、清志郎はすべて七里の指図に従ってきた。金沢の市で気が向いた時に、大坂で仕入れた念珠や香炉、白山の豊原酒やら、ちょっとした諸国の土産物を売りさばくと、意外に人気が出て客に喜ばれた。盗みや人を騙すより、商売のほうがずっと気持ちがいい。素性を隠すための隠れ蓑だが、もしも人生をやり直せるなら、土産物の行商をやりたいと清志郎は思っていた。

(だけど、もう用済みって、わけか……)

話が違うと喚いてみても、通じる相手ではない。七里はすっかり変わった。

「起きろ。お前と話をしたいと、旗本様が仰せだ」

身を起こすと、痩せぎすの狐目がきょろきょろ辺りを窺っていた。

「ご迷惑を掛けちまって、すいやせん、旦那」

清志郎がぺこりと頭を下げると、宇津呂が格子の向こうから囁いてきた。

「お前が処刑されると聞いてな。色々と世話になったゆえ、顔を見に来た」

宇津呂は小賢しい小心者だが、身内や家人には優しく、慕われていた。裏切り者でも、死ぬとなれば、長い付き合いで憎み切れぬらしい。済まないと思った。

「やっぱり殺されるんでしょうな。だけど、大将に命を助けてもらわなきゃ、ずっと昔に近江の山中で死んでやしたからね」

無理をして生き続けたいほど、素晴らしい世の中でもなかった。

「ひとつだけ確かめておきとうてな。わしは悪事をたくさん働いたが、人だけは殺しとらん。お前もそうじゃ。違うか？」

「その通り。あっしは人を騙すし、物も取るけど、人の命を盗んだことはねぇ」

清志郎は少しだけ胸を張った。末世には戦にかこつけた人殺しが、掃いて捨てるほどいるが、十悪の第一、殺生だけはしないと心に決めていた。

「玄任の妻が死んだのも、わしのせいではない。きちんと、大将には言うたのじゃな？」

「あれはたぶん、大将が殺させたんだ。だけど、あの玉にゃ、もう何を言っても通じません や。殺すつもりなら殺しまさ。これ以上逆らわなきゃ、旦那はまだ生きられるでしょうよ」

宇津呂はホッと胸を撫でおろす仕草を見せた。清志郎も同じだが、七里に反逆するほどの気概はなかろう。

「仁王の処刑を思いとどまらせたいのじゃ。あの恐ろしい男に、何ぞ弱みはないのか？」

声を潜める宇津呂に、清志郎は力なくかぶりを振った。

「大将にゃ勝てませんや。すっぱり諦めなせぇ。昔はああ見えて、優しい所もありやしたがね。ずいぶん変わったのは、妻子を殺されてからでさ。一度あっしに言ったことがありやすよ。阿弥陀さんの前で皆が平等なら、皆が自分のように不幸にならなきゃおかしいだろう、ってね」

妬み嫉みは、誰しもが抱く。

だが、そんな感情とは違う禍々しさが、今の七里には感じられた。

「奴が殺したがっておる玄任とは、正反対じゃな。わしは今になって、仁王が阿弥陀の申し子じゃと信じるようになった」

「へえ、どうしてですかい？」

「お前は明日死ぬ身ゆえ、秘密の話を聞かせてやろう。杉浦玄任は赤子の時、如来が本願寺に遣わされたのじゃ。あれは、雪の降る冷たい夜でな……」

四

金沢御堂の対面所には、宇津呂らも動員を掛けたらしく、近年で最も多くの者たちが集まっていた。さながら五百羅漢か。優に百名は超え、冬でも人いきれのせいで、火鉢も無用なほどだ。念のため、講の惣代まで手広く手配をしておいて正解だった。

七里頼周は筆頭坊官、下間頼純の斜め後方に坐して、目を光らせていた。詮議される杉浦玄任が、これから末座に引っ立てられてくる。旗本たちと無用の会話をさせぬ意味合いもあった。

南北の筆頭旗本の席には、宇津呂と洲崎が向かい合わせに座っていた。狐と狸がしきりに廊下を見やっているのは、一向に姿を見せぬ鏑木を不審に思っているからだろう。だが鏑木は、来ぬ。

頼純が座を見渡してから、重々しく告げた。

「お集まり下さった御同朋御同行（おんどうぼうおんどうぎょう）の衆に、まずもって申し上げる。鏑木頼信に逆意の仔細ありと認め、今朝がた山内組の鈴木出羽守義明殿に命じ、松任城へ追討の兵を差し向けた。非常の用なれば、方々に予めお諮りできず、申し訳ない」

不意打ちの宣告を受け、座には一斉にどよめきが起こった。

目で合図をし合う宇津呂と洲崎に焦りが見えた。内心は震え上がっていよう。鏑木の裏切りなどあり得ぬと皆が知っているからこそ、鮮烈な牽制となるのだ。七里の意向に逆らえば、次は自分の番だ。誰も、本日の処断には逆らえまい。

「かの者の申し開きを吟味し、方々にお諮りのうえ、処断を決する所存。万が一にも戦とならば、首尾については報せが入り次第、お伝えするであろう」

頼純は使える石地蔵だ。指図さえすれば、きちんと演じた。

「さて次は、杉浦玄任の処断である」

七里が侍僧に頷いて見せると、やがて一人の男が連れられてきた。

隻眼の巨人は左手で杖を突き、侍僧に支えられながら現れた。

座に、静かなさざめきが広がってゆく。

相次ぐ戦傷のため長らく剃髪できなかったせいで、肩まで伸びた剛い黒髪は縮れてうねっている。蓄えられた口と顎の髭には、白いものも交じっていた。

人の運命とは、奇怪なものだ。

七里さえいなければ、玄任は旗本たちに歓迎されたろう。奇跡の生還を寿がれ、宴の一つも開かれて、加賀の民に大歓声で迎えられたに違いなかった。

「さればこれより、先立っての越前一向一揆の敗北、並びに加賀南二郡失陥の次第につき、詮議を始める」

頼純が重々しい口調で口火を切り、御堂衆に「罪過」を読み上げさせてゆく。

「……天正二年二月十六日、杉浦壱岐法橋、金津総持寺に着陣し、一揆衆と溝江景逸（かげやす）父子の和睦を進め……」

御堂衆に手分けして徹夜で作らせた長文は、処断後に総本山にも提出する。そのため七里が周到に手を入れた。

表で起こった出来事だけを羅列してゆく。玄任こそが越前一向一揆の戦いを企て、敗れた張本人であり、そのために万を超える一向宗門徒が往生した事実を明らかにするわけだ。

「……かくて加賀は能美郡、江沼郡を失いたり。十月二十一日、本願寺、織田弾正忠（だんじょうのちゅう）と和す」

御堂衆が交代しながら読み終えると、頼純がはるか末座の玄任に向かい、声を投げた。

「以上につき、事実と異なる向きはあるか？」

「何も、ございませぬ」

玄任の静かでゆっくりとした低音は、高僧が読み上げる経のようにも聞こえた。

七里に都合の悪い事情も、裏の動きも一切触れていないが、記載はすべて事実であり、玄任には否認しようもなかったろう。

「こたびの処断につき、まずは御堂衆の見解を承りたし」

頼純は肩越しに左を振り返って、七里の意向を尋ねた。

「本願寺において最も軍事に秀でたる坊官は、杉浦玄任。こたびの雄渾（ゆうこん）なる企ては、まさしく仁王にあらずんば、企図しえぬ大業であった。加賀、越前、さらには北陸の一向宗門徒を救わんとの切なる本願は正しけれど、結果、四万を超ゆる門徒たちが無惨に首を刎ねられ、約百年続きし加賀一向一揆は、今や滅亡の瀬戸際にある。企ての一翼を担い、力及ばなんだ愚僧にも、むろん責めの一端はある。が、命の重さ、失われし国の平安に鑑（かんが）みれば、ひとり愚僧の降格のみで済む話ではなかろう」

七里は下座の玄任に向かって、下問した。

「越前一向一揆大敗の責めは、虐殺されし門徒たちにはあらず。まして、加賀一向一揆の援軍にもない。すべて、下間頼照と杉浦玄任の二人にある。違うか？」

「貴見の通り」

「すでに一人は敵により首を刎ねられ、責めを負うた。さればいま一人も、己が一命をもって贖うべし。これは本願寺御堂衆、全員一致の意見である」

なかなか頷かぬ者もいたが、本願寺で第三の力を持つ七里を敵に回せば、この先はない。御堂衆の若い僧侶たちも、最後には沈黙した。

頼純は大きく頷いた。今日の段取りは十分に念押ししてある。

「むろん拙僧も、本願寺の仁王と名を馳せし並ぶ者なき僧将に、加賀の守りを担うてもらいたいと思うた。が、事が事なれば、生害もやむなしと存ずる。これより、集われし旗本衆のご意見を承りたい。まずは慣例に従い、加賀のご意見番、宇津呂殿の存念を伺いたし」

宇津呂は渋い顔で狐目を伏せ、抗うように沈黙した。

改めて見ると、この金沢御堂の面々も少しく変わったものだ。昔のように、飴と鞭や駆け引きが通用しにくくなった。玄任が来てからか。

百ほど苦い沈黙が続いてから、頼純が切り出した。

「特にご意見なき場合、御堂衆の原案に対し、異議なしと扱う慣例にござる」

宇津呂は俯いたまま、誰にも視線を合わせず、消え入りそうな声で応じた。

「……加賀の旗本として断腸の思いなれど、総本山より派遣されし本願寺坊官の処断なれば、あえて異存は申すまい」

処断の責めを本願寺側に負わせてきたわけだ。鏑木を排除して出鼻を挫いた時に、勝負はもう付いていた。精一杯の抵抗だろうが、これで流れは決まった。

「本願寺とて思いは同じ。拙僧も、泣いて馬謖を斬るの心持ちである。御同朋御同行の衆、他に存念ありやなしや？」

予め七里から周到に根回ししておいた通り、南二郡の旗本たちが次々と賛意を述べた。所領を奪われた旗本たちの一族郎党は、食うにも困窮している。味方すれば便宜を図るが、敵対すれば旗本の地位も奪うとぐうの音も出ぬほど脅しておいた。仮に南部を取り戻したとて、元へは戻れぬわけだ。保身に回るに決まっていた。

他の旗本や惣代たちは、ほとんどが視線を背け、見て見ぬ振りだ。組や惣には七里の息の掛かった者たちが幾人もいるが、今日反対をすれば大損すると言い含めておいた。どのみち異を唱えたところで、通りはせぬのだ。人は自分を破滅させてまで、他人を守りはしない。狸の洲崎も昨日、脅しあげておいた。しきりに額の汗を拭いているが、無言で終わるだろう。

このまま決を採るまでもなく、衆議は決するはずだ。

七里は己が意のままに動く石地蔵のか細い後ろ姿を見た。

五

洲崎景勝は瞑目して、千々に乱れる心を必死で落ち着けようとしていた。

昨夕、生還した玄任に会おうと御堂へ出向いたところ、七里が待ち受けていた。

七里は越前での敗北につき、玄任の意を受け金沢で動いた洲崎も、本来は同罪だと脅してきた。さらに、洲崎の娘が嫁いだ四番組旗本、興修理（おきしゅり）による十年来の収賄が目に余ると今さら言い出した。最後に、玄任がすべての罪を被（かぶ）って死ねば、他の者の罪は水に流せると提案してきた。洲崎は玄任が加賀の守りに必要だと弁じたが、相手にされなかった。

昨夜遅く、宇津呂と鏑木と三人で、手順をしっかりと示し合わせた。

洲崎は今日、異を唱える覚悟で御堂へ来た。手荒だが、鏑木は松任組を率いて御堂を取り囲んだうえ、甲冑（かっちゅう）姿で対面所に入る。武力を背景として洲崎と宇津呂が共闘し、玄任の処断に強く反対するはずだった。

だが、段取りは完全に狂った。

鏑木は現れず、出し抜けに頼純から鏑木討伐令を聞かされて、洲崎は全身に冷や汗を掻いた。今思えば、三人とも七里の罠に嵌められたのだ。七里は鏑木を排除するために、わざと挙兵へと誘（いざな）い、逆手に取ったに違いない。七里は刺し違える覚悟で、この場に臨んでいる。逆らったとて、七里のほうが一枚も二枚も上手だ。勝ち目は乏しい。目を合わせなくなった宇津呂は、すでに屈した。せめて抗議のため、席を蹴って座を去ろうかと考えたが、そんな真似をして何になる？

「忸怩たる思いはござれど、わしも異存ござらぬ」

内容に乏しい飾り言葉で、二人ばかりが続けて追従した。有象無象の旗本の過半はむしろこの機会に、七里に恩を売っておく肚らしい。

「されば、どなたもご異存なき様子ゆえ――」

頼純が居住まいを正すと、洲崎は慌てた。

「お、お待ちあれ」

皆の視線が自分に集まった。

とっさに言ってはみたものの、何をどうするかは、まだ決めていない。

「賛否はともかく、かように大事な話を拙速に決める必要はないはずじゃ。総本山の御意向を踏まえてはいかがでござろうか」

まずは先送りだ。とにかく時間を稼げまいか。

「こたびは、総本山より派遣されし本願寺御堂衆の総意としての提案じゃ。そも越前攻めは、加賀一向一揆として行い、杉浦玄任は民の国の将として、加賀衆を率いたもの。されば、衆議により処断を決するが道理であろう」

七里が応じると、追従者があちこちで頷いた。

「なかんずく玄任と肝胆相照らす仲の鏑木が、松任城にて挙兵の支度を進めておるでな。非常の折ゆえ、どのみち総本山の意向を仰ぐ暇がない」

付け足しながら七里がギロリと睨んできた。逃げ道もうまく封じてある。

洲崎は視線を逸らして、末座の玄任を見つめた。

それにしても杉浦玄任とは、このような男だったろうか。

髪が伸びたせいもあって、出陣前とはまるで別人のようだった。こめかみの青筋が髪で隠れているせいか、仁王のようにも見えぬ。誰かに、似ている気がした。

微動だにせず構える杉浦玄任が、残された隻眼をそっと閉じた。

洲崎は愕然とした。仁王が己の運命を、受け容れたのか。

(絶対におかしい。間違っておる)

国がまさに滅びんとする時、どこまで保身を図るべきなのか、洲崎にはよく分からなくなってきた。

「御同朋御同行の衆よ」

呼びかけると、宇津呂が顔を上げて、洲崎を見た。すがりつくような顔つきだった。

洲崎は顔じゅうに掻いた冷や汗を袖でぬぐいながら、続けた。

「仁王が地獄の越前を生き延び、全身傷だらけで加賀へ戻ってきたのは、己のためにあらず。加賀半国に残された、日ノ本でただ一つの民の国を守るためじゃ」

一族郎党や四番組へ嫁いだ娘には、迷惑を掛けよう。

それでも、思いのままを口に出そうと、洲崎は腹をくくった。柄でもないが、こんな人間でも、昔は青雲の志を持っていたのだ。

洲崎は七里でなく、旗本衆と惣代たちに向かって語り出した。

「杉浦玄任なる坊官が総本山からやって来た時、わしは面食らった。それまでの衆議は、どの組がどれだけ利を分捕るかを決める場であった。党派に分かれ、誰ぞの非行や不正、不倫をあげつらう。敵対する旗本をわざと怒らせて失言させ、旗本のすげ替えまでやり合った。気に入らぬ坊官が来れば、みんなして虐めて追い払う。誰も彼もが損得勘定だけで動いた。私利私欲に走り、国のことなぞ、まるで考えもせぬ。いざ戦となっても、わが身可愛さで駆け引きに精を出すうち、敵はどんどん攻め上ってきた……。されど皆、もう気付いておろう。仁王が来てから、あの腐り切った加賀一向一揆が少しずつ、変わり始めたんじゃ」

洲崎は亡き父を思い出しながら、しんみりと語った。

「かく言うわしも、実につまらぬ旗本であった。叩けば、埃なんぞ山ほど出てくる。ここにおる全員がそうではないか？　じゃが腐っても、加賀は民の国ぞ。滅ぶ時も、どう滅ぶかを皆でしっかり話し合って決めるべきじゃ。河北や寺内町だけではない、わしはあちこちで、仁王の生還を寿ぐ民の声を耳にした。皆、聞かなんだとは言わせぬぞ」

阿弥陀本堂の対面所は、水を打ったように静かだった。

旗本たちが耳を傾けているのが分かった。中には、遠慮がちに頷く者もいる。

「のう、御同朋御同行の衆。これまでこの国を守ってきたのは誰じゃ？　わしらは足を引っ張っておっただけではないか。朝倉との和平を成し遂げたのは誰じゃ？　上杉を打ち払ったのは誰じゃ？　こたびの越前攻めも、加賀を守るためじゃとわれらも認めたではないか。仁王がおらねば、加賀一向一揆は南北の強大な敵によって、とっくに攻め滅ぼされておったろう」

目の前の宇津呂が小さく、しかし確かに頷いた。

「満身創痍の仁王が負うた数多（あまた）の戦傷のうち、ただの一つも、己のために負うた傷はなかろう。今、加賀が仁王を失うは、自らの首を絞めるに等しい。これから、誰がこの国を守るのじゃ？　加賀一向一揆の守り神をわれらの手で処刑して、わしらは民のために、旗本としての責めを果たしたと胸を張れるのか？　民の国を作り、守ってきた父祖に、顔向けができるのか？　子や孫たちに、この国を残してやれるのか？」

洲崎は座を見渡してから、静かに結論を言った。

「わしは御堂衆の提案に反対じゃ。杉浦玄任の縄目を直ちに解き、その生還を寿いで、皆で一向酒を酌み交わす宴を開くべきと存ずる」

「賛成じゃ」

間髪を容れずに短く応じたのは、講の惣代、倉見六郎左衛門だった。

もともとは玄任も、加賀一向一揆も毛嫌いしていた老人だ。恐ろしく無口だが、今は白髯（はくぜん）をしごきながら、七里を睨み付けている。惣代は衆議を見物するだけで、札入れの数に勘定されず、発言も自由にはできぬ筋合いだが、倉見は無頓着だった。

「洲崎殿の申し状、ごもっともなれど、御堂衆もこれまでの働きを重々承知したうえでの提案じゃ。他の旗本のご存念を承りたい」

宇津呂がやはり末座を見つめながら、呟くように応じた。

「南組も、狸殿と同じ考えじゃ。前言を撤回する」

旗本たちが耳打ちを始め、座がざわつき始めた。

「四番組も、反対いたす」

洲崎の娘婿の興修理が続いた。賛否を明らかにしていなかったが、ついに意を決したらしい。

当たり前の正論が座に静かに染み渡ってゆくのを、洲崎は感じていた。

七里がしゃくれた顎を突き出すと、一人の侍僧が立ち上がって去った。

頼純が後ろの七里と声を潜めながら、何やら話している。

民の国でも、正論が通るとは限らぬ。

だがもしや、勝った……のではないか。

結論を先延ばしにさえできれば、さらに味方を増やせるはずだ。

「御同朋御同行の衆、民の国なれば、賛否が割れる時は決を採り、多数をもって決める。だがその前に、いま一つ、取り急ぎの懸念が生じた」

頼純の言葉の終わらぬうち、にわかに廊下が慌ただしくなった。

四人の番衆が帯剣して現れた。

「能美郡板津組の旗本、小松浄西に織田家への内通のかどあり。詮議の要が生じた」

青天の霹靂に、小松は言葉を失っていた。小松は訥弁の小心者で、今日も何も言わなかった。濡れ衣であっても、これで皆は震え上がる。次は、自分の番だ、と。

連れ去られてゆく小松の後ろ姿を、座の皆が唖然として見ていた。

（だめじゃ。また、流れが変わってしもうた……）

「さて、これまでの討議を踏まえ、考えの変わった旗本もおわそう。されば、御同朋御同行の衆に改めてお諮りいたす。御堂衆の提案に異存ありや、なしや？」

頼純が問い、七里が勝ち誇ったように座を睨め回した。

下座で対する玄任は、まるで阿弥陀坐像のごとく、泰然自若として端坐していた。

「誰に脅されようと、わしの存念は変わらん」

すかさず白髯の倉見が応じた。だが、恐ろしく口下手の老惣代は、七里を睨み付けるだけで精一杯だ。

後に続く者のないまま、苦い沈黙が流れてゆく。

宇津呂は額の冷や汗を拭おうともせず、狐目を固く閉じ、膝の上でぎゅっと握り拳を作っている。

（負け、た……）

百ほど数えてから、石地蔵が満を持した様子で切り出した。

「民の国ゆえ、惣代の面々におかれても、様々ご意見はあろうが、旗本衆の中では、異存なきご様子。されば——」

「南組は……反対と言うたはずじゃ」

宇津呂が言葉を絞り出した。首を絞められながら発するような、かすれ声だった。膝に置かれた手は、ぶるぶると震えている。

「なるほど。では、旗本の反対は、宇津呂殿お一人。よろしゅうございまするな？」

宇津呂は充血した狐目で洲崎をじっと見てから、祈るような表情で瞼を閉じた。

他の旗本たちは、座を見回す頼純の視線を外しながら、下を向いている。

「もう一人、ここにおり申す」

宇津呂に続いた洲崎は、ゆっくりと深呼吸をし、息を落ち着けてから切り出した。

「旗本衆十六名のうち、三名はこの場に不在でござる。さればまず、鏑木逆意の件につき明らかにしてから、改めて衆議にて論ずるべし。わしを使者として松任城へお遣わしあらば、鏑木に掛けられし誤解を解いて進ぜる。非常の折に、拙速は愚劣なり。時を掛けましょうぞ」

肚の底から湧き上がるような七里の低い笑い声が、如来像の近くから聞こえてきた。

「笑止。洲崎は父の代より鏑木と親しき間柄じゃ。もしも洲崎が鏑木に与同して仁王を担ぎ上げたなら、由々しき大乱となるは必定。非常の時なればこそ、直ちに処断をせねばならぬ。鏑木の申し分は、追ってこの七里頼周が聞き置くであろう」

凄みの利いた割れ声に場が再び沈黙すると、七里に促され、頼純が改めて問うた。

「されば、他の旗本衆の賛否を伺いたい」

「再度思案いたしましたが、やはりけじめは肝心。四番組は賛成でござる」

興修理が七里の脅しに屈した。

加賀の政では、別に珍しい話ではない。二家とも滅びるより、洲崎家と興家のどちらかが生き残ったほうが賢い。短い目で見れば、正しい選択とも言えた。

四番組を受けて、ゴマすりの旗本たちが慌てて取り繕うように、生害に賛意を示してゆく。

六人の賛成が続き、賛否が六対二となった時、万歳をしながら大きな伸びをした男がいた。

河北郡二番組の鈴見長門である。

昔から腕っ節こそ強いが、動きはのろく、頭も弱くて馬鹿にされている旗本だった。鈴見も洲崎と同じく、親の七光りで旗本をやっているだけの男だ。

鈴見は七里でなく、玄任に向かって独り言のようにつぶやいた。

「わしは馬鹿じゃから、難しい政はよう知らん。されど、戦に勝たねば加賀を守れんことくらいは分かる。二番組は、朝日山で仁王殿と一緒に戦うて、あの上杉に勝った。戦に勝つためには、仁王殿が要る。馬鹿のわしでも分かる理屈じゃ」

「つまり、御堂衆の総意に反対するとの存念か」

七里が遮るように確かめると、鈴見はややあってから頷いた。

「相済みませぬが、そうなりまするな」

これで賛否は六対三となった。残り四人、各郡一人ずつだ。

惣代も含めた皆の視線が、四人の旗本たちに集まる。

「菅生はいつも戦場になってきた。こたびも負けて、結局また奪われてしもうた。じゃが何度も戦争をやって、ひとつはっきり分かったことがある」

江沼郡最南端、菅生組の菅生孫左衛門は脇が甘く、世渡りが下手で、貧乏くじばかり引かされてきた旗本だった。

「仁王殿ほど、われらのために命懸けで戦ってくれた坊官はおらぬ。菅生組は反対じゃ」

「川合組も、右に同じ」

か細い声で続いたのは、石川郡川合組の鈴興五郎左衛門だった。理屈っぽく、粗探しが得意で、以前はためにする議論ばかりしていた男だ。齢を取って、ずいぶん白髪になった。

「わが組の講には、仁王殿が何度も足を運んでくれた。あの説法を大好きな連中が多うてな。かく言うわしも、そのひとりじゃ」

鈴興が笑いを誘い、川合組の惣代たちが応じて笑うと、同意するように、笑いが本堂の中に広がった。

残る旗本は二人だ。ますます視線が集中する。

賛否は六対五になったが、残りの二人には、とうてい期待ができなかった。

洲崎と同じ河北郡一番組の岡新左衛門は、最近旗本に選ばれたお調子者で、口を開けば耳触りのいい話ばかり繰り返す。北の筆頭旗本の座を窺っており、何かと洲崎に歯向かってくる若者だった。七里に協力すれば、筆頭旗本にしてやるとでも言われているに違いなかった。

「戦に敗れ、多くの命を奪われし将がけじめを付けねば、将来に禍根を残しましょう。されば、加州大将の仰せは実にごもっとも。それがしとしては、御堂衆の総意に賛成したいところでござるが……」

岡は口を濁すと、責任を転嫁するように、旗本衆を囲む惣代たちをわざとらしく見やってから、七里に向かって両手を突いた。

「誠に申し訳ございませぬ。傘下の講の総意として、一番組も反対でござる」

河北郡には共に戦場で戦った玄任を慕う門徒たちが多い。洲崎も七里も根回ししていたが、ずっと岡が態度を明らかにしなかったのは、できれば表立って反対したくなかったために違いない。七里の顔を立てながら、衆議を決する最後の一票を投じたくないから、先に意見を述べたわけだ。七里の顔を立てながら、旗本としての保身を図ったつもりだろう。所詮は小者だが、もしかすると岡も、本心では玄任の処刑に反対だったのやも知れぬ。

ついに賛否が拮抗した。六対六だ。

玄任は一切の申し開きをせぬのに、反対はさっきよりも多くなった。

七里は憮然とした顔つきで、座を見ている。

皆が残りの一人の旗本を一斉に見た。

能美郡山上組の中野田二郎左衛門は、日和見で有名な男だった。宇津呂の腰巾着として二十歳過ぎの若さで旗本までのし上がった後、七里と宇津呂の間を〈鵺〉と渾名されるくらい、うまく渡り歩いてきた。

中野田ほど、場の空気を正確に読む旗本も少なかった。加賀のことなど考えてはいないが、保身にかけては右に出る者がいない。

今、七里の横暴なやり口を物ともせず、旗本衆から反対論が湧き起こっている。この空気を中野田が読むだろうか。いや、逆に見れば、七里に恩を売るなら、絶好の機会だ。

七里を見やると、自信たっぷりの獅子頭で中野田を睨んでいる。

（加州大将に、負けた、か……）

洲崎は祈るような気持ちで、中野田の色のない薄い唇を見ていた。

「私事ながら先月、初めての子が生まれましてな。なかなか子宝に恵まれず、三十路を過ぎてようやく授かった子でござる。わが子はなぜこれほど可愛いのか、不思議でなりませぬ」

中野田は無駄に話の長い男だ。しかもあまり要領を得ない。

「身どもは加州大将と宇津呂殿にうまく取り入って、ずる賢い鵺だなんだと、陰口を叩かれて参りました。されどすべて、皆と同じく、己が保身のため、組のため、講のためでござった」

中野田は掌に搔く汗を、しきりに膝で拭っていた。

洲崎は汗で冷たくなった手ぬぐいを握る。

「されど己も、組も、講も、加賀一向一揆が滅びれば、元も子もない」

「要するに、汝は何を言いたいのじゃ？」

七里が低音で凄むと、中野田は体をびくりと震わせたが、ひとつ深呼吸をしてから、応じた。

「身どもは、いつも馬鹿にしておる二番組の鈴見殿と珍しく同じ存念でござる」

中野田の顔は紅潮し、頼もしいほどの使命感に満ち溢れていた。

「山上組も、杉浦玄任殿の生害に反対いたしまする」

この男もいつの間にか、変わっていたのだ。

鏑木と連れ去られた小松、鈴木義明の三名が欠席だ。残り十三名の旗本のうち、玄任の処刑に反対する者は七名になった。

──勝利、だ。

洲崎が宇津呂に目配せすると、狐目が照れ臭そうに片笑みを浮かべて応じた。ふだんは憎たらしい狐顔だが、はにかんだような笑顔は意外に愛嬌（あいきょう）がある。

頼純が青い顔で、片手でそっと腹へ手をやりながら、咳払いをした。

「少し衆議が長くなり申した。ここは、一旦小休止を入れ──」

「筆頭坊官は急な腹痛（はらいた）のため、席を外されるそうな。この後は、愚僧が代わって、衆議を取り仕切ろう」

七里は節くれ立った杖をドンと突いて立ち上がると、背後から頼純を押しのけ、阿弥陀如来を背にする本来の座に突いた。

石地蔵は悄然（しょうぜん）とした顔で場に一礼すると、腹をさすりながら対面所を去っていった。

改めて場に向き直った七里は、落雷のような咳払いをしてから続けた。

「この場において御堂衆の提案に反対は七、賛成は六だが、欠席三名のうち鏑木討伐のため不在の鈴木出羽守からは、御堂衆に一任されておる。されば、賛否は七対七の同数と相成った」

「これは、異なことを」

か細い声ですかさず口を挟んだのは、理屈好きの鈴興だ。七里に歯向かった以上、後へは引けまい。反対の旗本も多く出た。七里とて、その全員を排除はできまいとの見通しもあろう。

「もし鏑木殿がここにおれば、必ず反対したはず。鈴木殿を勘定に入れるなら、鏑木殿も入れるべきでござろう」

七里は突き刺すように、大顎を鈴興へ向けた。

「笑止。鏑木は昨夜にわかに門徒たちを集めて戦支度を始め、一向一揆に対し逆意ありとの疑いを掛けられた身。小松も二心を疑われておる。他方、鈴木殿は逆意ある者を討つべく出頭が叶わぬのじゃ。欠席には正当な理由がある。逆意ある者と同列に扱うなぞ、論外であろうが」

獅子頭が巨眼でギロリと睨み付けると、鈴輿は沈黙した。

「いや、鏑木と小松の逆意は未だ定かならず。もしもかかる扱いを認めるなら、御堂衆が衆議に先立ち、提案に反対する者に疑いを掛けてしまえば、衆議の結果をいかようにも変えられることになりましょう」

今度は中野田だ。正面から七里に対している。

ひび割れた大音声で、七里が大笑した。むろん目は笑っていない。

「政は、歴史の上に成り立っておる。かつて大小一揆で加賀国が危殆に瀕した時、御堂衆はこたびと全く同様に、非常の措置を取った。御堂衆はそれに倣ったまで。先例も弁えぬまま論難するとは、片腹痛し。汝の言う通りにすれば、たとえ旗本による逆意が明らかとなっても、衆議を待たねば止めることもかなわず、野放しとなりかねぬ。織田の調略によって、加賀はあっという間に滅ぼされようぞ」

七里が全身で放つ覇気に圧されて中野田は沈黙したが、なおも場のざわめきは続いている。

それを遮って、七里は大音声を発した。

「賛否同数の時は、御堂衆を代表し、座を取り仕切る筆頭坊官が決する習い」

七里は一旦言葉を切ると、居住まいを正してから、重々しく告げた。

「加賀一向一揆は衆議の結果、杉浦壱岐法橋に、生害を申し渡す」

末座の玄任は堂々たる物腰で、上座に向かい両手を突いた。

皆が見守るなか、玄任は恭しくゆっくりと頭を下げ、裁断を受け入れた。

座は一気に静まり返って、しわぶきひとつ聞こえない。

一向宗門徒を炙（あぶ）り出しては処刑してゆく地獄の越前から逃れ、金沢の地にようやく辿り着いて、朋輩から受ける仕打ちが、処刑なのか……。

「間違うておる！　国を滅ぼされてから、ここにおる全員が必ず後悔するぞ」

洲崎は立ち上がりながら、玄任に向かって叫ぶ。

「仁王、かような茶番に付き合う要はない。堂々と立ち去れ！」

頭を下げたまま微動だにせぬ玄任に、宇津呂が問いかけた。

「それほどの深傷を負いながら、お主が命懸けで戻って参ったのは……敗残の身でなお生きようとしたのは、何ゆえじゃ？」

如来像に向かって平伏したままの仁王に、洲崎も尋ねた。

「お主は処刑されるために帰ってきたのか？」

声を詰まらせながら、洲崎は自答した。

「違う！　なお戦うためであろうが。お主がおらねば、誰も民の国を守れぬ。それでも己が命を諦め、この愚かな処断に従うと申すのか？」

水を打ったように静かな阿弥陀堂の中で、本願寺の仁王は身を起こすと、ゆっくり頷いた。

「衆議を尽くし、得られた決に従うは、民の国を生きる者の務めでござる」

穏やかだが毅然とした口調には、寸毫の躊躇いも、迷いも窺えなかった。

民の国を守り続けた者が、民の下した決断を反故にするなら、民の国を自ら否定する仕儀となりかねぬ。意地でも諦めでもない、玄任は当然の行動として従うわけか。

玄任の説得は、ある意味で七里を説き伏せるよりも難しい。

洲崎はその場にへたり込んだ。

「杉浦玄任よ。御坊は、己が作りし民の国の滅亡を背負って死ぬのだ。不足はあるまい」

従容として死の宣告を受け入れた仁王は、阿弥陀像の立つ内陣に正対し、改めて威儀を正した。

「御同朋御同行の衆に、遺言として、ひと言申し上げとう存ずる」

裁かれ、死すべき身ではあっても、玄任の神々しいまでの挙措は、居並ぶ者たちを圧倒していた。七里も気圧されたように、黙している。

「加賀一向一揆が生き延びる道は、ただ一つ。寸刻も早く上杉と結び、共に織田に当たるべし。越後と北陸の軍勢を糾合し、手取川の北岸に陣を敷き、川を使うて戦われよ。上杉との和睦、共闘の道は、すぐそこまで見えており申す。わが名を出されれば、謙信公は必ずや力をお貸しくださろう。民の国を残す道は、必ず開けるはず」

本願寺の仁王は、口元にいつもの安らかな微笑を浮かべている。

玄任は最後に両手を突き直すと、本尊と皆に対し、深々と頭を下げた。

「私の戦いはこれまで。後を、お頼み申しまする」

悲劇の坊官が顔を上げた時、洲崎は気付いた。

そうだ。あの奇跡の高僧、蓮如上人だ。

洲崎はもちろん、北陸の一向宗門徒たちが等しく憧れ、崇めてきた蓮如とは、まさしくこのような人間であったろう。姿かたちはまるで違えど、乱世にあって高僧は、民を守るために銃を取ったのだ。ならば、せめて――

洲崎は七里に向かって、声を張り上げた。

「民の国を守りし偉大なる坊官の刑戮、わが三番組にお申し付けくだされ。何とぞ！」

七里は洲崎の心の裡まで見透かすような嗤いを浮かべた。

「狂奔せる門徒たちが仁王を担ぎ上げなどすれば、由々しき仕儀となる。されば、刑戮は密かに進められい。松任組の逆意も気になるところじゃ。必ず明日の日暮れまでに、銃を以て刑を処すべし。自ら愛した武器で死ぬるは、仁王の最期に相応しかろう」

六

冬空に朝の気配がする。金沢の夜明けも少しばかり早くなった。

住み慣れた宿坊の一室で、七里頼周は一通の文を火鉢の小さな炎にくべた。いずれ北陸に侵攻してくる柴田勝家からの文である。

本願寺の敗北は定まっていた。朝倉旧臣の安居景健のごとく、寝返っても信長に赦されず、滅んだ者もいる。だが本願寺最強の坊官・杉浦玄任を処断すれば、信長への確かな土産となろう。

（わしはこれまで、邪魔者を何人も始末してきた。抜かりはせぬ）

妻子を失ったあの日、七里は決意した。誰にも奪われぬ本物の力を手に入れる、と。

七里は力を得るために、本願寺と刑部卿を利用してきた。仏法なぞろくに知らぬし、信心もない。もしも神仏がいるのなら、七里が作り出す悲劇を傍観していなかったはずだ。目に見えぬ力など、ありはせぬ。

織田家臣に足元を見られぬよう警戒しながら、七里は己の売り時を見計らってきた。

杉浦玄任のほかに、脅しすかしが通用せぬ厄介者が、鏑木頼信だ。かろうじて玄任の処断を決しえたが、衆議を甘く見たのは、七里の珍しい誤算だった。鏑木がいれば、結果は違ったろう。あの時、頼純がやりかけたように衆議で小休止など入れていれば、賛否は完全に逆転していた。頼純を追い払ったのは、土壇場で頼純の裏切りを恐れたからでもあった。

鏑木の逆意は冤罪だが、申し開きを認めれば、逆に嚙み付いてくる。信長に加賀を献上するにあたり、七里に従わぬ者は一人残らず討っておかねばならぬ。理由はどうあれ、鏑木が一向一揆を脅かす挙兵を目論んだのは、紛れもなき事実だ。討伐に値すると押し通せばよい。盟友の玄任さえいなければ、鏑木はただの猪武者だ。

後腐れを残さぬよう鏑木の一族郎党をことごとく討ち滅ぼす。先に松任城へ遣わした山内組の鈴木義明にとって、朋輩の鏖殺は荷が重かろう。ゆえに七里自ら後詰として赴く旨、頼純と御堂衆には伝えてあった。

玄任と鏑木亡き後、加賀一向一揆の連中は、もはや国を守れぬと絶望するはずだ。遅くとも四月には、信長の大坂攻めが再開され、総本山には加賀へ目配りする余裕もなくなる。民の助命を名目に、戦を避けて加賀を信長に献上し、七里が守護代となるのだ。

南二郡の旗本たちは失地の一部でも返還すれば、従うだろう。小松の内通は真実だったが、他にも織田の調略に応じている者がいるはずだ。玄任の処刑に賛同した者などは怪しい。その者たちを七里の手足とできよう。

むろん今までと違って、民の国ではない。信長に仕える七里が支配するのだ。後に信長が掌を返し、門徒たちを根切りにせよと命ずるなら、従うまでだ。

「大将、朝餉にございます」

小坊主が漆塗りの盆に載せて、白飯と大根の汁物を持ってきてくれた。

白い大根を見るたび、七里は故郷を思い出す。

七里は近江国で育ったが、捨て子のため、出生地も父母も定かでない。自分の齢さえ知らぬが、物心付いたのは琵琶湖の東にある小さな村、七里だった。若い頃は「博兵衛」と名乗っていた。育ての老親が付けてくれた名だ。博兵衛を拾い、育ててくれた貧しい老農夫婦は、熱心な一向宗門徒だった。戦で息子たちが若死にしてしまい、孫が欲しかったらしい。二人は歯がほとんど抜けていて、言葉も聞き取りにくかった。近所の悪童どもが老夫婦の物真似をして嗤った時、喧嘩っ早い博兵衛は怒って、歯をへし折ってやったものだ。

十歳にもならぬころ、村を飢饉が襲った。皆が草の根まで掘り起こして食い繋いだが、育ち盛りの博兵衛は口を開くたび「腹が減った」と訴えた。ある夜、老夫婦は犬猿の仲の隣村へ出向き、大根を一本こっそり盗んだ。が、戻る途中で捕まり、散々にぶちのめされた。隣の村人たちも殺す気はなかったと言い訳したが、痣だらけの骸が村へ帰ってきた時、博兵衛は硬くなった冷たい痩身にすがりつき、わんわん泣いた。

村を出て〈仁王団〉なる野盗の一団に拾われた博兵衛は、長ずるにつれ、恵まれた体格とずる賢さを生かし、めきめき頭角を現した。老夫婦を撲殺した隣村を目の敵にして、繰り返し襲った。村人たちは理不尽な襲撃に絶望していたが、何のことはない、天誅を加えてやっただけだ。

仁王団で数限りない悪事を働いたが、博兵衛は頭目ほどの悪人にはなり切れなかった。心優しい老夫婦に育てられた宝物のような幼少の思い出が邪魔をしたせいだろう。悪事に手を染めつつも、心の奥では自責の念に囚われていた。

そんな中、ついに南近江守護・六角家が仁王団討滅に乗り出した。いち早くその動きを察知した博兵衛は、生き延びるために仲間たちを売り、めぼしい金品を塒から持ち出して出奔した。

京の都へ流れ、女を買いながら遊んでいたが、ただ空しいだけだった。金が尽きそうになったとき、博兵衛は女郎宿で将来を真面目に考えてみた。世は麻のごとく乱れ、力ある者が全国各地でのし上がっていた。力が欲しい、と思った。

その頃、畿内の政に介入し始めた本願寺証如は、自衛のための武力を欲し、青侍を大量に雇い入れていた。武芸の心得はないが、昔から喧嘩は得意だ。仏教など毫も関心はなかったが、老夫婦が信じていた宗門だという理由で、博兵衛は本願寺を選んだ。

早速その年、天文元年（一五三二年）のうちに、本願寺は大戦に巻き込まれ、博兵衛は八面六臂の活躍をした。実力者の下間頼秀に買われて取り立てられ、音読みすれば同じになる「頼周」の名まで授かった。姓は故郷の「七里」とした。強大な本願寺教団でのし上がれば、ゆくゆくは国の一つくらい手に入れられぬか。武芸の稽古に励み、七里を見込んだ頼秀の命で、汚れ仕事もこなした。

そんな折、七里は法主の証如から直々に呼ばれた。法主の傍らには、先代刑部卿の下間頼康（らいこう）がいた。これまで七里が仕えてきた下間頼秀と弟頼盛の失脚工作の密命だった。将来の坊官を約束され、請けた。頼秀の下で手を汚してきた七里は、弱みを握っていた。恩人を裏切り、見事に没落させた。隠居していた兄弟の父蓮応ことと下間頼玄をも暗殺して、七里は刑部卿家の懐刀となった。

着実に本願寺の裏の世界で出世していた頃、七里は一人の遊女に入れ込んだ。

薊は、もともと戦で滅ぼされた武家の娘で、貧しさゆえに身売りはしても、教養があり、熱心な一向宗門徒でもあった。七里は字を読むのも苦手だったから、薊に教えてもらった。刑部卿に頼み込んで金を借り、薊を身請けして、寺内町の東の外れの古屋敷に住んだ。

所帯を持ってから、七里は仏法を熱心に学び始めた。薊の信じる一向宗を知りたいと思ったからだ。面倒見が良いと評判の学僧、下間頼照に学びもした。薊と暮らすうち、老夫婦に可愛がられていた頃の温もりを思い出した。

一介の青侍だったあの頃が、人生で最も輝いていたろうか。

やがて、薊が身籠ったと聞き、狂喜した。この世で、ただひとり自分と血の繋がるわが子が生まれるのだ。古屋敷で薊の下腹を撫でながら、妻子を守りたいと強く思った。

だが、守れなかった。七里に力が足りなかったからだ——。

「大将、出陣の御支度、相整いましてござる」

石地蔵の声に、七里は傍らに置いた杖を取り、立ち上がった。

(薊よ、今のわしには、本物の力がある)

もしも信長が望むなら、織田兵をして一向宗門徒たちを殺戮せしめ、北陸の焦土の上に七里が君臨するもよかろう。駆け引き次第だ。

「頼純殿、杉浦玄任を浅野川の土牢へ移されい。洲崎ら三番組をして、日没までに確実に刑戮せしめよ。見張りも怠るな。仁王を慕う門徒は少なくない。万一担ぐ者が出れば、加賀は大騒擾となって、筆頭坊官の首が飛ぶぞ。金沢の出入りを厳重にし、怪しき者は決して入れるべからず。問答無用じゃ」

　御堂衆の手で玄任を処刑すれば、民の非難が本願寺に向く。ゆえに洲崎が名乗り出たのはむしろ好都合だった。洲崎は逃がす肚やも知れぬが、玄任は決して応じまい。見栄や意地ではない。民の国が決めたことには、必ず従う男だ。

「しかと心得ましてござる」

石地蔵が汚名返上とばかり、小鼻を広げて応じた。損得勘定の得意な頼純なら、まず抜かりはあるまい。

七

浅野川の朝風が土牢まで忍び込んでくる。清志郎はぶるりと身を震わせた。

さっき見回りに来た獄吏によれば、加州大将が自ら鏑木討伐に出向いたらしい。牢番も駆り出された様子で、うまく隙を突けば、清志郎なら破獄できそうだった。

「こちらでございます」

獄吏の丁重な案内で誰かがやってくる。同牢するなら、今日一緒に処刑される人間のはずだった。

天井に頭をぶつけぬよう、体を折り曲げながら土牢へ入ってきた白い僧衣の大男は、清志郎なんぞにも会釈をし、杉浦玄任と自ら名乗った。有名な「本願寺の仁王」の顔はむろん知っていたが、髪が肩近くまで伸び、戦傷のせいだろう、黒い眼帯をして長い竹の杖を突いていた。

「仁王様、むさ苦しい相室で申し訳ございません。ご不便がありましたら、何でもお申し付け下さいませ」

獄吏が腰を折り畳んでいた。清志郎相手と違って、虜囚に対する態度ではない。

「かたじけない。しばらくの間、世話になり申す」

玄任は柔らかな物腰で礼を返してから、牢中に端坐した。

足を痛めている様子だが、姿勢を崩していない。

「コソ泥の清志郎と申しやす。仁王さんまでこの牢に入れちまうたぁ、世も末ですな」

「私ほど十悪五逆の第一、殺生をしてきた沙門もいまい。いかなる理由があれ、多くの命を奪いし罪深き身。いずれ命を以て償うは当然と考えていた」

偸盗(ちゅうとう)は十悪の第二、妄語(もうご)は第四らしいが、殺生ほどの悪行ではない。五逆にも当たらぬ。清志郎は私利のために盗み、虚言で人を騙したが、玄任は激情や私怨(しえん)でなく、国のためにした殺生のはずだ。それでもやはり、殺生のほうが罪は重いのか。

「あっしも今日、殺されちまうんですがね。極楽往生できるでしょうかな」

「阿弥陀如来は、すべての命を救うとの本願を起こされた。私たちは如来の大いなる慈悲の中にある。決して見捨てられはしない」

本願寺の仁王は寄り添うような声音で、清志郎なんぞに説いてくれた。

真っ白な蓮の花は、泥の中に根を張るが、それでも泥に汚れることなく、清らかに咲き誇る。いかなる悪事を為した者でも、悔いる心を持てばよいのだ、と。

それでも結局殺されるなら、どこに救いがあるのだ？　清志郎の辿り着いた諦めの境地と変わるまい。もしも生き延びられたら、一向宗を信じてやってもいいが。

人声がして三人の牢番が現れると、錠を外し、格子の前で玄任に向かって畏まった。

「仰せつかりました物は、こちらでございましょうか」

「いかにも。手間を取らせた」

玄任は丁寧に礼を述べながら、牢番が差し出す黒革の胴乱を両手で受け取った。

「仁王様。わしは以前、尻垂坂で命を救われた三番組の者でございます。松任攻めのために門徒たちが駆り出され、今ここにあるは、仁王様をお慕いする者ばかり。門番も、宇津呂様からお見逃しするように言い含められております。どうぞ今のうちに、お逃げくださいませ」

市井でも、講でも、玄任は人望を集めていた。だからこそ、七里は始末すると決めたのだろう。

「私の死罪は、加賀一向一揆により決められしこと。従わねばならぬ」

「それが誤った裁断であっても、でございますか？」

「然り。過誤を言い立てて、皆が裁断に従わぬなら、政は立ち行かぬ。加賀一向一揆は今、真の政に近づこうとしている。民の国とは、自らした選択の責めを、民が負う国だ。私はその選択を絶対に尊重する。私なぞより、お主たちや宇津呂殿に累が及ぶような真似はできぬ」

玄任は刑戮を待つ大罪人だ。もし逃せば、七里がただでは済ませまい。押し問答が続いたが、終始穏やかな玄任の物腰は、微塵も揺るがなかった。

牢番たちも引き下がらず、結局、錠を下ろさぬまま「いつでもお逃げくださいませ」と言い残して、一旦辞した。

訪れた沈黙を気まずく思い、話題作りに清志郎は尋ねてみた。

「仁王さん。死ぬ前にゃ、どんなことを考えりゃいいんですかね」

「人それぞれでよかろうが、私はこれまで生かされた奇跡に対して、感謝をするつもりだ。私の役目も、後は往生するのみ。ありがたくも最後に、自らを省みるひと時を授かった」

玄任は胴乱の留め金を外した。鉄砲玉や火薬がきれいに収まっている。その中から、大きな指で御守袋を取り出した。

逆さにした袋から掌に転がり落ちてきたのは、虎眼石だった。

仏具の行商もしてきた清志郎には、三ッ穴の空いた丸石が念珠の親玉だと、すぐに分かった。

清志郎の頭の中で、何かが引っ掛かった。

端坐する玄任の横顔をまじまじと見る。

彫りの深い顔立ちで目立つのは、やはり眉間の傷だ。

「仁王さん、眉間のそいつは、初陣の鉄砲疵だそうですな」

「二十年以上も昔の話だ。以前あった生まれつきの大黒子が助けてくれたらしい」

「大黒子？　ちょいと待ってくだせえ。仁王様は今、お幾つですかい？」

昨夜、宇津呂は玄任の出生について思い出語りをしたが、不思議な話もあるものだと清志郎はあっさり聞き流した。狐目も「血塗れの赤子」というだけで、今は影も形もない大黒子に触れ忘れていたらしい。

「私は三十九のはずだ」

風格のせいで齢を見誤っていたが、見かけよりずいぶん若い。

七里は妻子が殺された場を、自分の目で見てはいなかった。清志郎も赤子は死んだとばかり思い込んでいたが、もしや阿弥陀堂で宇津呂が見た女は七里の妻で、赤子は如来像に抱かれて、生きていたのではないか。いつかの夜、見張りの清志郎が聞いた声が鵺の悲鳴だったとすれば……。

清志郎は古い記憶を懸命に辿る。

あれは確か、七里と共に大坂を去る前年だ。今年は金沢御堂の建立三十年になるが、落成は清志郎が金沢に来て八年目だったはずだ。

数えで三十九歳なら、怖いほどに辻褄が合う。仁王団の頭目が強がって「赤子を殺した」と、七里に伝えただけなのではないか。

「狐目の旦那から内緒話を聞いたんですがね。仁王さんは雪の日の夜に、阿弥陀堂の如来像の膝の上で生まれなすったそうですな？」

　玄任は掌上の虎眼石を、指先で愛おしむようにそっと撫でている。

「大坂御坊に新しい阿弥陀堂が立つ何年か前、母らしき女が、生まれて数ヶ月の私を、阿弥陀如来像の膝の上に託して、亡くなっていたそうだ」

　掌上の虎眼石に刻まれている金色の筋に、清志郎は気付いた。

「ちょいと待ってくだせぇ。その玉、梵字が彫ってあるんですかい？」

「阿弥陀如来を表すキリクだ。私の母の形見だという」

　位牌に梵字を刻む宗門は多いが、位牌を作らない一向宗では、念珠に梵字を彫るのも珍しい。

「母御がそのキリクの虎眼石を、赤子の手に握らせていた、と？」

　頷く玄任を清志郎はしばらく凝視していたが、覚えず素っ頓狂な声を上げた。

「何てこった！　あっしはたぶん、仁王さんの両親を知ってやすぜ」

　わずかながら玄任が初めて顔色を変え、清志郎をじっと見た。

「その頃、賊に奪われた妻と赤子を、必死で探して駆けずり回っていた本願寺の青侍がおりやしてね。話せば長い、腐れ縁でさ……」

　昔の七里は今ほどの極悪人ではなかった。清志郎にとっては優しい兄貴分だった。

すっかり変わったのは、妻子を昔の仲間に殺されてからだ。

清志郎が語り終えても、玄任は、掌上に置いたキリクの虎眼石を、じっと隻眼で見つめたままだった。阿弥陀を守る仁王像のように、身動きひとつしない。

いや、心の揺れを示すように、掌が小刻みに震えている。

注視していなければ分からないほどの、かすかな慄きだ。

本願寺の仁王といえど、人の子だ。心の中は、嵐のように荒れているに違いなかった。

透き通るように穏やかな沈黙が、狭い土牢をゆっくりと流れてゆく。

聞こえるのは、近くを流れる浅野川の素っ気ない川の音と、遠く御堂の鐘楼で鳴らされているぼんやりした鐘の音くらいだった。

「大将は、いつも懐に双輪念珠を入れてやしてね。信心なんか欠片(かけら)もねぇくせに、宝物にしてるんでさ。いつだったか、中糸が切れそうだって修理を頼まれたから、よく知ってる。大将の虎眼石の親玉にも、それとそっくりのキリクが彫られてやすよ。大坂の寺内町で、夫婦一対の念珠を作ったんでさ」

太い指先が再び虎眼石に触れる。

また、優しく撫で始めた。

労わるような指の動きには、限りない慈しみが込められているように感じた。

「わが父と、母の仲は……？」

囁くような、そっとした問いかけだった。

玄任のいかつい顔には、ぎこちないはにかみがわずかに乗っている。

「そりゃもう、鴛鴦(えんおう)顔負けの仲睦(なかむつ)まじさでね。念珠も、袱紗も揃いで求めてやしたよ。あんな怖い面(つら)になっちまったが、たまにあの頃を思い出す時だけは、大将もいい顔をするんですぜ」

見ると、仁王顔に、ほんのりした笑みが広がっている。

いや、鉄砲疵に眼帯の精悍だったはずの顔つきは、もう仁王ではない。まるで、阿弥陀だ。

玄任は虎眼石を御守袋にそっと転がし入れると、丁寧に胴乱へ戻した。

「この世で、最後の役目を果たす前に、よき話を聞かせてもらった。礼を申す」

「……お待ちなせぇ、仁王さん。たったそれだけ、ですかい？」

まるで何もなかったように、杉浦玄任は元の安らかな表情に戻っていた。

それは結局、波ひとつ立たぬ水面に、そよ風が吹いて生まれたさざめきが、やがて静まったくらいの変化に過ぎなかった。

己の出生と両親を知っても、このまま不条理な運命に身を任せるというのか。

「馬鹿げた死刑なんざ、大将に言って、やめさせねぇと」

「その儀には及ばぬ。すでに私は裁かれた。裁く者と裁かれる者が親子の間柄だというだけで、温情がまかり通り、裁断を変ずるのは理不尽だ」

諭すように落ち着いた低音には、迷いも恐れも感じられなかった。生涯を戦いに明け暮れたこの僧侶は、生も死も超越して、すでに悟りの境地に達したに違いない。

「そいつは仁王様の考え方、生き方でさ。加賀はまだ民の国だ。あっしは自分のやり方でやらせてもらう。加州大将に知らせてきやす。でないと、あんまりこの親子が気の毒だ。酷い目に遭わされても、あっしは昔の博兵衛が嫌いじゃねぇんでさ」

清志郎は立ち上がりざま、玄任の手から、さっと胴乱を掠め取った。

中から素早く、虎眼石の入った御守袋を抜き取る。

「大将は疑り深いですからな。ちょいとお借りしやすぜ。たまには盗みも、人の役に立ってもんだい。あんたはあっしが死なせねぇよ」

玄任に止める間も与えず、清志郎は未施錠の土牢を駆け出た。

卯辰山の上に、冬日はすでに高く上がっている。

八

「死に損ないの騙りめが。さように馬鹿げた嘘話が、愚僧に通用するとでも思うてか」

七里頼周は清志郎の話を途中で遮りながら、笑い飛ばした。

先刻、松任城に至近の金剣宮に鏑木討伐軍の本陣を敷き、七里が総攻めの指図を下そうとした時、本陣へ意外な人間が引っ立てられてきた。この日、処断されるはずの清志郎だった。直ちに首を刎ねさせようとしたが、腐れ縁の小悪党は必死で驚愕の事実を語り出したのである。

「その気になりゃ、もっと気の利いた出任せをでっち上げられまさ。あっしも、まさかありえねえって思いやしたよ。だけど大将、皆まで聞いてくだせぇ。証もちゃんと懐にあるんだから」

「減らず口を叩きおって」

生意気な口を利く清志郎を自ら打ち据えてやろうと、七里は傍らへ手を伸ばした。うっかり掴みそこねた杖が、〈南無阿弥陀仏〉の旌旗(せいき)に当たり、ことりと倒れた。厚い面の皮には表さずとも、七里の内心は惨めなほど乱れている。

若い御堂衆が慌てて拾い、恭しく差し出してきた。

その手から、杖を荒々しく引ったくる。

「けっ、大将はあっしや仁王さんより、あのお頭を信じるってわけだ」

確かにあの頭目は全身を嘘で塗り固めたような男だった。だが、どれだけ探しても妻子は見つからなかった。だから、二人とも死んだはずだった。もう、諦めたのだ。

七里が睨みつけても、清志郎に怯(ひる)む様子はない。

「狐目の旦那が昔、総本山の阿弥陀堂で見たんだ。今から三十八年前、あっしが南大門の前で凍えながら見張りをしてた、雪夜の出来事でね」

清志郎の話は怖いほどに矛盾がなく、筋が通っていた。

もう四十年近くも昔、貧しくも七里が愛する妻を得、改心して柄にもなく仏法を頼照に学んでいたころ、かつての仲間が七里の住む町外れの古屋敷を訪ねてきた。七里が裏切った仁王団の頭目だった男だ。守護により成敗されたはずが、うまく言い逃れて死刑にならなかったと言う。

昔、面倒を見た子分が出世したと頭目は喜び、七里をゆすり始めた。七里は表向き品行方正な青侍を演じながら本願寺の要人と接しており、旧悪の暴露は仕事に差し支えた。頭目の求めてくる金は次第に高額になった。始末しようと考えたが、同じ本願寺の青侍で、頭目は七里とさも親しげにしており、足が付くことを恐れた。

そんな折、七里は下間刑部卿頼康から密命を受けた。失脚して加賀一向一揆に下向していた下間頼秀、頼盛兄弟の暗殺だった。かつて仕えた恩人兄弟だが、大出世の好機だ。天文七年（一五三八年）春の話である。

七里は加賀へ下り、下間兄弟を付け狙ったが、相手も抜け目がなく、簡単には事が運ばなかった。大坂の蓟とは文のやり取りをしていたが、どうしても会いたくなり一度だけ戻った。妻の顔を見、臨月の腹を優しく撫でてから、加賀へ戻った。だがそのせいで暗殺の好機を逃した。仕事をやり遂げるまで大坂へ戻るまいと誓った。

金沢に潜伏中、男児を産んだと妻から達筆の文が来た。赤子の眉間には大きな黒子があって、白毫ならぬ黒毫だと書いてあった。

しばらくして文が途絶えたが、事情は分からなかった。

大坂へ戻りたかったが、下間兄弟が加賀を出国したため、後を追った。さらに年が明け、春に兄の頼秀を近江で、秋に弟の頼盛を堺で殺害してから、大坂へ戻った。七里は刑部卿から大いに賞賛されて金子を賜り、三河守の官位まで授かった。

だが、吉報を伝えようと戻った古屋敷に妻子の姿はなく、乳飲み子の産着一枚あるきりだった。周りの貧民に訊ねると、もう一年近く妻子の姿を見ていないという。

七里は狂ったように、妻子の消息を尋ね歩いた。

二人とも日陰を歩いてきた人生で、身内がおらず、知人も数えるほどだった。必死で調べるうち、七里は仁王団の頭目を疑い始めた。盗みで牢にいた清志郎に会って問い質し、頭目が薊に横恋慕していたこと、薊がいなくなった頃に大坂から姿を消していたことを知った。

薊の消息と頭目の行方を探し求めていた七里は深夜、古屋敷で何者かに突然襲われ、両手両足をふん縛られた。荒んで深酒をしており、不覚を取った。頭目が昔の仁王団の生き残りを連れて襲ってきたのだった。妻になされたおぞましき行為を聞かされながら、七里は歯が折れそうなほど歯噛みした。赤子は頭を岩で叩き割ってから難波の海へ放り投げたと聞き、悔し涙を流すと、連中は笑い転げた。

頭目は「三日かけて殺す」と宣言した。手足を動かせぬ七里を正座させると、右の大腿に素槍を勢いよく突き刺した。穂先は床まで達した。気を失いそうな激痛に七里は堪えた。連中はそのまま七里をいたぶりながら酒を飲んでいたが、やがて深酒をして眠り込んだ。七里は槍の太柄に齧り付き、顎の力で大腿から引っこ抜いた。それから、時間を掛けて体を縛る荒縄を嚙み切り、自ら縄目を解くと、血まみれの槍を杖にして、立ち上がった。

同じような痛み苦しみを与えながら、全員を殺し尽くした。

凄惨な復讐を終えて、自他の血に塗れてへたり込んだ時、七里は確信した。

この世に救いなど、ありはしないのだ、と。

寺内町で昼酒に酔い、千鳥足で杖を突きそびれて転んだ時、通りの端に母子が立っていた。母が駄々をこねる幼子を叱る姿に目が釘付けになった。やがて母が泣き出した幼子を抱き寄せる。母子は何事もなかったように仲直りし、母が子のもみじ手を引いて歩き出した。

その時、七里は気付いた。腹の奥底で爆発を続ける激しい怒りにやり場がないのなら、すべての人間に向ければよいのだ、と。

愛する妻子を殺された時、七里の人生は終わった。

いや、世に復讐するために、七里は生まれ変わったのだ。この世にいる人間を、手当たり次第に不幸にしてやる。この世を八熱地獄とするのだ。それこそが、七里の本願だ。

そのためには力が要った。

亡き妻の代わりに、加賀一国くらい手に入れねば、割に合わぬ――。

バタバタッと、旌旗が一陣の風にはためく音で、七里はわれに返った。

ここは戦場だ。体内の呪われた血がたちまち騒ぎ出した。

これまで七里は、信仰に錯乱する者どもを使って、人同士を殺し合わせてきた。

信長も人を殺すのが好きらしい。血に飢えた信長と共に、力でこの世を血の海にするのだ。

今から、松任城も血で染め上げてやる。

「大将、間違いだらけの人生でも、死ぬ前に気付いたんなら、まだましなんじゃねぇですかい？」

必死で訴えてくる清志郎が煩わしかった。

「世迷言(よまいごと)を。その話がもし真なら、なぜ玄任自ら、愚僧に訴えぬ？」

「加賀一向一揆が下した処断だ。あの立派な坊さんがそんな真似をするわけねぇや」

そうだ。決してすまい。

あの男にとっては親子の間柄など、私事に過ぎぬからだ。

「よく喋(しゃべ)る騙りじゃ。こやつを連れていけ」

「死にたかねぇなら、金沢からさっさと逃げて、わざわざ殺されにやって来ませんや。大将はすっかり変わっちまったけど、若い頃に世話になったから止めに来たんだ」

「総攻めに入る。そやつは、鈴木出羽守に首を刎ねさせよ」

七里が杖を頼りに立ち上がると、御堂衆に引っ立てられてゆく清志郎が叫んだ。

「大将、あんたは怖(こえ)ぇんだ。自分の人生が全部間違ってたって、今さら認めるのがね。

だけど、間違ったまま突っ走ったら、正しくなるんですかい？」

知らずしらず懐の双輪念珠へやっていた七里の手を、清志郎は見逃さなかった。

「そいつと同じキリクの親玉は、世に二つとないはずだ。仁王さんは母御（おんな）の形見に、梵字の彫られた虎眼石を持ってやした。死んだお師匠の話じゃ、赤子の手に握らされてたんだとか。後生だ、大将。あっしの懐にある御守袋の中身を検めてくだせえ」

意向を確かめるように七里を見る侍僧に、目で合図を送った。

侍僧から御守袋を手渡されても、七里はそのまま生地に刺繍された八藤紋を睨んでいた。もしも清志郎の話がすべて真実なら、どうすればよいのだ。

これまで抱いてきた悪意を、根こそぎひっくり返すのか。そんな真似ができるのか。

傍らの有象無象が、固唾（かたず）を呑んで自分を見ている。

腹立たしくなって、帷幄から去らせた。

残ったのは、上半身をふん縛られた清志郎だけだ。

清志郎が促すように、七里に向かって頷いてきた。

御守袋を逆さにした。

掌へ転がり落ちてきたのは、恐れていた通りの虎眼石だった。

あの時は、有り金をすべてはたき、大坂の寺内町の出店で、薊とふたり、世に二つとない念珠を揃いで作ってもらった。阿弥陀の梵字を彫って加護を得ようと言い出したのは、七里だ。

「あっしは一向宗門徒相手に長らく商売してきたけど、虎眼石の親玉にキリクを入れた念珠なんざ、扱ったことがねぇ」

その通りだ。懐にある自分の念珠を確かめるまでもない。

これは、薊と一緒に作ったもう一対の念珠の親玉だ。

在りし日の妻の澄ました笑顔が目に浮かび、女にしては低い声が耳に蘇ってくると、懐かしくほろ苦い思い出が、七里の胸の中に次から次へと湧き出て、溢れ返った。

（薊の生んだ子が、血の繋がる肉親が、まだこの世に生きてあるのか）

なのに七里は、わが子を憎み、妬み、亡き者にせんとしてきた。生意気な坊官に分を弁えさせようと妻まで殺させた。己の保身と栄達のために処刑しようとしている。

（わしはこれまでずっと、何をして参ったのだ……）

思いもかけぬ歓喜と、打ちひしがれるほどの後悔とが、くんずほぐれつ綯い交ぜになった驚愕と焦燥の中で、どのような感情に心を委ねればよいのか、七里には見当も付かなかった。

掌上のキリクの虎眼石が、歪んで見える。

腹の底から込み上げてくるものを、七里は懸命に呑み込んだ。

「清志郎、恨むぞ。なぜ今さら、真実を伝えた？　知らぬままにしておいてくれなんだ？」

「知らぬが仏なんてな、ただの馬鹿じゃねぇか。大将、あんたは臆病者だったんだよ。

また奪われるのが怖いから、ずっと独りだったんだ」

その場に頽れる七里の傍らに、旧き友が縛られたままの体で、そっと寄り添った。

「博兵衛の兄貴。今ならまだ、間に合う」

九

曇り空の浅野川河畔には春雪がちらつき、桜もまだ固く蕾を閉じていた。

三番組の門徒たちに導かれて、杉浦玄任は古びた木橋を渡った。十年ほど前、家族三人で歩いた橋だ。

対岸の河原では、下間頼純と御堂衆たちが刑の執行を見届けるべく、すでに待ち構えていた。

「あやつらは三番組で何とかする。お主のためではない。加賀のために、今は逃げてくれんか。責めはわしが負う」

洲崎の言葉に、玄任は小さくかぶりを振った。

風前の灯とはいえ、加賀一向一揆はまだ続く。

たとえ滅んでも、また民の国は蘇るはずだ。

ならば、玄任は民の軍勢を率いて敗れた将として、歴史に向かい、範を示さねばならぬ。

「北陸一、強情な男よ。頼純たちに処断させるくらいなら、わが三番組が極楽へ送らせてもらおう。皆、尻垂坂と朝日山でお主と共に戦うた仲じゃからな」

「かたじけのう存ずる」

玄任が頭を下げると、洲崎が寂しげに笑った。

やがて開けた河原へ出た。

二十年余り昔、お劫や門徒たちと共に槍稽古をした場所だ。

「お主を救おうと手を施したに、同牢の小悪党がまんまと逃げおおせただけか」

清志郎は七里に会ったろうか。だが本願に照らせば、玄任の素性など、ささやかな私事に過ぎぬ。玄任が極楽往生するか否かも、同様だ。

「名乗り出てはみたものの、かように嫌な役回りはわしらも初めてでな。お主に尋ねるのも妙な話じゃが、どうすればよいかのう」

「朝日山城での戦いに備え、三番組にも、仁王隊が撃ち方を教えた門徒がいたはず。十歩ばかり離れ、五、六人で心ノ臓を狙って撃てば、一斉射で終わり申そう」

仏法の道を歩みながら、玄任の人生は戦に次ぐ戦だった。

生まれ落ちた時代が違えば、全く別の道を歩み、家族を大切にしただろう。「仁王」になる必要もなかった。

いつの日か人間は必ず、大きな民の国を作り上げる。

ゆるぎなく強い確信を抱くのは、人間にとってそれが正しい政だからだ。だがそれでも、万物と同じく、その国もまた、生滅変化を免れまい。民の国が再び滅びんとする時、国を守ろうとする者たちに、杉浦玄任の生きざまが、たとえわずかでも勇気を与えうるなら、ささやかな本願は達せられたと言える。

洲崎たちに会釈すると、杖を突きながら、広河原を蠟梅(ろうばい)の古木の近くまで歩いた。

杉浦玄任は、最後まで戦いを続けた北陸の冬空を見上げる。

（お劫、私はそなたとの約束を果たせたろうか……）

あの日以来、玄任の人生は決して晴れぬ曇り空のようだった。

だがそれでも、時には薄日が差し、稀(まれ)には青空がわずかに覗きもした。

悔いは、ない。

本願寺の仁王は杖を捨てて片足で立ち、大きく両手を広げた。

「民の国に、栄えあれ」

六人の門徒たちが銃口を向ける。が、見知った顔が銃を下ろして、激しく泣き出した。

役目を果たそうとする門徒たちに向かって玄任が微笑んだ時、厚雲の隙間から、春を思わせる日射しが川べりへ届けられた。

十

陽はすでに落ちていた。

七里頼周は冬ざれの加賀平野に、馬を疾駆させる。一刻も早く、金沢へ戻るのだ。

急ぎ洲崎宛てに処刑の中止を命ずる書状を認め、最も事情をよく知る清志郎を早馬で戻らせた。松任城へ使者を送り、鏑木と面会した。怒髪天を衝く弁明を聞き届けるや包囲を解き、撤兵を開始した。

昨日、洲崎には必ず日暮れまでに処刑せよと強く命じたが、ぎりぎりまで手は下すまい。日が傾く前には、清志郎が到着している。間に合うはずだった。

七里は北陸街道を北上した。馬が滝の汗を流していた。

野々市の宿場は明かりを灯し始めている。

生きてさえいれば、まだ間に合う。すべて一からやり直せばよいのだ。

玄任が民の国を守りたいなら、七里も力の限りを尽くそう。まずはやはり詫びから始めるべきか。七里が誰かに詫びるなど、如来も腰を抜かすだろうが、別にいい。国の守りも大事だが、玄任の酷い戦傷を治すのが先決だ。湯涌温泉へ行き、共に湯に浸かる。今さらどんな顔で何を話せばよいのか、見当もつかなかった。いや、薊との思い出を語れば、昔の気持ちを少しは取り戻せまいか。

七里は片手を懐へ入れた。双輪念珠と玄任の御守袋に指先で触れた。

（薊よ、力を貸してくれい）

目に見えぬ仏の力など笑い飛ばすのに、薊だけは見守ってくれていると信じてきた。

可笑しなものだ。

遠く、金沢の大伽藍が見えてきた。

もうすぐ、わが子に会える。御堂にいるだろうか。

（詫びの言葉は、どう切り出したものか）

考えれば考えるほど、己に似合わぬことばかりで、気ばかり逸った。

だが、犀川を渡る手前の橋の袂に、後ろ手に縄で縛られた清志郎の姿を見たとき、七里は背筋が凍り付いた。まさか――

清志郎は泣き出しそうな顔で、馬上の七里を見上げた。

「あっしを信じてくれねぇんでさ」

御堂を出立する際、七里は金沢の出入りを厳重に取り締まるよう、頼純と御堂衆に命じた。衆議で顔を潰された頼純は、名誉挽回のためにも、必死で役目を果たそうとしただろう。脱牢した清志郎を問答無用で捕らえ、留め置いたのも当然か。

頼純は先刻、浅野川の広河原へ向かったという。三番組による処刑を命令通り確実に執行させるためだ。玄任は進んで刑に服する。

七里は清志郎を打ち捨てて、再び馬を駆った。

東空にはもう、夜の星が輝き始めている。

寺内町の雑踏を、爛れるような焦燥に駆られながら抜けた。

浅野川の土手が見えてきた。

鞭を打っても、駆け通しの馬は疲れて言うことを聞かぬ。

土手のすぐ手前で、いきなり馬が横倒しになった。

七里が宙へ投げ出されたとき、一斉射撃の音がした。

どさりと、人の倒れるような鈍い音が、続いた。

這って、倒れた馬の背から杖を取った。立ち上がり、必死で土手を登る。

卯辰山の麓、浅野川のほとりに、三番組、御堂衆と門徒たちが屯(たむろ)していた。

上半身を血に染めて倒れた大男を取り囲んでいる。すぐそばに跪(ひざまず)き、合掌していた。

声にならぬ声を上げながら、広河原を懸命に駆ける。

言うことを聞かぬ足が忌々しかった。

途中、七里に気付いた頼純が振り向いた。

「今しがた、終わり申した」

頼純の隣で七里を睨みつける洲崎の目は、真っ赤だった。

「お望み通り、本願寺の仁王は極楽浄土へ迎え入れられた……」

七里の前に、逞しい男の遺骸が横たわっている。

胸と腹に幾つもの銃弾を浴びながら、わが子は安らかな微笑(みしょう)さえ浮かべていた。

眉間に鉄砲疵ができる前は、薊が文に記していた「黒毫」があったはずだ。

清志郎から話を聞いて、玄任は自分が七里の子だと知っていた。

素性を明かせば、頼純も洲崎も処刑を取りやめたろう。玄任が無言を通したのは、情により民の国の法を歪めまいとしたからだ。

英雄の命を奪った凶器を手に、門徒たちが啜り泣いている。

「ここにいる門徒たちは誰ひとりとして、仁王の命を奪いたいなぞと、露思うておらなんだ」

越前に民の国を作らんとして敗れ、今また、加賀の民の国を守らんとしながら、敵と戦うことさえできず、味方であるはずの実父により、悲運の僧将は志半ばで討たれた。

わが子はいかなる思いで、死を受け容れたのか。

「大将はこれで、ご満足か？」

洲崎が憤怒で全身を震わせている。

七里は玄任の大きな体に縋りついた。まだわずかに温もりが残っている。

もしもこの男が、亡き妻が命懸けで守ったわが子だと知っていたら……。

末法の世に、やはり救いなどありはせぬのか。

両腕にわが子を掻き抱きながら、七里は天を仰いで哭いた。

回向

――天正四年（一五七六年）九月、加賀国・金沢御堂

一

金沢御堂の境内は、まだ薄暗い。

気付かぬうちに夏も過ぎたらしく、日の出が遅くなった。

綱所に詰めていた若い僧たちに事細かな指図を終えると、七里頼周は阿弥陀堂の対面所へ向かった。力強く杖を突き、足を踏みしめながら回廊を進む。

自然に笑みが零（こぼ）れてきた。これまでとは違う。杉浦玄任の死から半年余り、七里が新たなる本願を抱き、そのために生きているからだ。

（玄任よ、これで良いのか）

半年余り前まで、七里は仏法を腹中で嗤いながら、無明の中を生きてきた。だが今では、亡きわが子の遺志を継ぎ、民の国を守ることが七里の本願となった。

この五月、ついに本願寺は、上杉と同盟を締結した。

七里と頼純が宇津呂、洲崎、鏑木らと協力して成し遂げた快挙だが、玄任が粘り強く

訴え、努力を重ねてきた末の成就だった。七里はすっかり人が変わったと、周りから言われる。自分でも驚くほどだ。宇津呂などは「大将は、蓮如上人の生まれ変わりにでもなるつもりか、とうに手遅れじゃがの」と揶揄(からか)っていた。

玄任を処刑した七里に鏑木は激怒し、総本山にも訴え出たが、七里の改心が本物らしいと知ると、ようやく鉾(ほこ)を収めた。今や五人で共に湯涌温泉に浸かり、国政を論ずるほどの仲になった。

七月には、大坂本願寺を助ける毛利(もうり)が、木津川(きづがわ)で信長を破った。加賀でも、来る織田軍の侵攻に備えて万全の態勢を作り、さらには反攻に転ずる。あの最強の仏敵、上杉謙信を味方に付けたのだ。軍神の力を借り、皆で力を合わせ、まずは南半国を奪還してみせる。七里が権謀術数を駆使すれば、民の国を必ず守り抜ける。自信はあった。

回廊の中ほど、鐘楼近くに小柄な女門徒がいた。

心ある門徒たちが毎朝、広い境内を掃き清めてくれる。

(又五郎は、来てくれるかのう……)

七里には、救いが一つあった。

血の繋がる孫、杉浦又五郎だ。越前の陣にあった時、一面識はあった。

金沢に招き、父母を殺めた詫びと共に「加賀はお前の父が守った、立派な民の国だ」と又五郎に伝えたかった。称名寺に文を送ったが、まだ返事はない。赦しがたい祖父であろうが、今はただ民の国を残すため、全身全霊を尽くそうと決意していた。清志郎も裏方で力を貸してくれる。もしも又五郎が父を継いで加賀一向一揆の将になってくれるなら、七里にとってこれに勝る喜びはない。

明日には船で金沢を出て、大坂へ向かう。

刑部卿と今後の段取りを示し合わせるためだが、玄任を膝に抱いていた阿弥陀如来像にも手を合わせたかった。瀕死の薊が赤子を託した坐像だ。大坂の地も、守らねばならぬ。


引き戸の開け放たれた本堂の対面所には、すでに旗本や惣代の姿が見えた。

鏑木によると、何人もが一番乗りを競っているそうで、隔世の感があった。近ごろの金沢御堂では、いかにすれば民の国を守れるかを、侃々諤々論じ合う。御堂衆、旗本衆の顔つきもすっかり変わった。

七里が「そいつは汝の私利私欲じゃ」と指弾するから、鏑木はもちろん、宇津呂や洲崎たちに続き、皆、正論だけを吐くようになった。考えの浅い者がいれば、七里が割れ声で叱り飛ばす。今ではしっかり調べ、考えたうえで物を言うから、意外な者から思いも及ばぬ知恵が出たりもする。以前のように、醜聞なぞで足の引っ張り合いもしない。非行があれば、罪として衆議とは別の場で淡々と裁くだけだ。

玄任が守ってきた民の国は、滅びの瀬戸際になって燦然と輝き始めた。

対面所の入口で、御堂衆を従えた下間頼純が待ち侘びていたように、声を掛けてきた。

「大将、鳥越城奪還の目処が立ちそうですぞ！」

鈴木義明の旧領を回復し、反攻に転ずる足掛かりとする。何もかも、順調だ。

頼純は石地蔵の渾名を返上しつつあった。まだ経験も胆力も足りぬが、七里が補えばいい話だ。

毎日が忙しくてならぬが、今の金沢御堂の姿こそは、玄任が望んだ民による政だろう。

境内に作ったわが子の墓前に捧げられる、せめてもの手向けだった。

七里が頼純に向かって大きく頷き返した時、背後から小走りに駆けてくる足音がした。

たちまち、背に灼けるような痛みを感じた。

「仁王さまの仇！」

心ノ臓を後ろから短刀で貫かれた。何度も、刺された。

「曲者じゃ！」

御堂衆たちが駆け寄ってくる。

七里は激しく吐血しながら、うつ伏せに倒れた。

隣に、斬られた女が倒れ込んできた。眉間の黒子には見覚えがある。

血を吐きながら、女は笑った。

「上杉はあたしの旦那を殺した仏敵だ。いい気味」

目が怪しく光っている。言い捨てて、事切れた。

七里は杖の柄を摑んで立ち上がろうとした。が、できずに、頽れた。

亡きわが子の本願を継ぎ、国を守り抜いたなら、多少は合わせる顔もあろうに、道半ばとは……。

助け起こしてくれた頼純は、泣きそうな顔をしていた。

「大将、しっかりなされませ。これからではありませぬか」

七里頼周は血塗れの震える手を懐へ入れた。妻と子の形見に、指先で触れた。

最期に、心を込めて「南無阿弥陀仏」を唱えようとした。

だが、喉から溢れ出てきた血塊のせいで、言葉にはならなかった――。

二

加賀を侵食する猛烈な兵火が、金沢御堂まで迫ろうとしていた。

がらんどうのごとき阿弥陀堂の対面所にいるのは今、宇津呂だけだ。

長らく占めてきた南の筆頭旗本の座に腰を下ろしている。旗本の多くは戦死したが、まだ戦っている者もいるだろう。信長は降伏を許さぬから、門徒たちは突き進んで、華々しく往生していた。

天正八年（一五八〇年）閏三月、約百年続いた民の国が、まもなく滅びる。

杉浦玄任最後の企ては脆くも潰えたが、あの越前での無惨な戦いがあったからこそ、加賀一向一揆は五年ばかりの余端を保ちえたのではないか。

宇津呂が旗本となって以来、民の国は屋台骨から腐り出し、自滅への道をひた歩んでいた。そこに一人の坊官が現れ、孤軍奮闘を続けた。皮肉な話だが、その男が民の国の手によって処断された時、瀕死の民の国は目覚め、蘇った。

だが、もう手遅れだった。世の流れには逆らえなかった。

（さて、わしはどのように死ぬかのう……）

長い回廊を、何やら喚きながらやって来る者がいた。

鏑木頼信だ。金沢御堂を守るために松任城を捨て、すぐ南の野々市で最後の決戦を挑んでいたはずだが、一向一揆軍は敗れたのだろう。

鏑木は三年前、頼みの上杉謙信と共に手取川で織田軍を大いに撃破したが、謙信の急死後は、北陸で織田が恐れる力は何もなくなった。

戦に敗れた大坂の顕如は、すでに和議受け入れの血判起請文を信長に出し、降伏していた。

もとより必敗の戦だ。鏑木も「意地を見せるだけよ」と言い捨てて出陣していた。

やがて、満身創痍の将が足を引きずりながら荒々しく現れた。

加賀の阿修羅の異名に相応しく、漆黒の具足で固めた全身は血で染まっている。

どっかと座り込んだ鏑木は兜を脱ぎ、本尊に向かって両手を突くと、深々と頭を下げた。

「お赦しくだされ。守れませなんだ……」

先に逝った亡父や杉浦玄任を始め、加賀一向一揆を支え続けた有名無名の先人たちに詫びているのであろう。今にして思えば、貧しくとも報われずとも、目に見えぬところで、心ある者たちが私を離れ、皆のために国を支えていたから、加賀一向一揆は存続していたのだ。

「外は、どんな塩梅じゃ？」

「野々市の門徒たちは、ことごとく斬り捨てられた。加賀を制した仏敵は、能登へ向かうであろう。もう北陸に、安住の地はない」

鏑木は夥しい血を吐いてから、口元を拭った。

国が滅びるとき、政を担ってきた者たちは、いかに振る舞うべきなのか。

狸の洲崎景勝は七里の死後、加賀のために肥満体で駆けずり回ったが、過労で病に倒れた。手取川の勝利を聞いてから死ねた洲崎は、むしろ幸運だったろう。

宇津呂は身内をすでに越中一向一揆の瑞泉寺へ逃がしていた。下間頼純は御堂衆と共に大坂へ脱出したが、宇津呂は金沢御堂にとどまった。せめて加賀一向一揆の牙城が滅ぶ姿を見届け、非力なりとも抗い続ける責めがあると考えた。柄にもないが、杉浦玄任という男のせいで、生き方が変わってしまったらしい。

「わしはしぶとい男でな。殺されるまでは、まだ生きるぞ。お主も付き合わんか？」

鏑木は返事をしなかった。

阿弥陀如来像を見上げたまま、事切れていた。

三

冬ざれの広い境内跡には、根こそぎ掘り返された赤戸室の敷石が山と積み上げられている。

跡形もなく消え去った民の国に、杉浦又五郎は限りない哀惜を覚えた。

又五郎とお澄の前には、この春、大炎上した金沢御堂の廃墟があった。

約百年ぶりに、加賀国に支配者が現れた。

織田家臣の佐久間盛政は、長年信長に抵抗した小癪な真宗坊主たちの残滓を現世から抹殺すべく、堂塔を一つ残らず粉々に破壊させた。

盛政の命により、今は新しく「金沢城」が建設されつつある。

「ついに滅んでしまったのね、民の国が……」

又五郎はこの結末を予期し、確信していた。だから、正しかったとでも言うのか。

顕如が大坂より退去し、十年に及んだ信長との戦いが終焉を迎えて三カ月、柴田勝家は加賀一向一揆の主立った者たちを捕らえてことごとく成敗した。御堂陥落後も最後の抵抗を続けていた宇津呂父子や鈴木義明らも、首を刎ねられた。

「行きたい場所がある」

又五郎は妻を促して、浅野川へ向かう。

十数年前、幼い二人が歩いた川の辺で、玄任は処刑されたらしい。

だが、そのようすは何もなく、早咲きの蠟梅(ろうばい)が黄色い花を付けているだけだった。

肌を切るような冷たい川風に、身を寄せ合いながら佇んでいると、どこからともなく小柄な老人が現れた。行商人のような姿形(なり)をしている。

「仁王さんの亡くなった場所なら、その辺りですぜ」

老人は土手のへりに立つ蠟梅の老木の下を指差した。

「今でも、門徒たちが手を合わせたいって、時どきこっそりやって来やすな。御堂にあったお墓が潰されちまうってんで、あっしが内緒でお骨を盗んできて、蠟梅の根元に埋めときやしたよ。仁王さんの親父殿のお骨と一緒に、形見も添えてね」

四年前、七里頼周から、金沢へ来て玄任の墓参りをしてほしいと丁重な文をもらった。加賀が玄任にも胸を張れる日本一の国になりつつあるとも、記してあった。だが、その後間もなく七里横死の報せが鏑木から届いた。お信に刺殺されたという。滅びゆく国で立て続けに起こる悲劇に、誰かを恨む気にはなれなかった。又五郎は恵慶と相談し、称名寺にとどまった。お澄と共に生き延びるためだ。

丁寧に礼を述べると、老人は蠟梅にぺこりと頭を下げた。玄任に縁のある人間なのだろう。

「古い木でね。ここいらに住んでる者の話じゃ、ずっと花を付けなかったのに、ここ数年、綺麗な花を咲かせるようになったんでさ。あっしみたいな罰当たりが阿弥陀さんに救われて、馬齢を重ねてるのは、墓守をするためだって思ってやすよ」

二人は黙って、蠟梅に向かい両手を合わせた。

小さな低い声でも、万感の思いを込めて、念仏を口にする……。

――願似此功徳　平等施一切　同發菩提心　往生安樂國
最後に回向文を唱えてから目を開けると、老人は音もなくどこかへ立ち去っていた。

新たな国で一向宗は禁じられている。名乗り合いもしない。関わらぬほうが互いのためだ。

「仁王さまは優曇華だったのだと、私は思います」

織田家に支配される民となった今、又五郎にも分かる。

加賀一向一揆は、民が政をする民の国だという、ただその一点のみで、人間の歴史において赫々たる光芒を放つ、かけがえのない価値を有していたのだ。

あらゆる歴史の中で、三千年に一度しか咲かぬ優曇華のように、玄任が生涯を懸けて守り抜くだけの値打ちが、加賀国にはあった。私を脱し、家族さえも手放し、ただその価値を守るためだけに生きて、死ぬ理由が、杉浦玄任にはあったのだ。

「民の国は、滅んだ。だが父上なら、こう仰せになるはずだ」

冷たい川風が、にわかに止んだ。

「北陸の地に、百姓の持ちたる国が百年も続き、民の国を守るために、最後まで戦った者たちがいた歴史は、永遠に滅びはしない」

奇跡の国は、確かに北陸加賀に存在した。

民の国は決して十万億仏土の彼方(かなた)にあるのではない。

滅び去ったとはいえ、末法の世にも、この金沢に存在したのだ。

万物が滅びを免れぬのと同様、咲き誇った花がただ、散っただけだ。

「優曇華は三千年に一度しか咲かない。でも、もしこの広い世界に、人知れず百本もあれば、三十年に一度はどこかで咲くのでしょう？」

お澄が手を伸ばして、蠟梅の黄色い小さな花びらをそっと撫でた。

「次の優曇華はいつ、どこで花開くのでしょうね……」

冬のますます深まってゆく薄曇りの天に、青空は見えない。

それでも白灰の帳(とばり)を通して、優しく穏やかな光が、そっと二人を照らし始める。

蠟梅の付けた小さな花は、妙なる光を浴びて、黄金色に輝いて見えた。

参考文献

青木馨『本願寺教団展開の基礎的研究：戦国期から近世へ』法藏館（二〇一八年）
井上鋭夫『本願寺』講談社学術文庫（二〇〇八年）
遠藤一『戦国期真宗の歴史像』永田文昌堂（一九九一年）
神田千里『宗教で読む戦国時代』講談社選書メチエ（二〇一〇年）
神田千里『戦国と宗教』岩波新書（二〇一六年）
神田千里『顕如：仏法再興の志を励まれ候べく候』ミネルヴァ書房（二〇二〇年）
北西弘『一向一揆の研究』春秋社（一九八一年）
北西弘先生還暦記念会編『中世社会と一向一揆』吉川弘文館（一九八五年）
草野顕之『戦国期本願寺教団史の研究』法藏館（二〇〇四年）
草野顕之編『本願寺教団と中近世社会』法藏館（二〇二〇年）
浄土真宗本願寺派総合研究所編『浄土真宗辞典』本願寺出版社（二〇一三年）
千葉乗隆『真宗の組織と制度』法藏館（二〇〇一年）
平井聖ほか編『日本城郭大系　7　新潟・富山・石川』新人物往来社（一九八〇年）
平井聖ほか編『日本城郭大系　11　京都・滋賀・福井』新人物往来社（一九八〇年）

福井県編『福井県史 通史編3 近世一』(一九九四年)
藤島達朗『本廟物語：東本願寺の歴史』真宗大谷派宗務所出版部(一九八四年)
峰岸純夫編『本願寺・一向一揆の研究』吉川弘文館(一九八四年)

その他インターネットを含め、多数の史料・資料を参照いたしました。

本書は、二〇二一年十二月に小社より刊行された
単行本を加筆修正のうえ、文庫化したものです。

仁王の本願

赤神 諒

令和7年 3月25日　初版発行

発行者●山下直久

発行●株式会社KADOKAWA
〒102-8177　東京都千代田区富士見2-13-3
電話　0570-002-301（ナビダイヤル）

角川文庫 24588

印刷所●株式会社暁印刷
製本所●本間製本株式会社

表紙画●和田三造

●お問い合わせ
https://www.kadokawa.co.jp/（「お問い合わせ」へお進みください）
※内容によっては、お答えできない場合があります。
※サポートは日本国内のみとさせていただきます。
※Japanese text only

ISBN 978-4-04-115771-8　C0193

◇◇◇

角川文庫発刊に際して

角川源義

　第二次世界大戦の敗北は、軍事力の敗北であった以上に、私たちの若い文化力の敗退であった。私たちの文化が戦争に対して如何に無力であり、単なるあだ花に過ぎなかったかを、私たちは身を以て体験し痛感した。西洋近代文化の摂取にとって、明治以後八十年の歳月は決して短かすぎたとは言えない。にもかかわらず、近代文化の伝統を確立し、自由な批判と柔軟な良識に富む文化層として自らを形成することに私たちは失敗して来た。そしてこれは、各層への文化の普及滲透を任務とする出版人の責任でもあった。

　一九四五年以来、私たちは再び振出しに戻り、第一歩から踏み出すことを余儀なくされた。これは大きな不幸ではあるが、反面、これまでの混沌・未熟・歪曲の中にあった我が国の文化に秩序と確たる基礎を齎らすためには絶好の機会でもある。角川書店は、このような祖国の文化的危機にあたり、微力をも顧みず再建の礎石たるべき抱負と決意とをもって出発したが、ここに創立以来の念願を果すべく角川文庫を発刊する。これまで刊行されたあらゆる全集叢書文庫類の長所と短所とを検討し、古今東西の不朽の典籍を、良心的編集のもとに、廉価に、そして書架にふさわしい美本として、多くのひとびとに提供しようとする。しかし私たちは徒らに百科全書的な知識のジレッタントを作ることを目的とせず、あくまで祖国の文化に秩序と再建への道を示し、この文庫を角川書店の栄ある事業として、今後永久に継続発展せしめ、学芸と教養との殿堂として大成せんことを期したい。多くの読書子の愛情ある忠言と支持とによって、この希望と抱負とを完遂せしめられんことを願う。

一九四九年五月三日